KB044698

뉴스가 지겨운 기자

뉴스가 지겨운 기자
내러티브 탐사보도로 세상을 만나다

2013년 12월 13일 초판 1쇄 펴냄
2019년 7월 15일 초판 3쇄 펴냄

펴낸곳 (주)도서출판 **삼인**

글쓴이 안수찬
펴낸이 신길순

등록 1996.9.16 제25100-2012-000046호
주소 03716 서울시 서대문구 성산로 312 북산빌딩 1층
전화 (02) 322-1845
팩스 (02) 322-1846
전자우편 saminbooks@naver.com

제판 문형사
인쇄 수이북스
제책 은정제책

ISBN 978-89-6436-074-3 03810

값 13,000원

뉴스가 지겨운 기자

-내러티브 탐사보도로 세상을 만나다

안수찬 지음

삼인

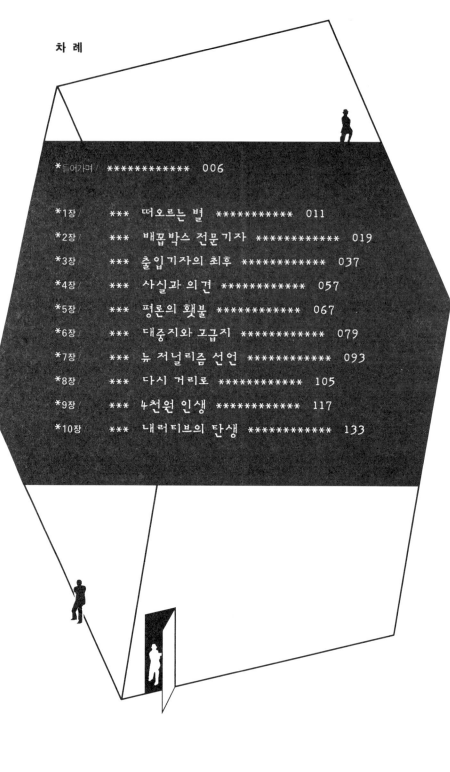

차 례

들 어 가 며

이 책을 구상하던 여름 어느 밤, 갑갑증이 일어 동네 천변을 뛰었다. 자정이 넘어 컴컴한 물가에서 어느 아주머니가 울고 있었다. 돌무더기에 쭈그려 앉아 목을 쳐들고 울었다. 차림은 수수하고 생김은 평범했다.

누군가 떠났거나 무언가 빼앗긴 것이려니 짐작했다. 누가 외롭게 울어도 별스럽지 않은 나리에 살고 있다는 생각도 했다. 각자 통곡할 이유 하나씩 품고 사는 나라이지 않은가.

천변에는 습한 공기가 가득했다. 아주머니의 울음에서 가슴을 헤집어 파내는 소리가 났다. 돌아와 땀 씻고 누웠으나 그 소리가 귓가에 울려 잠들지 못했다. 앉은 자리 털고 아주머니 일어났을까, 그 새벽에 궁금했다.

가끔이지만 그런 울음에 끌려 생각에 빠진다. 그녀는 왜 우는가. 그 슬픔에 세상의 책임은 없는가. 늦은 밤 홀로 우는 사람은 또 어디 있는가. 그 슬픔은 이 슬픔과 무엇이 같고 다른가. 그 슬픔들의 탓은 어디로 향하는가. 그런 향방의 끝에서 개인의 고통은 결국 구조의 모순과 연결되지 않을까.

약자의 눈물을 닦아주는 천사의 성정을 지녔다고 생색내려는 게 아니다. 오히려 그 반대에 가깝다. 나는 성미가 고약하고 자존감이 강하여 제 고집 꺾는 것을 창피하게 여긴다. 선배건 후배건 함께 일하여 즐거운 경우가 거의 없고, 돌아서선 험담부터 늘어놓는다. 천사의 성격이 그렇지는 않을 것이다.

못돼먹은 성질 임에도 기꺼이 그리고 열렬히 선후배 및 동료 기자들과 어울리는 순간이 드물게 있었다. 언론과 기자를 험담할 때 비로소 유쾌했다. 다른 언론은 물론 때로 《한겨레》까지 술기운을 빌어 난도질했다.

확실히 악마에 가까웠던 나는 난도질을 피하려는 기자에게 으르렁대기도 했다. 도대체 기자, 기사, 그리고 언론이 마음에 들지 않았던 것이다. 그러니 실토하자면 세상의 슬픔을 향한 지금까지의 취재는 약자에 대한 공감이 아니라 기자에 대한 반감에 기초해 있었다.

누군가 미워지면 다른 이에게 눈길 주기 마련이다. 한국 언론이 미웠으므로 외국 언론, 특히 미국 언론을 (멀리서 거칠게) 들여다봤다. 그로부터 영감을 얻었고 이를 지금 이곳에 적용해 보려 했다. 절반의 성공이라 평하기에도 부끄러운 그저 미미한 흔적을 남겼다.

이 책은 그 보잘 것 없는 시도에 대한 이야기다. 한국 언론에 대한 미움, 이를 극복하려는 시도, 그리고 남겨진 과제에 대한 이야기다. 성공담이 아니라 실패담이며 기껏해야 각오담 정도 될 것이다.

미국 이야기가 나왔으니 덧붙일 게 있다. 그 나라 기자들을 (멀리서 거칠게) 들여다볼 때마다 부러운 게 있다. 그곳 기자들은 소속 매체를 떠나 서로 토론하고 공유한다. 미국 탐사보도기자협회[IRE]가 주최하는 탐사보도 컨퍼런스, 미국 하버드대학 부설 니먼 재단이 주최하는 내러티브 저널리즘 컨퍼런스 등의 얼개는 어느 기자가 취재·보도 경험을 발표하고 다른 기자들이 묻고 답하는 것이다.

실은 한국의 다른 전문직들도 그런 자리를 만든다. 학자는 물론 법조인까지도 소속 조직에서 잠시 벗어나 '순전한 개인'이자 '직업적 동료'로서 경험과 생각을 발표하고 토론하는 자리를 정례적으로 연다.

그 자리의 화두는 논문, 판결문 등이다. 무엇이 좋은 논문(또는 판결문)인가, 이 논문(또는 판결문)의 문제는 무엇인가 등을 묻고 답한다. 각자의 직업적 성취에 대해 소속 조직의 경계를 넘어 토론한다. 때로 비전문가도 불러 그들의 눈으로 전문가의 성취를 비판적으로 돌아본다.

오직 한국의 기자들은 그런 일을 도모하지 않는다. 간혹 한국기자협회 등의 주최로 좌담회가 열리기도 하지만, 대부분 이상과 현실의 불일치에 대한 고담준론이다. 특정 기사의 취재 과정 및 품질에 대해 취재 기자가 직접 발표하고, 다른 기자들이 이를 품평하면서 서로의 가치와 노하우를 나누는, 구체적이고 실용적이며 그래서 영향력 높은 저널리즘 컨퍼런스 따위는 한국에서 열리지 않는다.

소속 뉴스룸의 선배 기자로부터 배우는 것보다 다른 뉴스룸에서 나름의 성취를 이뤄낸 후배 기자로부터 배우는 것이 더 가치 있다고 나는 생각한다. 그것은 각각의 좁고도 견고한 웅덩이를 이뤘으나 끝내 메말라가는 한국 언론의 각 뉴스룸에 그나마 생명의 수분을 공급하는 원천이 될 수 있다.

기자들이 한 곳에 모여 각자의 기사를 발표하고 다른 기자 또는 독자들과 토론하는 일이 시작된다면, 그것은 조셉 퓰리처가 말한 '탁월한 언론'Excellence in Journalism을 향해 나아가는 첫 걸음이 될 것이다. 기자들이 소속 매체의 웅덩이를 벗어나 탁월한 언론의 바다에서 자유롭게 만나야 기자도 살고 시민도 살아날 것이다.

그런 날이 아직 오지 않았으니 입 다물고 있는 게 정상이겠으나, 그런 자리가 언제 만들어질지 도무지 알 수 없으니 못돼먹은 성미를 이기지 못하고 책으로 펴낸다. 여기에 기록해두고 싶은 것은 시행착오다. 좋은 언론인이 되고 싶은 사람들, 새로운 언론을 만들고 싶은 사람들, 참언론을 기다리는 사람들에게 그들 가운데 한사람이었던 나의 경험을 전해주고 싶다. 이 책이 그들의 시행착오를 더는 데 도움이 된다면 더 바랄 게 없겠다.

기억의 능력 안에서 그대로 적었다. 매우 주의를 기울여 솔직한 기록을 의도했다. 다만 사실에 완전히 부합할 것인지는 확신하기 어렵다. 취재가 아니라 회고에 바탕을 둔 글이므로 잘못 기록된 대목이 있을 수 있다. 지적해주면 그때그때 다시 고쳐 적겠다.

그 나이에 무슨 회고의 글을 쓰느냐고 타박할 사람들이 눈앞에 어른거린다. 변명을 붙여둔다. 경험과 생각이 농익으려면 아마 수십 년의 시간이 더 필요하겠지만 그때가 되면 무슨 경험과 생각인들 어디에 보탬이 되겠는가. 내보이기에 부족함이 많은 것을 모르지 않지만 설익은 것이나마 나누고 논하는 일을 먼 미래로 돌리고 싶지 않다.

이 책에는 심층보도, 그 가운데서도 내러티브 저널리즘을 중심으로 한국 언론을 비판적으로 재구성하려 했던 시도들이 담겨 있다. 미리 일러두자면 내러티브니 심층보도니 탐사보도니 하는 것을 전혀 몰라도 아무 상관없다. 좋은 언론, 좋은 기자, 좋은 기사에 관심이 있다면 다음 장부터 시작되는 이야기를 읽는 데 전혀 어려움이 없을 것이다.

함께 일했던 후배들에게 특별히 이 책을 바치고 싶다. 그들은 《한겨레21》 사회팀 및 《한겨레》 탐사보도팀과 사건팀에서 깐깐한 나를 팀장으로 받아주고 인내하여 관용했다. 그들과 함께 일하면서, 기자라서 신난다는 생각을 처음 해보았다.

다만 그 희귀하고도 득별한 순간을 그때는 알아차리지 못했다. 그들의 대접에 부응하지 못하여 상처 준 일이 많았다. 탁월한 저널리즘을 구현해 보이자며 몰아세우기만 했다. 그에 대한 후회까지 이 책에 담았으니 그나마 위로가 될는지. 아니면 진정 탁월한 기사를 함께 쓰고 나서야 만회가 될는지.

1장

떠오르는 별

2006년 봄 어느 날. 아침 메뉴는 샌드위치와 커피였다. 전날 마신 술에서 아직 헤어나기 전인 아침 8시였다. 서울 광화문 거리에 있는 프레스센터 12층 회의실에 조금 늦게 도착했다. 장식 없는 테이블에 몇몇이 둘러앉아 샌드위치를 해치우고 커피를 마시고 있었다.

기름종이로 싼 클럽 샌드위치는 제법 두툼했다. 우유를 풀지 않은 블랙커피는 아직 뜨거웠다. 매력적인 조합이었으나 밀가루와 커피로 쓰린 속을 해장하는 게 즐거운 일은 아니었다. 그래도 티를 낼 수는 없었다. 그 자리에서 나는 막내였다.

모임은 겨울 찬바람이 불던 2006년 초 시작됐다. 한국언론진흥재단의 김영욱 연구교육센터장이 이끌고 최광범 미디어진흥팀장이 도왔다. 두 사람이 동분서주하여 언론학자와 기자들을 모았다. 한국 언론의 현황을 논하고, 그 개선을 위한 실질적·구체적 방안을 제시하자는 자리였다. '2020 미디어위원회 실행위원회'라는 긴 이름이 붙었다.

2020년까지 한국 언론을 세계 스탠다드 수준으로 끌어올리자는 뜻에서 '2020'을 위원회 이름 앞에 내세웠다고 김영욱 센터장은 참석자들에게 설명했다. 그는 경상도 억양으로 느리게 말하고 준엄한 얼굴로 개구쟁이 표정을 짓는 기묘한 재주를 갖고 있었다. 일단 그가 말하면 설득

당하지 않을 도리가 없었다.

그 곁에서 최광범 팀장은 천진한 표정으로 질문을 했다. 사정을 빤히 아는 게 분명한데도 일부러 상식적인, 그래서 근본적인 질문을 기자와 학자들에게 던졌다. 깊이 고민해 진지하게 답하지 않으면 안 될 것 같은 죄책감으로 참석자들을 몰아넣었다. 김 센터장과 최 팀장이 사전에 '합'을 맞추고 오는 게 아닐까, 나는 의심했다. 둘은 느긋하게 매기고 받으며, 다루기 힘든 기자와 학자를 한꺼번에 으르고 달랬다.

그렇게 하여 우리는 세계 스탠다드와 한국의 낙후성에 대해 제법 심각하게 고민하고 논했다. 한국 언론이 나아갈 바를 제시하는 보고서를 매년 발간하고 2020년까지 이를 축적·확산하자는 야심찬 프로젝트가 시작됐다.

당시 이미 20년차 안팎의 베테랑이었던 설원태《경향신문》기자, 이규연《중앙일보》기자, 이재강 KBS 기자 등이 참석했다. 촉망받는 소장 학자인 박재영 고려대 교수, 양승찬 숙명여대 교수 등이 위원회를 주도했다. 나중에 다른 일로 바빠 한발 물러나긴 했지만, MBC 기자 출신이면서도 이미 학계에서 정평을 쌓은 이재경 이화여대 교수가 좌장을 맡아 위원회를 정초했다.●

● 2020 미디어위원회 1기의 논의 및 연구 결과는 2007년 초 『한국의 뉴스미디어 2006 - 한국 저널리즘과 뉴스미디어에 대한 연차보고서』로 묶어 발간됐다. 심층탐사보도의 현황과 전망(이규연), 출입처제도의 현황과 문제(설원태), 방송저널리즘의 위기와 도전(이재강), 뉴스품질지수 개발을 위한 신문 1면 머리기사 분석(박재영), 신문 방송 온라인 미디어 현황(양승찬) 등이 담겼다. 나는 당시 연구를 토대로 졸저 『스트레이트를 넘

그 면면이 말하는 바, 매체와 세대를 아우르면서 현장과 이론을 접목 시키려는 자리였다. 다들 바빴으므로 회의는 식사를 겸한 아침에 주로 열렸다. 그들이 모여 첫 단추를 꿰는 2006년 1기 위원회에서 10년차 기자인 나는 말석을 차지했다.

마다할 이유가 없었다. 서울 마포구 공덕동 한겨레신문사에 첫 출근한 1997년 11월 3일 이후 나는 설명하기 힘든 짜증과 불만과 분노로 가득 차 있었다. 가련하지만 오만한 초년 기자는 그 상태를 은밀히 간직했다. 도와주거나 상담해줄 이도 딱히 없었다.

돌아보면 그건 다행한 일이었다. 많은 것을 혼자 생각해야 했기에 《한겨레》, 한국 언론, 그리고 언론 일반에 대한 의문과 미움을 유난히 오랫동안 유지할 수 있었다. 천성이 바르고 순하지 못한 나에게 증오는 곧 엔진이었다. 미움의 실체를 알아내어 이를 해소하려고 글이건 말이건 갈급하게 들여다보고 캐보았다. 그런데 언론학자와 마주 앉아 한국 언론의 문제를 논하는 자리라니. 쉽게 얻지 못할 기회였다. 게다가 매번 회의 때마다 '회의비'까지 준다지 않는가.

그리고 그날, 술이 덜 깨 고생스러웠으나 회의비 받을 생각에 억지로 나와 앉았던 날, 참석자들은 판에 박은 한국 언론의 기사 형식에 대해 논하고 있었다. 불편한 위장에 탄수화물을 우겨넣고 난 뒤라 염치없이 눈

어 내러티브로』(커뮤니케이션북스)를 펴냈다. 위원회는 매년 그 구성원을 조금씩 바꾸면서 2013년 현재까지 계속 활동하고 있다.

껍풀이 무거워졌다. 잠깐 졸기도 했다. 그때 낯선 단어가 바늘처럼 오감을 쑤시고 들어왔다.

"……내러티브라는 게 있습니다." "그렇죠. 미국 기자들은 전부 내러티브로 쓰죠." "최근 '제임스 리 스토리'라는 걸 읽었는데……." 박재영 고려대 교수와 이규연《중앙일보》기자의 대화였다.

박재영 교수는《조선일보》에서 기자생활을 하다 미국 미주리대 저널리즘스쿨에서 학위를 받았다. 내러티브 저널리즘을 비롯해 기사 장르 및 품질에 대한 연구로 선구적인 입지를 쌓았다. 이규연 기자는 1990년대 초반부터 심층보도 분야를 개척했고 특히 내러티브 기사 작법과 조사보도 기법을 국내 처음으로 시도했다. 훗날 JTBC 보도국장도 맡았다.

이미 언론계의 최고봉에 다가간 그들의 빛나는 대화 가운데 왜 하필 그 대목에서 강력한 자극을 받았는지 지금도 설명하기 어렵다. 물론 나는 데스크의 기사 손질 과정에 매우 불만이 많고(데스크가 기사를 해체 조립하는 것도 싫고, 그렇게 고쳐놓은 기사도 마음에 들지 않았다) 10년차 주제에 기사보다 칼럼 쓰는 게 더 마음이 편한, 시건방진 기자이긴 했다.

무릇 불만을 품으면 자신부터 불편해지기 마련이다. 한국 뉴스룸의 관성을 비판하는 것 자체가 불편한 일이었다. 뭔가 잘못 돌아가는 듯한데 누가 무엇을 잘못했는지 설명하기 어려웠다. 불평만 늘어놓느라 정작 기자로선 뒤처지는 게 아닌가 하는 불안도 있었다. 그 불만과 불안을 어찌 해소해야 하는지도 알 수 없었다.

그런데 '내러티브'라는 단어가 왈칵 달려와 꽂힌 것이다. 네 음절의 단어가 혀에서 미끄러졌다. 내러티브, 내러티브, 내러티브……. 그것은 느닷없는 죽비였다. 또는 황감한 계시였다.

한국 언론의 고질을 푸는 데 도움이 될 것이라는, 그릇 넓은 생각은 하지 못했다. 다만 지금 당장의 내 문제를 해결하는 데 꼭 필요한 무엇이라고 직감했다. 간담회가 끝나자마자 박재영 교수에게 물었다.

"그 내러티브 기사라는 거, 어디 가면 볼 수 있을까요?" "아, 금방 찾을 수 있습니다. 하버드 대학 부설 니먼 재단에 가면 있어요." "……." "그러니까 인터넷 검색을 하면……. 니먼 재단이 내러티브 아카이브를 갖고 있는데 거기 여러 기사들이 실려 있지요."

생전 처음 듣는 영어 단어가 여럿 포함돼 있었으므로 박 교수의 설명을 온전히 이해하진 못했다. 그래도 더 캐묻는 건 창피한 일이었다. 신문사에 돌아와 이리저리 서툴게 인터넷 검색을 시작했다.

부끄럽게도 기자 생활 10년 동안, 외국 기사를 제대로 읽어본 적이 없었다. 그들이 어찌 취재하고 보도하는지 궁금하게 여긴 적도 없었다. 그저 한국의 이런저런 신문을 서로 비교하는 것에 그쳤다. 어디까지나 '우물 안 (시끄러운) 개구리'에 불과했다. 그리고 그 개구리는 우물 입구에서 날아 들어온 돌멩이에 맞고서야 화들짝 정신을 차렸다. 우물 밖 세상에서 무슨 일이 일어나고 있는지 그제야 고민하기 시작한 것이다.

그 기사의 정식 제목은 「군대의 의혹Suspicion in the ranks」이었다. 영어 사전을 뒤적이며 읽었다. 어느 무슬림 미군 장교에 대한 기사였다. 2005년 1월 9일부터 《시애틀 타임즈》에 9차례 연재됐다.

여러 종교의 군종목사가 있는 미군에서도 이슬람 목사(이맘)는 희귀했다. 중국계 미국인으로 웨스트포인트를 졸업한 전도유망한 장교 제임스 리는 미군의 군종 이맘이었다. 2011년 9 · 11 사태 직후 그는 이슬람 무장단체를 위해 암약한 간첩으로 몰렸다. 이후 무죄로 풀려났다.

《시애틀 타임즈》의 편집자주를 보면, 리베라 기자는 관련자 70여 명 이상을 직접 인터뷰했고 1천 여 쪽에 이르는 130여 종의 관련 문서를 검토했다. 기사에 나오는 모든 상황은 복수의 취재원으로부터 증언을 들어 재구성한 것이다.

약 1년 여에 걸친 취재 결과 탄생한 기사의 1회 '떠오르는 별'A Rising Star은 제임스 리가 촉망받는 군종 이맘에 이른 성장 과정을 소개했다. 전통적 의미의 뉴스는 그 기사에 없었다. 최근 발생한 새로운 사실은 전혀 없었다. 다만 숨겨진 사실Untold story이 가득했다. 사건에 대한 진실을 최대한 온전히 복원하여 생생하게 전달하고 있었다. 1회 기사의 마지막은 이랬다.

(중략) 제임스 리는 지역 신문과 방송국으로부터 쏟아지는 인터뷰에 응하기 시작했다. 뒤이어 전국 규모의 언론들도 그를 찾았다. 미군의 새로운 이슬람 목사는 '떠오르는 별'이었다. •

● http://seattletimes.nwsource.com.

다음 기사가 궁금해 견딜 수 없었으므로 2회와 3회, 그리고 마지막 기사까지 찾아내 읽었다. 기사마다 불꽃이 튀었다. 문장 하나하나에 사로잡혔다. 충격과 환희에 휩싸였다. 세상에 이런 기사가 있다는 충격, 바로 이런 기사를 쓰면 되겠다는 환희.

그 순간이 모든 것을 바꾸었다. 뉴스가 무엇인지, 왜 이렇게 취재하고 써야 하는지, 좀체 적응하지 못하고 좌충우돌했던 지난 10여 년의 시간이 순식간에 정돈됐다. 앞으로 무엇을 할지도 직관적으로 정립했다.

내러티브 저널리즘, 뉴 저널리즘, 논픽션르포, (심층)피처 등은 사실상 같은 말이고, 이들 모두 심층보도와 연관돼 있으며, 그 하위 범주인 탐사보도 역시 내러티브의 작법을 주로 활용한다는 것은 아주 나중에야 알게 됐다. 적어도 그날 그 기사를 읽었을 때는 그런 개념을 체계적으로 설명할 논리가 나에겐 없었다. 다만 하나의 정념에 휩싸였다. '이렇게 쓰고 싶다!'

그것은 어둠 가운데 떠오른 별만큼이나 강렬하고 분명했다. 불만과 미움의 각질에 쌓였던 10년차 기자의 눈앞에 내러티브라는 별이 반짝였다. 기자의 무기는 스트, 박스, 칼럼 밖에 없다고 여겼던 미몽의 시간과 영영 절연할 수 있는 길이 그 별빛 아래 나타났다.

2장

배꼽 박스
전문기자

음주운전이나 간음 등에 발목 잡힌 대중스타가 기자들에 둘러싸여 입장을 밝히는 단골장소인 서울 강남경찰서는 곱디고운 연예인이 드나들 만한 곳은 아니다. 강남의 번화함과 달리 경찰서 건물은 낡고 좁고 지저분하다.

특히 칼바람 부는 겨울밤, 수면부족 상태로 그 건물을 바라보고 서 있으면 절망의 냄새가 스멀거리며 풍겨온다. 폭행 피해자 입술에서 흘러내리는 피비린내, 가해자를 취조하는 형사의 이마에서 흐르는 땀내, 동네 주점 마담의 불콰한 볼에서 풍겨나는 싸구려 분 냄새, 유치장 구석으로부터 촘촘하게 진동하는 지린내, 그리고 저희들끼리 악다구니하느라 턱을 벌려 토해내는 입 냄새가 두루 뒤섞이면 그것이 절망의 냄새다. 들어올 테면 들어와 보라고 시비 거는 것 같다.

1997년 12월 어느 날 밤, 절망의 냄새가 솔솔 풍겨나는 강남경찰서의 정문 앞에 쪼그려 앉아 두 번째 담배를 꺼내 물었다. 저 경찰서 건물에 들어가기만 하면 세상의 비릿한 날숨은 나의 순진한 들숨으로 들어올 것이었다. 아무래도 그만둘 수밖에 없겠다는 생각을 다시 검토했다.

간절한 것은 잠이었다. 인간의 적정 수면시간은 10시간이라는 이야기를 어디선가 들었다. 밤을 밝힐 불이 마땅치 않던 선사 시절, 인간의 생리가 그렇게 굳어졌다는 것이다. 그런데 그 겨울, 수습기자에게 허락된 수면 시간은 하루 두세 시간이었다. 잠을 자려면 사표 쓰는 도리밖에 없었다.

매일 담당 구역의 경찰서, 병원, 소방서 등을 취재해 아침 5시, 7시, 9시 선배 기자에게 보고했다. 잠시 아침을 먹고 오후 4시까지 선배의 지시에 따라 현장 취재를 했다. 점심은 먹기도 하고 건너뛰기도 했다. 오후 6시 신문사에 들어가 회의를 했다. 저녁을 먹고 다시 밤 8시, 10시, 12시, 그리고 새벽 2시 취재 상황을 보고했다.

공식적으로는 3시간의 수면시간이 허락됐지만 새벽 5시 보고를 하려면 뭔가 취재를 해야 했으므로 실제로는 한두 시간의 수면만 가능했다.(나중에는 요령이 생겨 틈틈이 쪽잠을 자긴 했다)

도대체 왜 그래야 하는가. 왜 두세 시간만 자고, 하루 종일 취재하고, 두 시간 간격으로 보고하고, 보고가 부실하다고 야단맞아야 하는가. 설명해주는 선배는 없었다. 그것은 시원을 따질 수 없을 정도로 아주 오래된, 너무 오랫동안 반복되어 하나의 '의례'로 굳어진 기자 교육 방식이었다. 모든 의례가 그러하듯 그 최초에는 나름의 합리성과 타당성을 갖추고 있었다.

신문은 하룻밤 동안 적어도 5차례 '업데이트'된다. 저녁 6시면 다음 날 신문 1판이 인쇄된다. 뒤이어 저녁 8시 30분, 10시 30분, 12시 30분, 그리고 새벽 2시 30분까지 4차례에 걸쳐 편집이 바뀐다. 그때마다 기자들은 자신의 기사를 보충 첨삭한다. 수습기자가 새벽 2시까지 취재·보고하는 것은 이 패턴을 익히게 하려는 목적이 있다.

수습기자의 아침보고가 새벽 5시부터 시작되는 것도 이유가 있다. 기자들은 보통 아침 8~9시에 기사보고를 올린다. 각 기자의 보고를 모아 팀장, 부장을 거쳐 뉴스룸의 모든 보고를 종합해 검토하는 편집회의는 오전 11시부터 시작된다. 이때부터 기사 마감까지 약 5시간만 남아 있다. 아침보고가 철저하지 않으면 다음날 신문을 만들 수 없다. 충실한 아침보고를 위해 더 꼼꼼하게 취재하는 법을 익히느라 수습기자들은 새벽마다 낡은 경찰서 건물을 뒤진다.

그러나 이는 나중에야 알게 된 (또는 궁리 끝에 찾아낸) 이유다. 1997년 겨울에는 도저히 납득할 수 없었다. 잠을 자게 해준다면, 취재 시간을 넉넉히 준다면, 마감을 더 여유롭게 할 수 있다면, 더 좋은 기사를 잘 쓸 수 있을 것이라는 불만으로 가슴이 터질 것 같았다.

불만의 이면에는 욕심도 없지 않았다. 만성적 수면부족 상태이나마 매일처럼 새로운 사실을 발견하고 있었다. 악다구니 속에서 죽음을 발견하고 있었다. 그렇게 많은 사람들이 자살하는지 그때 처음 알았다. 죽기 위해 반드시 대들보나 야산의 소나무에 목을 맬 필요가 없다는 것, 죽는 사람 모두가 유서를 남기는 것이 아님도 그때 알았다. 사람들은 문고리에 수건을 달아매 앉은 채로 아무 말 없이 죽어갔다.

유서가 없어도 자살 동기를 유추하는 것은 어렵지 않았다. 1997년 겨울 구제금융이 몰아치자 남편이 실직해서 마누라가 죽고, 마누라가 도망가서 남편이 죽고, 자식과 며느리가 떠난 뒤 늙은 몸을 혼자 건사할 용기가 없어 노인이 죽었다. 사건조서에 첨부된 현장 사진 속에서 사람들은 푸른 입술로 혀를 빼물고 있었다.

'집단학살이 벌어지고 있다'고 생각했다. 죽음들은 일일이 세상에 알려지지 못했다. 지면은 부족했고 죽어나가는 사람들은 너무 많았으며, 선배들은 그런 사건이 기사가 되지 않는다고 했고, 그게 왜 기사가 되는지를 설명할 능력이 수습기자에겐 없었다. 무엇보다 자살 사건 하나에 매달리기에는 시간이 부족했다. 짬을 내어 열정적으로 매달리기에는 잠이 부족했다.

능력은 없고 불만만 가득했으므로 초년 시절의 나는 비교적 무능했다. 수습기자는 사회부 사건팀(기동취재팀으로 불리기도 한다)에 배속된다. 사건팀장은 군대식 상명하복 질서의 표상으로 통한다. 무능한 수습기자는 팀장의 시선과 요구가 늘 두려웠다. "도꾸다이, 이삭, 그리고 배꼽 박스가 필요해." 일주일에 두 차례 열리는 팀 회의 때마다 팀장은 말했다.

당시 각 언론사 사회부 사건팀이 생산하는 기사는 크게 세 종류였다. '도꾸다이'는 특종이라는 뜻의 일본말이다. 1면 또는 사회면 머리를 장식할 단독 또는 대형 스트레이트 기사를 지칭한다. 이런 특종 기사를 써야 진정한 (사건팀) 기자로 인정받을 수 있었다. 사건팀 뿐만 아니라 한국 언론계 전체가 단독 스트레이트를 중심으로 구조화·위계화 돼 있다는 것은 나중에 알게 됐다.

'이삭'은 에피소드형 사건사고 기사다. 추수해도 그만 아니어도 그

만인, 논바닥에 떨어진 이삭과도 같은 작은 기사라는 의미가 그 명칭에 담겨 있다. 12층 아파트에서 생후 6개월 아이가 떨어졌는데 마침 아래를 지나던 60살 노인이 두 팔로 안아 생명을 구했다는 식의 화제성 기사다. 200자 원고지 2~3매 분량에 흥미롭게 읽을 수 있는 사건사고를 짧게 처리한다.

흥미성 단신 기사가 꼭 필요한 이유가 있다. 한국 언론은 스트레이트 기사에 독자를 몰입시키는 방법을 모른다. 그래서 너무 지겨워 말고 뉴스를 읽으라고 '쉬어가는 페이지' 구실을 하는 짧은 기사를 항상 마련해둔다.

'배꼽 박스'는 일종의 기획형 기사다. 보통 5~7매 정도 분량이다. 기사 주변에 굵은 선의 테두리를 쳐서 지면의 저 아래, 인체의 배꼽에 해당하는 자리에 배치한다고 하여 배꼽 박스라는 이름이 붙었다.

배꼽 박스는 '발생 사건 보도'로는 소화하기 힘든 세태를 담는다. 사회변동의 양상을 전하는 이런 기사는 좀체 머리기사 자리에 올라가지 못했다. 한국 언론의 편집(편성) 철학은 사건 속보를 최우선으로 여긴다. 배꼽 박스는 '한가한 이야기'로 치부됐다.

속보가 없는 날에는 '야마성 기획 기사'가 사회면 머리에 배치됐다. 특정한 방향으로 프레임을 구성하고, 이를 입증할 구체 사례를 보태는 방식으로 기사를 썼다. 지금은 많이 나아졌지만 그 시절엔 "사례 3가지만 있으면 사회면 머리기사를 만들 수 있다"는 말이 기자들 사이에 횡행했다.

대학에서 사회과학 방법론 수업을 들으며 심한 거부감을 품었던 때가 있다. 표본으로 추출한 수백 또는 수천 명의 사례를 들어 어떻게 전체 인구를 설명하겠다는 것인지, 그 논리적 바탕을 납득하기 힘들었다. 그런데 기자가 되어선 더 심한 짓을 저지르게 됐다. 겨우 3건의 사례로 5천만 시민을 설명하는 일을 익히며 행하게 된 것이다.

(다른 나라에 없는, 한국에서만 독특하게 발달한) 이런 기사 장르들을 구분하게 된 것은 나중의 일이다. 당시에는 스트레이트가 최고라는 선배들의 이야기에 고개를 주억거리기만 했다. 또래들을 포함해 다른 기자들은 경찰, 검사, 변호사, 시민운동가 등을 잘도 만나고 다니며 다른 언론사가 아직 취재하지 못한 단독 스트레이트를 구해왔다.

그걸 지켜만 보는 입장에선 아이템 회의가 천하의 고역이었다. 어떻게 하면 저런 단독 기사를 발굴할 수 있는지, 따로 과외라도 받고 싶었다. 옹색하게 내놓을 수 있는 건 배꼽 박스 아이템이었다. 급기야 사흘 연속 사회면 배꼽 박스를 쓰기도 했다. 그 무렵 아이템 회의에서 선배 기자가 내게 말했다. "어이, 배꼽 박스 기자. 그래 너, 뭐 쓸 거 없어?"

그런 효용이 있다는 안도감, 동시에 그 정도의 효용에 지나지 않는다는 열패감이 가슴에서 일렁였다. 출입처를 장악해야 유능한 기자가 된다는데, 쉽지 않았다. 하는 수 없이 출입처 바깥을 쏘다녔다. 배꼽 박스를 위한 기사 아이템은 경찰서나 검찰청사에 있지 않았다. 길거리에 있었다.

관청이 아니라 거리에서 기사를 착안하는 배꼽 박스의 습성이 심층보도의 세계와 연결돼 있다는 생각을 그때는 하지 못했다. 당시 배꼽박스 수습기자를 사로잡은 질문은 따로 있었다. '왜 출입처를 장악해야만 하는가. 난 경찰 얼굴도 보기 싫은데.'

수습교육을 마친 한국의 모든 기자들은 두 가지 핵심 태도를 갖게 된다. 우선 담당기관, 즉 출입처에 대한 밀착이 굳어진다. 또한 즉각적인 보도, 즉 속보의 가치를 최고로 여기게 된다.

'출입처가 어디인가'라는 관념은 한국의 기자들에게 매우 중요하다. 정해진 출입처가 없으면 불안해진다. 어디서 무엇을 취재할지 난감해한다. 출입처가 생기면 매일 아침 기사 빌제에 대한 부담을 던다. 출입처에서 양산하는 각종 보도자료가 있기 때문이다.

힘 있는 기관을 출입하면 기자 어깨에 힘이 들어간다. 출입기관의 힘을 기자의 능력과 같은 것으로 생각한다. 의미 있는 기사 쓰는 일이 좀체 없는 청와대 출입 기자가 매일 주요 지면을 채우는 사건 담당 기자보다 더 우대 받는다.

'누가 먼저 빨리 보도하는가'라는 관념은 기자로서의 성취와 직결된다. 다음 날 아침 공식 발표가 예정되어 있어도 오늘 저녁 먼저 보도하면 단독 기사, 심지어 특종으로 대접받는다. 다른 기자들이 보도하는 시점에 맞춰 함께 보도할 수만 있다면 주요 사실관계를 빼먹은 기사도 용서될 수 있다. 어쨌거나 '낙종'은 면한 것이다. 한발 앞선 특종과 남들보다 뒤처진 낙종을 각각 계량화하여 기자들의 인사평가에 반영하는 언론사도 있다.

이 정도에 이르면 특종에 대한 욕심보다 낙종에 대한 공포가 더 커진다. 누가 특종 했는지 별 신경 쓰지 않는 독자들은 누군가의 낙종 따위 아무 상관도 없지만 출입처를 공유하는 기자들은 낙종을 피하려고 치열한 경쟁을 벌인다.

가장 좋은 방법은 출입처에 계속 머무는 것이다. 그래야 다른 기자들의 동태를 감시할 수 있다. 다른 기자들이 어느 관리를 만나는지도 함께 감시한다. 누구를 취재원 삼아 누가 무슨 기사를 쓰는지 파악하여 적절히 대비한다. 권력을 향한 공세가 아니라 자신을 위한 수세의 전략으로 기자 생활을 하는 것이다.

이것이 한국 언론계 전반을 지배하는 '게임의 법칙'이다. 수습기자 생활 6개월이 지나면 그들은 변한다. 출입처 중심, 속보 중심의 취재 보도를 자연스러운 일로 여긴다. 그것은 직업적 신조이자 무의식적 습성이 된다.

2000년대 초반 어느 유력 일간지가 탐사보도팀을 만들었을 때 일을 전해 들었다. 탐사보도팀에 배속 받은 기자들은 뭘 어찌해야 좋을지 몰랐다. 인사발령 첫 날 기자들은 신문사 근처 다방에 둘러앉았다. 고민이 있었다. "이제 아침마다 어디로 출근하지?"

고정 출입처가 사라진 것이 그들의 큰 걱정이었다. 보도자료를 내주는 기자실도 함께 사라졌다. 벌집 잃은 벌처럼 그들은 불안에 휩싸였다. 그리 오래지 않아 팀은 해체됐다. 출입처 없이 기자 노릇 하는 것은 한국 기자들에게 보통 일이 아니다.

원래 출입처 제도는 언론의 '감시견' 역할을 위해 고안됐다. 권력은 부패하기 마련이다. 시민사회의 대표를 자임하는 기자는 권력 기관에 스스로를 파견한다. 시민의 눈으로 권력의 부패와 전횡을 감시한다. 그것이 출입처 제도의 바른 뜻이다.

출입처 체제를 익히는 출발지가 경찰서인 것에도 이유가 있다. 힘 있는 자는 좀체 경찰서에 가지 않는다. 주로 힘없는 자들이 피해자 또는 피의자 신분으로 경찰 앞에 줄지어 선다. 그래서 경찰서는 서민과 권력이 갈등하는 최전선이다. 기자는 시민, 그중에서도 서민을 대신하여 경찰 권력을 감시한다.

이런 경찰서 취재를 통해 수습기자는 대학의 온실에서 서민의 뻘밭으로 삶의 근거지를 옮긴다. 경찰이 법과 질서의 눈으로 사건을 다룰 때 기자는 인간과 정의의 눈으로 사람을 다룬다. 예컨대 수많은 자살 사건을 접하며 사회 구조의 모순을 체득하는 것은 경찰서를 이 잡듯 뒤지는 수습기자 시절이 아니면 좀체 경험하기 힘든 일이다.

그런 면에서 촘촘한 수습기자 교육이 근본에서 잘못된 것은 아니다. 다만 수습 기간 외에는 훈련의 기회가 따로 없다는 것이 문제다. 한국 언론이 초년 기자들에게 제공하는 직업적 교육은 6개월의 수습기자 생활로 사실상 끝난다. 그 뒤로는 각자 알아서 체득하는 일만 남아 있다.

이제 초년 기자들의 뇌리에는 혹독했던 마감 압박과 경찰 취재의 기억만 남을 것이다. 진실 추적, 심층 보도, 시민 사회 대변 등의 가치 체계가 내면화될 공간은 거기에 없다.

경찰이 아니라 피해자를 만나는 게 더 중요하다는 것, 기자는 공무원과 어울리는 권력자가 아니라 그들을 감시하는 고발자라는 것, 진정한 취재 현장은 관공서의 브리핑룸이 아니라 관공의 결정에 영향 받는 일상의 공간이라는 것을 신념화하지 못한 채 '정식 기자'가 되어 취재 현장으로 달려간다.

무엇을 보도해야 하는가, 어떻게 보도해야 하는가에 대한 공통의 신념을 형성하고 공유할 뉴스룸 차원의 토의나 숙의도 제공되지 않는다. 오직 각자의 시행착오와 자각에 기댈 뿐이다. 하물며 한국 사회에 형성된 '저널리즘 컨센서스' 따위는 없다.

기자 개인의 새로운 시도가 없지는 않다. 다만 예외적 사례로 평가받을 뿐이다. 기자라는 직업집단의 가치체계를 바꾸는 데까지는 이르지 못한다. 출입처 중심 속보주의라는 게임의 법칙은 반세기가 넘도록 한국 언론을 지배해왔다.

출입처 체제는 뉴스의 품질도 결정한다. 기사에는 취재원News source이 등장한다. 특히 한국 언론의 기사는 여러 취재원의 '발언'을 이어붙이는 형태로 구성된다. 그런데 여기에는 순서가 있다. 어떤 취재원을 어떤 순서로 실었는지를 보면 그 기사의 의도를 파악할 수 있다. 출입처 제도는 취재원의 배열을 취재 단계에서 고정시킨다. 출입처는 기자가 권력과 긴장하는 전선이 아니라 권력이 기자들을 위해 마련한 둥지 역할을 한다. 출입처가 곧 기사의 출발 지점이 된다.

경찰이 제공하는 보도자료는 기자가 사건을 판단하는 1차 근거가 된다. 피해자 또는 피의자의 관점과 진술에 착안해 사건사고를 취재하는 일은 극히 드물다. 기자는 경찰의 눈으로 기사거리를 찾게 된다. 인권과 정의가 아니라 법률의 관점, 사람이 아니라 사건의 관점으로 뉴스를 검토한다.

이에 기초해 보도 가치가 있다고 판단이 되면 그다음에야 피해자와 피의자를 접촉한다. 시민사회로부터 출발해 권력기관을 향해 취재하는 것이 아니라 권력기관이 제공한 자료에서 시작해 시민사회의 반응을 취재하는 것이다.

한국의 많은 기자들이 공무원을 만나면 즐겨 쓰는 농반진반의 인사가 있다. "그래, 뭐 기사거리 좀 없어요?" 이상하지 않은가. 시민사회를 대표하여 권력을 감시하는 기자가 권력에게 기사거리를 구걸하는 모양새가 불편하지 않은가.

그러나 입사 직후부터 출입처 체제에 적응한 기자들에겐 그런 감흥이 생겨나지 않는다. 수습기자 이후 사회부, 정치부, 경제부 등을 옮겨 다니는 동안, 기사 아이디어를 구하는 대상이 경찰관으로부터 공무원, 국회의원, 기업인, 대통령 등으로 옮겨갈 뿐이다. 취재 관행에 대한 문제의식과 저항감은 출입처 체제에 적응하는 과정에서 눈 녹듯 사라진다.

여기에는 속전속결로 돌아가는 마감의 압박도 있다. 시간이 넉넉하다면 그 출발점이 어디건 큰 상관없을 것이다. 경찰의 관점에서 피해자의 관점으로 다시 피의자의 관점으로 옮겨 다니면서 사건을 입체적으로 파악하는 일이 가능하다면, 최초의 착안 지점이 경찰의 보도자료라 해서 무엇이 문제이겠는가. 그러나 실제 한국 언론계에서 벌어지는 일은 다르다. '뉴스의 출발지점'인 출입처 관료의 눈으로만 검토하고 이후 과정은 생략된다. 경찰의 눈으로 사건사고를 걸러 보기만 하고 다른 관점에서 이를 살펴보는 일은 미뤄둔다. 시간이 부족하기 때문이다.

하나의 사건을 면밀히 검토하기보다는 당장 쓸 수 있는 사건을 찾는 게 더 효율적이라고 기자들은 믿는다. 출입처 체제는 사건사고에 대한 복합적 관점을 거세한다. 특히 시민적 관점, 당사자 관점을 휘발시킨다. 보도할 가치가 높은 기사를 지면과 전파의 바깥으로 밀어내버린다.

한국의 기자들에게 출입처는 벙커다. 들어가서 안 나온다. 세상으로부터 스스로를 격리시키고는 수세적으로 기사를 쓴다. 출입처를 진지로 바꿀 수만 있다면 사정은 조금 나아질 것이다. 권력을 향해 진격하고 시민의 삶으로 파고드는 공세적 취재·보도를 위해 출입처를 활용한다면 그때의 출입처는 일시적 거처로서의 진지가 될 수 있다. 이렇게 되면 관점의 대이동이 이뤄진다. 공무원의 눈이 아니라 시민의 눈으로 세상을 볼 수 있다.

그런 변화를 기대하기에 기존의 관성이 너무 강하다면, 출입처 체제를 아예 없애 버리는 급진적 시도가 필요하다. 실제로 미국의《뉴욕타임스》에는 정치부 또는 사회부가 없다. 그들은 '영역'이 아니라 '지역'에 따라 임무를 나눠 맡는다.

우리의 정치부에 해당하는 일은《뉴욕타임스》'워싱턴 지사'의 몫이다. 워싱턴에 주재하는 기자들이 백악관, 연방정부, 연방의회 등을 두루 담당한다. 백악관 브리핑룸에 드나드는 전속 기자가 있긴 하지만 대다수는 주요 관청들을 유연하게 넘나든다. 이들은 워싱턴에서 발생한 사건사고도 함께 담당한다. 우리의 사회부 기자 노릇도 함께 맡는 것이다.

본사가 있는 뉴욕에는 '시티 데스크'City desk가 있다. 우리의 사회부와 흡사하지만 기자마다 전속 출입처를 갖고 있는 것은 아니다. 뉴욕에서 벌어지는 사건, 사고, 행정 등을 포괄하면서 느슨하고 넓은 의미의 '전문 (주제) 영역'에 따라 각자의 방식으로 기사를 쓰면, 데스크가 좋은 기사를 선별하여 게재한다.

이런 편제에서 어떤 일이 일어나겠는가. 기자들은 말 그대로 '쏘다니는' 수밖에 없다. 관점을 이동하며 기사거리를 찾을 것이다. 갈등의 현장이 생기면 가장 먼저 달려갈 것이다. 그곳에서 백악관, 연방의회, 연방정부를 향한 진짜 기사를 착안할 것이다.

이렇게 출입처 체제가 사라지면 '보도자료'라는 명목으로 매일 제공되는 관급자료도 사라질 것이다. 매일 점심과 저녁으로 함께 밥 먹자며 먼저 말 걸어오는 공보 담당자들도 사라질 것이다. 그게 기자들한테는 영 아쉬운 일이 될 것이다.

그런 아쉬움이 생기는 것도 괜찮다. 그 아쉬움으로 인해 새로운 지평이 열린다. 기자가 권력으로부터 제공받아야 할 단 하나의 것이 있다면, 그것은 정보다. 현대 민주주의 국가에서 권력의 정보는 투명하게 공개되어야 마땅하다.

이에 대한 접근이 수월치 않다면 그것 자체가 심각한 문제다. 이제 기자들은 제 본래 자리를 깨닫게 된다. 결국 그들도 시민이다. 어느 시민이건 권력의 정보에 접근할 수 있어야 한다. 그것이 바로 우리 모두가 지니고 있는 '알 권리'다.

의회가 권력기관의 각종 정보를 제출받을 수 있는 것은 그 기관이 시민을 대의한다는 전제 아래서 가능하다. 의회가 그 권능을 제대로 발휘하지 못한다면 시민 스스로 그 정보를 받아낼 수 있다. 그리고 언론은 그 역할을 일상적으로 대행한다.

반드시 지키고 더 강화해야 하는 것은 출입처 체제가 아니라 정보공개청구 제도를 포함한 '시민의 알 권리' 차원의 각종 제도다. 민주주의 일반 원칙에 입각하여, 그리고 이를 구현하는 체계적 제도를 통하여 시민은 권력의 정보에 접근할 수 있어야 한다.

반세기 이상 언론은 출입처 제도를 통해 정치·기업·사법 권력과 정보거래를 해왔다. 다만 그 정보는 권력과 언론 사이에서만 통용되는 배타적인 것이었다. 그런데 그 카르텔의 균형추가 기울고 있다. 시간이 갈수록 공개하지 않겠다는 권력의 정보가 많아지고 있다.

바로 이 때문에 출입처 제도의 효용도 다해가고 있다. 얼굴 맞대고 지내는 사이끼리 왜 똑바로 실토하지 않느냐고 호통 치는 방식으로는 더 이상 정보를 파악할 수 없다. 이제 출입 기자들의 힘만으로는 권력 감시를 위한 정보를 빼낼 수가 없다. 권력을 무릎 꿇리려면 시민과 연대해야 한다.

시민이 그 절실함을 모른다면 언론이 앞장서야 한다. 권력과의 배타적 거래에 대한 달콤한 추억을 잊고, 시민과 그 정보를 투명하게 공유하는 담백한 미래를 도모해야 한다. 그것이 출입처를 벙커가 아닌 진지로 진화시키는 첫 단계가 될 것이다. 그리고 그때부터 취재와 보도는 투명하고 동등한 접근권 아래서 누가 정확한 맥락을 짚어 깊이 보도하는지의 문제로 옮겨갈 것이다.

아직 그 단계로 나아가지 못한 오늘 한국 언론의 출입처 체제는 전족과 같다. 천으로 꽁꽁 묶으면 보기 좋은 발을 만들 순 있겠지만(실은 극히 일부가 흉측한 그 모양을 아름답다고 여긴 것에 불과하지만) 원래의 보행 목적으로는 영 쓸 수가 없다. 중국 공산혁명 때 전족을 한 고관대작의 부인들은 걷지 못하고 사지로 기어서 피난했다.

한국의 언론사는 출입처 시스템과 하루 단위 마감 압박으로 기자들의 발을 꽁꽁 묶어 훈련시키고 있다. 그 덕분에 한국 언론은 손발을 다해 기어도 진실의 전모를 전달하지 못하는 참변을 겪고 있다.

날 서린 비판의 눈으로 출입처에서 만나는 권력자들을 감시하는 기자가 아예 없는 것은 아니다. 권력과 긴장하는 출입기자도 분명 있다. 그러나 열의 아홉은 감시견 대신 반려견이 되어간다.

지금 알고 있는 것을 그때 알았다면 그 길로 사표를 썼을 것이다. 그러나 그 겨울 강남경찰서 앞에 쪼그려 앉은 수습기자는 출입처 체제에 대한 불가해한 적대감에 몸서리를 쳤을 뿐, 이를 합리화할 경험적·논리적 근거를 갖고 있지 못했다.

사표에 적어낼 사직의 근거가 필요했다. 그러기 위해선 저 선배 기자들이 아직도 사표를 쓰지 않는 근거를 알아내야 했다. 선배 기자들이 '진짜로' 치러내고 있는 일의 정체가 무엇인지, 그들이 무슨 꿍꿍이와 재주로 기자 생활을 견디고 있는지 파악해야 했다.

그러려면 그들과 동등한 기자가 되어야 하고 그들과 소주잔을 나눌 수 있는 '시민권'도 필요하다는 데 생각이 미쳤다. 기자로서의 시민권은 수습기자 및 사건팀 기자 생활을 버틴 다음에 발급될 터였다.

절망의 냄새 풍기는 경찰서 앞에서 담배 서너 개를 연달아 피우고 난 뒤의 결론은 옹색했다. 사표 쓰는 일에 대한 두려움도 물론 있었다. 사표라는 건 그냥 눈 딱 감고 던져버려야 하는 건데, 그때나 지금이나 나는 우유부단하다.

지금 겪고 있는 일이 전부가 아닐 것이라는 막연한 기대에 미래를 저당 잡히기로 했다. 그럴 리가 없지 않은가. 저 많은 기자들이 이 말도 안 되는 일만 반복하고 있을 턱이 없지 않은가.

3장

출입기자의
최후

2004년 3월 마지막 주 《시사저널》은 노무현 대통령 탄핵소추안 가결 이후 총선 판세를 점검하는 표지 기사를 실었다. 관련 기사 가운데 '정치권-언론 올인 맞짱'이라는 제목의 기사가 있다. 올인 하여 맞짱 뜨는 언론의 사례가 등장한다.

(중략) 이보다 하루 앞선 3월 13일 오전 7시 56분. 한나라당을 출입하는 한겨레 안수찬 기자는 '인터넷 한겨레'에 '한나라당의 최후'라는 도발적 참회록을 올렸다. '머리 숙여 가슴을 치며 사죄를 구합니다'로 시작하는 이 글에서 안 기자는 3·12 탄핵안 가결을 '쿠데타'라고 규정했다. (중략) 이어 지난 2년간 한나라당을 출입하면서 그들과 밥 먹고 술 마시며 어울렸던 자신을 통렬히 비판했다.

(중략) 아무리 뉴스메일이라고 해도 취재할 때나 기사를 쓸 때 최대한 자신의 '성향'을 드러내지 말라고 교육받아온 기자로서는 넘어서는 안 될 선을 넘긴 셈이다. (중략)

하지만 정작 신문사 안에서는 별다른 제재를 당하지 않았다. 그는 여전히 한나라당을 출입하고 있고, 3월 20일 현재 '한나라당의 최후⑤'를 인터넷에 올렸다. 이 신문사의 한 선배 기자는 "기사에 자기 생각을 담은 것도 아니고, 개인 메일에 평소 소신을 밝힌 것인데, 뭐 그리 문제 삼을 일이냐"라며 후배를 감쌌다. •

나를 감싸준 그 선배 기자가 누구인지 아직 잘 모른다. 소주 한잔 사드리고 싶다. 섶을 지고 불로 뛰어든 후배를 어떻게든 보호하려고 애써주신 덕분에 약간의 화상만 입고 아직 기자 노릇하며 살아남았다.

그 무렵 성한용 정치부장과 김치찌개 집에서 낮술을 마셨다. 그는 20여 년 동안 정당 출입을 하면서도 출입처 체제의 관습에 젖어들지 않고 날카로운 분석이 담긴 기사를 많이 썼다. 나중에 편집국장까지 했다. 국장을 마친 뒤엔 다시 현장으로 돌아가 까마득한 후배 기자들과 함께 일선을 누비고 있다.

당시엔 야단맞을 각오를 했다. 그는 다른 말을 했다. "아직 뜨거워서 그런 거지. 단심(丹心)이 있는 거야." 괜찮다고 주눅 들지 말라고, 그는 철없는 기자를 격려했다. 《한겨레》 창간 직후인 1990년 그는 보건사회부(현 보건복지부) 출입기자들이 촌지를 나눠 가진 일을 폭로한 바 있다. 기자 사회의 촌지 문화 근절에 중요한 계기가 된 기사였다. 그 기사 때문에 출입처 공무원 및 다른 기자들과 껄끄럽게 지냈던 일을 그는 소주잔 건네며 들려줬다.

김용성 《인터넷 한겨레》 뉴스부장은 나의 수습 시절 사건팀장이었

• '정치권-언론 올인 맞장' 《시사저널》 753호, 2004년 3월 23일.

다. 신문사 다른 선배와 언쟁까지 벌여가며 그는 '한나라당의 최후'를 적극 성원했다. 그도 원래 단순 속보보다 깊이 있는 분석 기사를 더 좋아했는데, 사건팀장의 자리가 그로 하여금 수습기자를 가혹하게 훈련시키도록 만들었던 셈이다.

원래 화끈하고 순수한 성격의 그는 복잡하게 말하지 않았다. "괜찮아. 인터넷은 내 책임이야." 인터넷 뉴스 편집에 관해선 다른 사람의 허락이 필요하지 않다는 뜻이었다. 10년 위의 까마득한 선배가 부족함 많은 후배를 신뢰하고 후원하겠다는 뜻이었다.

김 부장의 말에는 당시의 과도기적 혼란도 반영돼 있다. 인터넷에 적합한 기사는 배경과 맥락을 담는 기사임을 그는 이미 알고 있었다. 사실 보도를 주로 삼는 신문에선 강력한 데스킹이 엄연했지만, 맥락을 설명하는 인터넷에선 느슨한 데스킹이 이뤄졌다. 두 잣대가 상충할 경우 어떻게 처리하면 좋을지에 대해선 마땅한 규칙이 아직 없었다. 덕분에 나는 징계를 피할 수 있었다.

나중에 한나라당을 출입한 후배들로부터는 농담 섞인 편잔을 들었다. '한나라당의 최후 사건'으로 자신들이 얼마나 고생하고 있는지 아느냐고 웃으며 따졌다. 명색이 선배랍시고 들려줄 말이 없었다. 당시 사건에 대한 생각을 10년 뒤에 잠시 언급한 적이 있다.

딱 10년 전, 나는 한나라당을 출입했다. 그들과 함께 먹고 마시며 정치인의 눈으로 세상을 보았다. 2004년 봄, 그 이력은 파탄 났다. 노무현 대통령 탄핵 직후 《인터넷 한겨레》에 '한나라당의 최후'라는 9편의 칼럼을 썼다. 기자라 하여 논리가 일관되지는 않는다. 당시엔 사명감에 불탔으나 돌아보니 부끄럽다. 시퍼런 독만 가슴에 남은 젊은 기자는 한나라당이 공공의 적이라고, 분석 대신 주장만 앞세운 글을 썼다. ●

일이 그 지경으로 풀리게 된 데에는 사연이 있다. 출입처 체제에서 직업적 성취를 이룰 기회가 나에게도 왔다. 2002년 정치부에 배속되어 한나라당(지금의 새누리당)을 담당했다. 아마 대구 출신이란 점이 작용했을 것이다. 《한겨레》 기자이지만 'TK 출신'이라는 레떼르가 한나라당에 적응하는 데 도움이 된 것도 사실이었다.

한국 언론은 거의 모든 기관마다 전담 기자 또는 출입처 기자를 배치한다. 얼핏 보기엔 학익진(鶴翼陣)의 태세다. 권력기관을 상대로 물샐 틈 없는 진법을 펼쳐 권력부패를 일망타진하겠다는 기상이 엿보인다.

학이 날개를 펼친 듯한 그 진법의 정수리에 국회가 있다. 지역 언론은 물론 인터넷 언론까지 국회 출입기자(실제로는 여당 담당, 야당 담당을 구분한다)를 두고 있다.

내가 국회를 출입하던 10년 전에 비해 매체는 더 늘어났다. 이제 국회 출입 기자는 하늘의 별만큼 많을 것이다. 한국 언론의 출입처 체제가 어떤 방식으로 작동하는지 보려면 국회 및 각 당사에 가보면 된다. 출입

● '한겨레 프리즘-한나라당의 최후', 《한겨레》 2012년 2월13일.

처 체제의 심장이다.

출입처 기자들이라고 출입처 체제를 즐기는 것은 아니다. 세간의 시선과 달리 출입처 체제가 기자들의 안락함을 보장하는 것은 결코 아니다. 마감 압박 및 낙종의 공포와 결합한 출입처 체제의 가공할 스트레스가 있다.

일찍 죽기로 1등을 다투는 직업집단이 있다. 평생 몸을 혹사하는 프로스포츠 선수, 오랫동안 고독하게 지내는 성직자, 그리고 그 잘난 속보 챙기느라 마음과 육체를 세월에 맡기고 하루하루 버티는 기자다. 외국 기자들과 달리 전쟁 취재 중에 사망하는 일 따위는 한국 언론계에서 매우 드문 일이므로 단명의 주된 원인은 격무와 스트레스다. 출입처 체제가 안락하다면 이런 일은 없을 것이다.

출입처와 관련된 수많은 경구가 이 바닥에 유통되는 것도 그 때문이다. "출입처를 장악하라." "출입처 공무원과의 기 싸움에서 밀리지 말라." "출입처 기자단에서 주도권을 잡아라." 그것은 열정적 선배가 성실한 후배에게 소주잔 기울이며 들려주는 진심 어린 충고다. 그 충고에 무슨 악의가 있지는 않을 것이다.

하여 모든 기자들은 일단 출입처를 맴돈다. 출입처가 뉴스의 출발지점 구실을 하고 기자들이 출입처에 매달려 있다면 결과는 간단하다. 어느 언론사건 같은 취재원을 인용하여 같은 뉴스를 보도한다. 여기서 '뉴스의 균질화'가 이뤄진다.

한국의 정치 기사는 비교적 단조롭다. (대통령을 포함해) 주요 정치인의 발언을 여야 정쟁의 프레임 아래 다룬다. 무엇이 쟁점인가, 왜 갈등하는가, 전망은 어떤가 등으로 정치 기사가 구성된다. 복잡한 쟁점, 첨예한 갈등, 안개 속 전망 등이 발생하면 취재·보도 과정에서 고역을 치르긴 하지만 기본적으로는 크게 다르지 않은 기사를 매일 쓴다.

사람들은 한국 정치에 대해 "그놈이 그놈"이라고 흔히 말한다. 한국 정치 기사도 그 기사가 그 기사다. 실은 이 두 가지가 하나의 쌍을 이룬다. 여야 정쟁 프레임 아래 주어, 목적어, 시공간을 바꾼 기사가 신문, 방송 가리지 않고 쏟아지니 이를 접하는 한국인들의 정치인식도 별반 진전이 없다.

한국의 정치 보도에서 정치인의 발언은 '발생 사건'이다. 누군가 무슨 발언을 하면 그것이 뉴스다. 각 매체가 접하는 취재원은 똑같다. 뉴스의 차별화는 주석을 통해서만 가능하다. 어떤 발언은 부각시키고 어떤 발언은 무시한다. 똑같은 발언에 대해 서로 다른 해석을 내놓는다. 그것이 각 언론사 정치 뉴스의 차이를 결정하는 거의 유일한 변수다.

이를 언론계에선 '야마'라고 부른다. 사실을 어떻게 다룰 것인지에 대한 '프레임'이라고 보아도 좋겠다. 야마를 분명히 해야 지면과 전파를 확보할 수 있다. 야마가 없는 기사를 송고하면 데스크는 기자에게 화를 낸다.

야마는 우선 기자의 내면에 자리 잡은 가치 체계에 의해 형성된다. 이어 팀장, 차장, 부장, 국장으로 이어지는 데스크의 가치 체계에 의해 첨삭된다. 여기에 더해 해당 매체의 정치경제적 이해관계가 보태진다.

결국 한국의 정치 기사는 동일한 취재원, 균질한 뉴스 품질, 서로 다른 야마를 특징으로 한다. 야마만 다른, 즉 사안을 다루는 태도만 다른 뉴스가 밀물처럼 밀려왔다 썰물처럼 빠져나간다.

이로부터 한국의 언론이 좌우 축선에 늘어서 경쟁하는 시장이 형성됐다. 여러 언론이 다루는 이슈와 그 취재원이 대동소이하므로 (뉴스라는) 제품의 차별성은 이를 해석하는 관점의 차이로만 가능하다.

그 관점의 정당성을 입증하는 것은 개별 언론사의 사활을 건 문제다. 진보와 보수로 갈린 정당과 언론은 서로를 향해 편파의 딱지를 붙인다. 정치적 의도를 갖고 진실의 일부만 왜곡하여 보도했다고 비난한다. 대신 스스로에 대해선 객관보도의 잣대를 지켰다고 대외적으로 공표하고 싶어 한다.

좌우 축선에 늘어선 한국 언론은 끈질기게 진실을 추적하는 대신 '정치의 호흡으로' 사실을 다룬다. 정치가 다루는 진실의 생명력은 길지 않다. 정당은 상대를 공격할 때만 진실을 앞세운다. 권력 장악에 도움 되지 않는다면 진실 추적을 미루거나 접는다. 필요하다면 거짓도 관용한다.

정치에서 진실은 오직 정세에 따라 활용된다. 정치는 공격의 기술인 동시에 타협의 술수다. 길어야 일주일, 보통은 며칠, 짧게는 몇 시간 만에 정세가 바뀐다. 이러한 정치 시간표에 따라 한국 언론은 뉴스를 생산한다. 빠르게 그러나 간단하고 거칠게 보도한다. 그런 뉴스에서 진실은 전모를 드러내지 않는다.

악순환은 이어진다. 진실이 무엇인지 확증할 자신이 없으므로 언론은 진실의 자리를 주장, 의혹, 공방으로 대체한다. 진실을 확보하지 못한 언론은 정치적 프레임으로 뉴스를 판단하는 수밖에 없다.

진실 추적의 수고를 더는 일이기도 하므로 한국의 기자들은 그런 관성에 길들여진다. 입으로 균형을 말하지만 실제로는 기대어 의지할 편파를 찾거나 기껏해야 회색지대로 진입한다.

기자들의 고민은 어떻게 하면 쉽게 접촉할 수 있는 취재원을 가급적 최소한(최대한이 아니다) 만나 기사가 갖춰야 할 그럴듯한 모양새를 꾸며 제 시간에 마감할 수 있을지에 머문다.

이는 '패스트푸드 저널리즘'에 비유할 수 있다. 모든 재료는 순식간에 요리되거나 이미 요리돼 있다. 가끔 그 음식에 파리 날개, 쥐꼬리, 바퀴벌레 더듬이 등이 들어가 항의를 받기도 하지만 어찌됐건 기자들은 같은 방식으로 내일 장사를 준비한다.

사정이 이러하므로 정치보도가 정치를 바꾸는 데 기여할 것이라는 기대는 배반당할 가능성이 높다. 한국 언론의 정치보도는 그 야마의 진보성 또는 보수성과 상관없이 이전투구의 중계보도를 반복하고 있다.

한국의 정당에는 진성 당원이 없다. 지속적으로 신뢰를 보내면서 개입하는 공중public도 거느리지 못했다. 거느린 당원이 없는 정당은 정책 활동보다 선전 활동에 주력한다. 대중 선전은 복잡하면 안 된다. 정당은 '격분의 수사학'을 구사한다. 자극적이고 공격적인 정치 행위를 벌인다.

언론이 주석을 달아 보도하는 것은 이러한 격분의 선전문이다. 선전을 확대하는 셈인데 종종 그 선동의 요소를 더 강화하여 기사를 쓴다. 이런 보도는 특정 신념을 공유하는 '정파적 (소수의) 공중'을 자극하는 데에만 쓸모가 있다. 정치에 별 관심 없는 대중에게는 성가신 일로 비쳐진다.

아주 드물게 그 전략이 성공한 적도 있지만, 지난 반세기를 거칠게 돌아보자면 대중은 언론이 격분할 때 함께 격노하지 않았다. 주로 진절머리만 냈다. 특히 정치 보도의 '야마 전략'은 대중의 정치 참여에 별다른 기여를 하지 못했다. 정치에 대한 대중의 혐오 관념을 (각자 입맛에 맞는 방식으로) 강화하기만 했다. 누구는 박정희를 계속 미워하고 누구는 김대중을 계속 미워하고 있다. 공론의 계기는 갈수록 옅어지고 있다.

결국 한국 언론의 정치보도를 소비하는 것은 대중이 아니다. 자신들의 쟁투가 어떻게 비쳐지는지 보고 싶은 정치인 및 (소수의) 정치적 군중이다. 그것은 밤늦은 시각의 전국체전 녹화중계방송과 같다. 대중은 보지 않는다. 출전 선수와 코치, 그리고 그 가족들만 본다. 그 중계방송이 전국체전의 대중화에 기여할 것이라는 기대를 품는 이도 없다.

'정치 효능감'이라는 정치학의 개념이 있다. 자신의 문제가 정치를 통해 해결될 수 있고 여기에 자신이 기여할 수 있다는 기대 또는 신뢰를 지칭한다. 정치 효능감이 높으면 정치적 감수성도 높아진다. 정치가 자신의 문제를 해결할 것이므로 정치적 변동 하나하나가 그 개인에겐 중요한 사건이 된다.

정치 효능감 형성에서 중요한 것은 경험의 누적이다. 정치가 내 문제를 해결하는 일을 반복적으로 겪어야 한다. 언론이 필부들의 삶을 집중 보도하고 심층보도해야 정치가들이 움직인다. 다시 말해 언론이 필부의 고민을 정치의 영역으로 밀어 넣어야 권력자들이 쟁투의 에너지를 정책으로 전환한다.

이를 통해 필부는 정치 효능감(및 언론 효능감)을 축적해갈 것이다. 일단 정치와 삶의 거리가 좁혀지면 대중은 정치 영역에서 벌어지는 독재, 불법, 부패를 향해 비로소 온몸으로 맞선다.

간악한 독재에도 불구하고 대중이 좀체 움직이지 않는다면 그것은 (정당과 함께) 언론의 책임이다. 대중은 언론을 통해 정치를 이해할 수밖에 없다. 언론 스스로 대중으로부터 멀어졌고 그나마 정치보도 역시 근본적 발상의 전환을 이루지 못하고 있다. 필부의 삶과 상관없는 방식으로 정치를 보도했다. 민주주의 헌정체제를 제대로 가꾸지 못하는 게 어찌 시민 탓이겠는가. 오직 기자들의 잘못이다.

급진적 상상력을 발휘하자면 지금 상태로는 아예 정치 보도를 하지 않는 것이 정치 발전에 도움이 될지도 모르겠다. '권력자들의 정치'에 신경을 좀 덜 쓰면, 먹고 살고 죽는 '필부의 정치'에 기자들이 비로소 눈을 돌리지 않을까.

해체는 새로운 창조의 출발이다. 무엇인가 사라지면 결핍으로부터 창의가 생겨난다. 정치면, 정치부가 사라지면 다른 방식의 정치 보도가 비로소 생겨날 수 있다. 스스로 물러나고 해체하면 다른 방식으로 재구성될 수 있다.

그런 일은 아직 한국 언론에서 일어나지 않았다. 2002년에는 그런 기미조차 없었다. 국회 출입기자들은 다른 출입처 기자들에 비해서도 더 강력한 노동 강도에 시달리고 있었다. 여러 정치인을 두루 섭렵하면서 그들의 평소 신념, 현안에 대한 판단, 다른 정치인과의 관계 등을 파악하려고 뛰어다녔다. 야마를 잡기 위해 동분서주했다.

2002년 정치부 생활을 시작한 나는 겨우 초년의 티를 벗은 상태였다. 정당 출입 기자 가운데 막내에 불과했다. 무얼 새로 도모하거나 혁파할 실력은 없었다. 별처럼 많은 기자들 사이에서 뒤처지긴 싫었다. 간간히 소소한 단독 보도도 했으나 낙종하지 않으려고 안간힘을 발휘하는 데 에너지의 대부분을 쏟아 부었다.

아침 8시 한나라당 당사에 나와 그들의 아침 회의를 취재했다. 점심에는 정치인들과 낮술을 먹으며 정가 소식을 챙겼다. 낮술이 호사가 되려면 낮잠을 잘 수 있어야 한다. 그런 사치의 기회는 드물었다. 오후에는 술이 덜 깬 상태에서 두 꼭지 이상의 기사를 번개처럼 마감했다.

해질 무렵이면 다시 정치인을 만나 거나하게 술 마시며 그들의 속내를 파악하려 애썼다. 술자리는 보통 자정, 여차하면 새벽 1~2시까지 이어졌다. 잠깐 눈 붙이면 다시 아침 회의를 챙기러 출근해야 했다. 아침 8시 한나라당 기자실에는 김밥과 어묵 국물이 등장했다. 술이 덜 깬 기자들이 그 앞에 들러붙어 해장을 했다. 사실상 하루 세 끼 전부를 한나라당이 해결해줬다.

나는 제법 그 일에 열성을 냈다. 인정받고 싶었던 것이다. 저 수습기자 시절부터 계속된 출입처 부적응의 굴레를 이번에야말로 제대로 벗어보고 싶었다. 바야흐로 대통령 선거도 다가오고 있었다. 당시엔 이른바 '이회창 대세론'이 팽배할 때였다. 한나라당을 담당한다는 것은 여러 모로 기회였다.

정치보도의 새 지평을 개척했다면 참 좋았겠지만 그런 지혜가 당시엔 없었다. 기사의 야마를 잡는 데 도움이 될까 싶어 정치인들의 속내를 파악하는 데만 골몰했다.

속내를 들여다보는 가장 빠른 방법은 가까워지는 것이다. 그냥 가까워지는 것으론 부족하다. 정치인이 나를 편하게 여길 수 있을 정도로 가까워져야 한다. 쉽게 말해 그의 측근이 돼야 한다.

집에 찾아가고 의원 전용차를 함께 타고 마주 앉아 밥을 먹고 어깨 걸고 술 마셨다. 술이 취한다 싶으면 화장실에 갔다. 그때까지 속으로 외워둔, 정치인의 발언을 수첩에 옮겨 적었다. 그리곤 손가락을 입에 넣어 양주와 맥주를 게워냈다.

그 결과 한나라당에 제법 잘 녹아 들었다. 한나라당을 출입하는 각 언론사의 막내 기자들을 '말진'(1진, 2진 다음의 막내라는 뜻이다)이라 부르는데 여러 말진 기자들의 간사도 맡았다. 여러 매체 막내 기자들을 대표해 정치인과의 밥자리, 술자리를 주선하는 게 간사의 역할이었다. 돌아보니 그게 결국 정언유착의 매개가 되는 '향응 브로커' 노릇이 아니었나 싶다.

한나라당의 여러 정치인과 당직자들이 말했다. "안 기자는 《한겨레》 기자 같지 않아." 당연하지. 한나라당 국회의원이 건네는 술잔을 기꺼이 들이켜는 《한겨레》 기자가 얼마나 됐겠는가.

어느 국회의원이 술자리에서 말했다. "《한겨레》나 한나라나 이름으로 보면 같은 형제 아니겠어?" 호탕하게 웃으며 우리는 팔짱을 끼고 형제처럼 러브샷을 했다. 밤늦게 찾아간 어느 국회의원 집 거실에서 들었던 말도 기억난다. "자네 같은 사람이 (국회의원) 공천을 받아야 하는데 말이야." 손사래를 치긴 했으나 창피하게도 가슴이 뛰었다. 물론 그 국회의원은 여러 기자들에게 같은 이야기를 했을 것이다.

시간이 흐를수록 그들과 더욱 가까워졌다. 그저 잘 어울려 지냈다는 이야기가 아니다. 진심으로 그들을 이해하게 됐다. 이해는 사랑의 바탕이다. 그대로 10년쯤 흐른다면 한나라당의 국회의원 누구와도 결혼할 수 있을 것 같은 기분이 들었다.

그 내면의 논리와 감성 구조를 이해하고 나니 그의 (보수적) 길을 통해서도 내가 꿈꾸는 (진보적) 세상이 오지 않을까 하는 생각에 빠져 들었다. 저들의 길을 좀 진득하니 가다 보면 그런 세상이 더 빨리 올 수도 있지 않은가, 자문하기도 했다.

'의식화'가 이뤄지는 과정은 간단하다. 다른 관점을 차단한 채 특정 관점의 사람들과 계속 어울리면 된다. 그 지경에 이르면 분석은 할지언정 비판은 불가능해진다. 그가 왜 그렇게 발언하고 행동하는지 설명할 수 있지만, 그 잘못이 무엇인지 분명히 헤집어내기 어려워진다.

심지어는 잘못이 확연하게 드러나도 그 사람의 얼굴이 자꾸 떠오른다. 우리는 형제라던 국회의원, 나한테 배지 달아주겠다던 국회의원의 인자하고도 풍족한 얼굴이 사무치게 떠오른다.

출입처에서 '의식화 당하는' 일을 막는 방법이 있긴 하다. 서로 다른 입장을 넘나들면 된다. 거리를 두어 기계적 중립을 지키는 기사보다 여러 관점을 포괄하는 '간 주관'의 기사가 더 좋다. 내재적 접근, 즉 취재원의 입장과 관점에 서보는 취재 방식은 심층 취재의 기본이기도 하다.

그러나 정당 출입 기자 생활은 서로 다른 취재원을 넘나드는 동선을 허락하지 않았다. 나는 민주당 국회의원을 만나 깊은 이야기를 나눌 수 없었다. 한나라당을 챙기기에도 바빴고 민주당에는 다른 출입기자들이 있었다.

정치학자를 만나 의회 구조를 논하거나, 법학자와 마주 앉아 헌정 체제를 궁리하거나, 시민단체 활동가를 만나 대의민주주의의 한계를 비평하는 일은 극히 드물었다. 그들은 사회부 또는 문화부 기자들이 만나야 할 취재원이었다.

한나라당을 출입하는 동안 나는 한나라당의 언어로 말하고 듣고 생각했다. 야마를 갖춘 정치 기사를 쓰려다가 그들의 논리·감성 구조에 동화돼버렸다. 출입처를 감시하는 감시견의 야성을 잃어버렸다.

물론 기자 한 명이 보수적으로 의식화됐다 하여 그 시절《한겨레》가 한나라당을 비판하지 않았던 것은 아니다. 저마다의 출입처 논리에 경도되는 현장 기자들의 한계를 메우려고 한국의 뉴스룸이 고안한 독특한 장치가 있는데 그 시절《한겨레》도 그 장치를 가동했다.

야당 출입기자는 야당 의원의 입을 빌려 여당을 비판하고, 여당 출입기자는 그 반대의 방식으로 야당을 비판한다. 이 가운데 하나만 보도하면 특정 정당을 강하게 비난하는 논조를 드러낼 수 있다. 두 비판을 절충하여 게재하면 기사에 등장하는 여야는 정쟁을 벌이게 된다. 시민사회의 비판이 필요하면 사회부 기자가 이를 취재한다. 그 내용을 섞으면 정쟁을 벌이는 여야를 향해 시민단체가 비판하는 기사가 된다.

여러 기자가 부품을 조립하는 컨베이어 벨트 방식으로 기사가 생산되면 기자는 기사의 생산 공정에 대해 책임질 것이 거의 없다. 그저 너트 하나, 볼트 하나를 만들어 넘겼을 뿐이다. 이제 기사는 전체 공정을 관장하는 에디터 및 데스크가 전적으로 책임지게 된다. 한국 뉴스룸에 문제가 있다면 그것은 현장 기자가 아니라 데스크의 잘못이다.

조립 생산에 녹아 있는 포드주의의 원래 이념이 그렇듯 컨베이어 벨트에서 짜깁기 되는 기사에는 효율의 원칙이 깃들어 있다. 기자 한 명이 여러 관점과 입장의 취재원을 섭렵하며 일관된 잣대로 하나의 기사를 쓰려면 시간이 많이 걸린다. 조립 기사는 그 시간을 크게 줄인다. 다만 그 봉합은 화학적이지 않다. 어색하게 삐걱거린다. 총체를 이루지 못한다. 독자는 종합적 판단을 얻기보다는 파편적 인상만 얻게 된다.

출입기자라 해서 해당 출입기관에 고분고분한 기사만 쓰는 것은 물론 아니다. 기사에 가시를 박고 때로는 뼈를 심고 심지어 칼을 숨기기도 한다. 그러나 출입처와 완전히 담쌓을 기사를 쓰는 기자는 없다. 출입처와 담을 쌓으면 강력한 취재원, 사실은 유일한 취재원을 잃기 때문이다.

기자들끼리 쓰는 은어 가운데 '굿바이 기사'라는 게 있다. 출입처가 바뀌게 될 경우, 특히 해당 출입처를 다시 담당하지 않을 것이 분명한 경우 출입처를 대놓고 비판하는 기사를 마지막으로 쓰고 떠나는 것을 '굿바이 기사'라고 한다. 한국의 기자들은 출입처를 향해 매일 굿바이 하지 않는다. 평생 한 번 굿바이 하는 것도 드문 일이다. 계획했던 것은 아니지만, 2004년 봄 나는 굿바이 기사를 썼다.

노무현 대통령 탄핵소추안이 통과된 2004년 3월 12일 정당 출입 기자로서의 이력은 파탄이 났다. 본회의장 방청석에 앉아 상황을 취재하는 게 그날의 임무였다. 아비규환이었다. 국회의사당의 탁월한 음향시설은 그들의 거친 숨소리까지 생생히 전했다.

나를 격발시킨 것은 공범 의식이었다. 과대망상일 수도 있겠지만, 직접민주주의로 선출된 대통령이 간접민주주의 기구에 의해 탄핵당하는 기상천외한 일에 가담해왔다는 죄책감이 들었다. 한동안 그들의 일원으로 지낸 것이 결국 이런 사태를 자초한 것 같았다.

2년 여 동안 갈고 닦은 것은 내재적 접근에 바탕을 둔 분석 기사였다. 그 무기 밖에 갖추지 못했으므로 한나라당이 왜 대통령을 탄핵했는지 내재적으로 이해하여 설명하는 기사를 써야 하는 판국이었다.

그럴 수는 없다고, 아직 어렸던 나는 생각했다. 그 순간 비감했다. 더이상 예전의 '그 기자'로 돌아갈 수 없음을 예감했다. 평상심이 몸에서 빠져나갔고 그것은 좀처럼 다시 돌아오지 못할 것이었다.

"한나라당 출입 안 하겠습니다. 그 기자실에도 나가지 않겠습니다. 정치부에서 내보내주십시오. 어떤 징계건 달게 받겠습니다. 대신 인터넷에 쓰는 이 글은 끝까지 쓰겠습니다." 정치부 선배들에게 일방적으로 선언했다. 북받치는 혈기로 저지른 일이었다.

그것은 출입처 체제에 적응한답시고 정당 발표 기사에 안주했던 일에 대한 결별이기도 했다. 그것은 하나의 각성이었지만 동시에 퇴행이었다. 분석을 빙자하여 판단과 주장을 글에 욱여넣었다.

그해 총선에서 한나라당은 예상(또는 기대) 밖의 선전을 펼쳤다. 이제 국회의원이 된, 당시 참여연대 김기식 사무처장이 나에게 말했다. "안 기자, 분석은 좋아. 그럴듯해. 전망은 하지 마. 다 틀리잖아." 그해가 다 가도록 한나라당은 최후를 맞지 않았다. 이후 오히려 번성했다.

《시사저널》 기사의 표현을 빌자면 나는 '성향'을 드러냈다. 이를 후회하지는 않는다. 정의는 어음이 아니다. 정의는 미래에 결제되어도 좋은 어떤 것이 아니다. 정의는 바로 지금 이 곳에서 지불되어야 한다. 이를 위해 내 할 바를 하고 싶었다.

다만 예리하고 촘촘한 분석에 실패하고 내용에 걸맞지 않은 단정적이고 감정적인 ('최후' 운운하는) 제목을 달아 저널리즘이 아닌 프로파간다를 인터넷에 휘갈겼던 것을 후회한다. 정당의 선전에 단순 주석을 달아 보도했던 일을 반성한답시고 그 선전보다 더 거친 주장에 매달렸던 일을 부끄럽게 여긴다.

판단에 대한 직접적인 서술을 피하면서, 보고 들은 것을 담담하고도 체계적으로 재구성했다면 더 많은 이들에게 도움 되는 사실을 전달했을 텐데 그러지 못했다.

출입처 체제에 대한 열등감은 그렇게 산화했다. 출입처를 미워하다가, 출입처에 한껏 녹아들었다가, 출입처에 기겁을 하며 뛰쳐나왔다. 이후 10여 년 동안 고정 출입처를 둔 기자로 생활해본 적이 없다. 한나라당은 나의 마지막 출입처였다.

4장

사실과 의견

2000년 이후 주고받은 모든 전자우편을 갈무리해왔다. 나중에 나이 들어 들춰보려는 심산으로 챙겨뒀다. 갈무리해둔 전자우편의 여러 항목 가운데 '독자 편지'가 있다. 지금이야 트위터나 페이스북 등으로 기사에 대한 반응을 접하기도 하지만, 여전히 나는 전자우편이 편하고 익숙하다. 그 가운데 가장 많은 독자들이 전자우편을 보낸 때기 있다. 2004년이다.

"정형근 기사를 읽으면서 팬이 됐어요. 공격적이고도 진솔한 글이 좋았습니다." 이 독자는 동양사상에 관심이 많은 듯 했다. "동양철학에 기초한 건강책 하나 보내드리려 합니다. 광고 목적 아닙니다. 지난 총선에 관한 글을 잘 읽은 답례입니다."

기자의 내면을 분석한 독자도 있다. "일반 기사하곤 다르고, 콩 놔라 팥 놔라 하는 시시껄렁한 평론하고도 다르고. 이성적 분석을 시도하면서도 감성의 칼날을 세운 채 순수함으로 비틀거리더군요."

캐나다 어느 대학의 한인 교수는 영어로 전자우편을 보냈다. "기자에게 처음으로 메일을 씁니다. 당신의 글을 읽고 내 마음에서 무엇인가 움직이는 것을 느꼈습니다. 매우 훌륭한 일을 하고 있다는 말을 해줘야겠다는 생각을 했습니다. 추신: 지금부터 당신의 다른 글을 찾아 읽을 겁니다."

물론 항의 편지도 있었다. "안녕하십니까? 다름이 아니고 하루에 한 번씩 올린다 해놓고 왜 다음편이 안 올라오는 겁니까? 약속을 지키십시오."

얼추 헤아려보니 (인터넷 댓글이 아닌) 전자우편을 직접 보낸 독자는 2004년 한 해 동안 200여 명이다. 그게 많은 것인지 적은 것인지는 잘 모르겠다. 다만 나로선 처음 접하는 반응이었다.

그때까지 7년 여의 기자 생활을 치르는 동안 기사에 대한 대중의 진지한 반응을 접한 적이 없었다. 그런 반응은 관련 기관·단체의 몫이었다. 기사를 쓰고 나면 대변인, 홍보실장 등이 기사에 대해 항의 또는 감사의 뜻을 전했다. 독자 메일이나 전화를 가끔 받긴 했지만 그들이 군집을 이뤄 반응하지는 않았다. 나의 기사는 대중적으로 소비되기보다는 권력층에서만 유통되고 있었던 것이다. 기자로서의 자질에 주눅 들어 있던 처지라 대중의 반응은 놀라운 일이었다. 이 사람들 왜 이러나, 싶었다.

출입처 기자 경력은 파탄이 났다. 그래도 모든 것을 잃어버리진 않았다. 대중을 만났다. 많은 사람들이 나를 알아주었다는 이야기를 하려는 게 아니다. 글의 힘과 가치는 권력기관의 엘리트가 아니라 장삼이사로부터 비롯한다는 것을 처음으로 절감했다. 출입처가 아니라 대중에게 언론의 활로가 있었던 것이다.

당시 독자 편지에서 자주 등장하는 주문이 있었다. "훌륭한 논평 기대할게요." "새로운 시각을 담은 글, 자주 볼 수 있기를 바랍니다." "좋은 생각과 논리가 담긴 글을 기다립니다." 그들은 사실을 잘 보도해주어 고마운 것이 아니었다. 시각, 생각, 논리에 반응했다.

이것은 곤란한 발견이었다. 출입처를 걷어차버린 기자에겐 더군다나 당혹스런 고민이었다. 정치인의 자극적 발언을 야마로 포장하여 전개하는 기사가 싫었다. 비판 자체가 싫은 것이 아니라 단편적이고 즉자적인 언론의 공격 프레임이 싫었다.

그래서 분석을 한답시고 달려들었더니 일개 기자가 감당할 일이 아니었다. 예리하고 체계적인 분석은 못하고 그저 주장만 늘어놓았다. 보호해주려는 선배들이 없지 않았지만 그런 글쓰기를 뉴스룸에서 계속한다는 것도 불가능한 일이었다.

그런데 대중은 그런 비천한 주장조차 반겼다. 마치 그런 주장을 내놓는 기자가 전에 없었던 것처럼 반가워했다. 프로파간다에 목말라하는 '정파적 공중'이라 치부하기엔 그들의 편지에 담긴 주문이 너무도 생생하고 소박했다. 무슨 일이 벌어지고 있는 것인지 제대로 풀어서 설명해달라고 그들은 기자에게 요구하고 있었다.

정치부 시절의 막판, 나는 신문 말고도 이런저런 매체에 여러 종류의 글을 기고했다. 우선 참여연대의 제안을 받았다. 참여연대 소식지에 여의도 뉴스를 다루는 칼럼을 써달라는 것이었다. 사회부 사건팀 시절 그 단체의 여러 활동가와 맺은 인연이 계기가 됐다. 치기 어린 공명심도 없지 않았으므로 못이기는 척 허락하고 한 달에 한 번 정도 거친 글을 편하게 썼다.

나중에는 계간 《인물과사상》(훗날 월간으로 전환했다)에도 석 달에 한 번 꼴로 정치평론을 썼다. 그런 경험을 바탕으로 《인터넷 한겨레》에 '안수찬의 말과 길'이라는 온라인 칼럼도 쓰게 됐다.

칼럼을 끌고 간 테마는 주로 욕망이었다. 여의도에서 접한 한국 정치는 기기묘묘했다. 거칠게 표현하자면 욕망이 강한 사람이 승자가 되는 세계였다.

총선이 다가오면 각 선거구별로 공천을 받으려는 이들 사이에 경쟁이 시작된다. 언론인, 법조인, 기업인, 의사, 교수 등 각 직능별 후보자들이 두루 명함을 내민다.

찬찬히 들여다보면, 그 직업 세계에서 최고의 성취를 이뤘거나 존경을 받는 이들이 아니었다. 뭔가 부족하거나 모자란데(실은 매우 부적합하다 싶은데) 오직 국회의원이 되겠다는 욕망만큼은 강렬한 이들이 공천 경쟁에 뛰어들었다.

진정과 실력을 갖춘 이가 드문 가운데 그나마 좀 나은 사람이다 싶으면 어김없이 공천 경쟁에서 밀려났다. 더 강력한 욕망을 갖춘 이가 공천을 받았다. 결과적으로 보면 각 직업 세계에서 2류, 3류로 살아온 이들 가운데 다시 2류, 3류에 해당하는 이들이 공천을 따냈다.

대체로 보아 법조인, 기업인, 언론인, 교수의 순서로 욕망이 강했다. 특히 법조인 출신은 유별나게 출세욕이 강하고 어떤 종류의 경쟁에서도 반드시 승리하고야 마는 노하우를 체득하고 있는 것처럼 보였다. 법조인이 사법체계를 잘 알고 있어서 입법기관에서도 반기는 것이라는 혹자의 설명은 사후적 합리화가 아닌가 싶다. 내가 접한 법조인 출신 정치인들은 뼛속 깊이 출세주의자들이었다.

집념과 열정은 유능함의 필요조건이지만 충분조건은 아니다. 어떤 이의 집념은 한 인종을 학살하는 데 쓰였고, 또 다른 이의 열정은 강줄기를 따라 국토를 뒤집어놓는 데 적용됐다. 그런 일이 규모와 영역을 달리하여 매순간 발생하는 곳이 여의도였다. 집념과 열정의 인간은 정의와 명분을 중시하지 않는다. 한국 정치가 최소한의 정의 관념도 없이 아비규환으로 흘러가는 데는 그러한 인적 재생산 구조가 놓여 있다.

다만 어디까지나 막내 기자였으므로 섣부른 분석을 지면에 쏟아낼 수는 없었다. 정식 기사가 아닌 가벼운 칼럼에 그 이야기를 주로 썼다. 그런 지면을 빌어 박근혜, 정형근, 홍사덕, 최병렬 등에 대한 일종의 인물 분석 기사를 썼다. 정치 공학을 읽는 중뿔난 혜안은 없었고 그저 그들의 욕망에 대해 썼다. 각자의 욕망을 중심으로 정치인의 언행을 설명하면 이상하게도 여러 일의 아귀가 잘 맞아 떨어지곤 했다.

그런데 대중이 이를 반겼다. 많은 사람들이 반겼다는 뜻이 아니다. 비록 소수에 불과했지만, 전혀 모르는 사람들이 나의 글을 블로그·미니홈피에 인용하거나 옮겨 담았다. 그들은 배경과 맥락을 풍부하게 드러내는 정치 기사에 대한 강력한 갈증을 느끼고 있었다.

1990년대 후반 이후 인터넷이 급격하게 보급됐다. 정치 정보에 대한 접근이 훨씬 쉬워지면서 사람들은 과거와 다른 의문을 품기 시작했다. "무슨 일이 있어?"가 아니라 "그래서 뭐 어쨌다는 거야?"라고 묻기 시작했다.

일단 정보가 주어지면 그의 재력, 학력 등에 상관없이 모든 사람들이 각자의 방식으로 비판적 사고를 시작한다. 오랫동안 한국에선 파워 엘리트와 엘리트 언론의 관계망에서 여론이 결정됐다. 이른바 '여론주도층'이라는 말도 여기에서 비롯했다.

그러나 인터넷을 통해 다양한 정보가 유통되면서 두 가지 현상이 발생했다. 우선 기존에 정보를 제공하던 미디어에 대한 의혹과 불신이 확산됐다. 권위를 형성하는 가장 중요한 요소인 유일성이 사라진 것이다. 신문이건 방송이건 언론 보도는 믿을 게 못 된다는 생각이 상식으로 굳어졌다.

동시에 정보를 걸러보는 관점에 대한 강렬한 요구도 사회적으로 번졌다. 수많은 정보를 취사선택하고 이를 해석하기 위해선 관점이 필요하다. 대중은 관점을 제공할 수 있는 미디어를 찾기 시작했다. 나중에 그것은 트위터, 페이스북 등으로도 번질 터였다. 이준웅 서울대 교수는 이를 두고 '비판적 담론 공중'의 등장이라 칭하기도 했다. 정치 선동에 열광하는 '정파적 공중'이 아니라 합리적·비판적 판단을 하려는 대중이 나타났다는 것이다.

특히 이는 기성 언론과 친하지 않은 20~30대의 젊은 층에게 두드러진 현상이다. 그들은 세상 돌아가는 일에 대체로 무지하지만 동시에 세상 돌아가는 일의 진짜 이유는 따로 있다고 직관한다. 뉴스는 그 이유를 설명하지 못하므로 그들은 뉴스에 크게 신경 쓰지 않는다.

시간이 흘러 2012년《나꼼수》열풍이 불어 닥쳤을 때 나는 올 것이 왔다고 생각했다. 한국에선 정치 뉴스가 과잉 생산되고 있다고 신문·방송 기자들은 오해 또는 착각한다. 이는 절반의 진실이다.

출입처를 중심으로 권력자·명망가·권위자를 만나는 뉴스 생산자, 즉 기자들은 최고 권력 사이에 벌어지는 '파워 게임'의 구도로 기사를 쓴다. 매일 아침 신문 들고 화장실 가는 사람, 밤 9시만 되면 꼬박꼬박 뉴스를 챙겨 보는 사람이 그런 기사를 소비한다. 이들은 연령대로는 40~60대, 계급적으로는 중산층 이상 집단이다. 이들은 분명 정치 뉴스를 과잉 소비한다.

그런데 30대 이하로 내려가면 사태가 달라진다. 10~30대에 이르는 청년층은 아침마다 신문 들고 화장실에 가지 않는다. 이들은 인터넷에 기초한 정보습득에 길들여졌다. 또한 그들은 생존경쟁에 몰입하여 대부분의 시간을 보냈다. 그들의 화두는 정치 담론이 아니라 스펙 관리다.

취향·기호는 학습·경험에 기초한다. 고기를 먹어본 사람이 고기를 즐긴다. 한국의 청년 세대는 신문을 정독한 적이 없고 방송뉴스를 챙겨 본 적이 없다. 그들에게 한국은 정치 뉴스의 과잉이 아니라 정치 뉴스의 부재가 지배하는 시공간이다.

이로부터《나꼼수》가 착안한 시장이 생겨났다. 30대 이하에게《나꼼수》는《월간조선》이다.《월간조선》은 맥락, 배후, 욕망, 그리고 강력한 관점을 제공한다. 사건의 주인공들이 어떤 연관을 서로 맺어 어떤 욕망을 위해 무슨 일을 벌였는지 폭로하는 방식으로 뉴스를 생산한다.

《월간조선》을 읽고 나면, 신문·방송 보도에 나오지 않은 더 큰 맥락을 이해하고 있다는 만족감을 느낄 수 있다. 그 쾌감을 위해 지속적으로 월간지를 소비하게 된다. 지루하고 복잡한 정치 뉴스를 주무기 삼은 월간지가 그토록 오랫동안 충성 독자를 거느린 장수 매체가 될 수 있었던 이유다.

《나꼼수》 역시 기성언론의 기계적·중립적 정치보도에 기갈난 대중에게 뒷이야기, 주요 (배후)인물, 사건 사이의 맥락, 비평적 관점까지 제공하면서 독창적인 정치 보도 콘텐츠를 생산했다.

사실 확인이 미흡하여 정치 선동으로 흐를 가능성이 농후하다는 한계와 위험은 엄연하다. 좋은 언론이라 평하기에는 결함이 적지 않다. 이성의 공중보다 광기의 대중을 양산하는 데 치우친 것이 아닌가 하는 의구심도 있다.

다만 언론 보도의 정수는 주요 행위자를 잇는 복잡한 고리를 규명하여 풍부한 맥락과 함께 날카로운 비평을 함께 제공하는 데 있다는 점을 입증해 보였다. 그 목표를 완벽하고도 탁월하게 성취하지는 못했지만 그런 보도 방식이 신문·방송의 관습적 보도보다 더 깊은 울림을 준다는 점만큼은 웅변해 보였다.

사람들이 원하는 것은 결국 이면, 속내, 맥락이다. 그래야 사실을 바라보는 각자의 관점을 형성할 수 있음을 대중은 기자보다 더 잘 알고 있다. 그들이 기성 언론에서 느끼는 갈증의 핵심은 '뉴스를 읽고(보고) 나서도 누가 무슨 잘못을 했는지 알 수 없다'는 데 있다. 관습적 기사에서 사건의 진짜 맥락은 종종 자취를 감추고 비평적 관점이 형성될 만한 핵심 사실은 희미해진다.

그 갑갑증을 씻어낼 수만 있다면 그것이 '미네르바' 같은 인터넷 논객이건 《나꼼수》 같은 대안언론이건 가리지 않고 대중은 기꺼이 달려가서 오랫동안 몰입하여 그들의 보도와 논평을 음미한다.

내가 받은 수많은 독자 메일은 이면과 맥락에 대한 갈증을 표상하는 것이었다. 출입처 체제와 결별하려는 기자는 이제 그 대목에서 무엇인가 입증해 보여야 했다.

5장

평론의 횃불

1988년 5월 15일 《한겨레》 창간호 2면에는 '본사 발령' 기사가 있다. 대표이사 송건호, 편집인 임재경, 편집이사 권근술, 논설위원 리영희·최일남·김금수·최장집·김종철·신홍범·조영래·정운영 등 9명의 이름이 실렸다.

여기서 이들의 년년을 일일이 소개하진 않겠다. 그 이름 하나하나가 책 한 권의 가치를 지니고 있으니 함부로 적는 것 자체가 불경스런 일이 될 것이다. 다만 1988년 국민주 신문으로 출발한 이 신문사에 당시 자유언론과 한국지성을 대표하는 인사들이 총집결했다는 것은 말할 수 있다.

내가 입사한 1997년 겨울까지는 상당수의 창간 주역들이 재직 중이었다. 술자리에선 신문사를 떠난 원로급 선배들도 만날 수 있었다. 위 인물 외에도 1970년대 박정희 군사독재에 저항하여 '자유언론실천운동'을 이끌었던 《동아일보》 및 《조선일보》 해직기자들이 신문사의 지도 그룹을 형성했다. 뒤이어 전두환 군사독재에 저항했던 1980년대 해직 기자들도 중추를 담당했다.

해직 기자 출신은 아니지만 재야단체에서 일했거나 민주노조 운동의 현장에 있었던 선배 기자들도 많았다. 《한겨레》 창간 이후 공채로 입사한 선배 기자들 가운데는 1980년대 학생운동가들이 적지 않았다.

위부터 아래까지 그 도도한 면면들은 1970년대 민청학련부터 1990년대 NL-PD 정파까지 두루 포괄하고 있었다. 알고 보면 모두 왕년에 한 자락씩 한 인물이었다. '이 정도면 인생 맡겨도 되겠다' 생각했다. 《한겨레》 기자들 모두 운동권 출신인 것은 아니었지만 '다른 언론사와 달리' 운동권 출신도 적지 않았다.

운동권의 폐해가 적지 않다. 운동권 출신 가운데 사회에 해악을 끼친 이도 적지 않다. 그러나 일신의 안위가 아니라 세계와 사회를 고민하며 명분과 가치를 추구했던 작풍, 태도, 관점은 매우 소중하다. 자신의 당대를 불꽃처럼 살아낸 사람들이 많아서 나는 뿌듯했다. 저 선배들에게 답이 있고 지혜가 있다고 믿었다.

그들을 신뢰한 또 다른 이유가 있었다. 민주주의였다. 1988년 창간 이래 이 신문사는 대표이사와 편집국장을 선거로 뽑아왔다. 선거 제도의 세부 방식은 변화를 거듭했지만 주주·사원·기자 민주주의를 일관되게 관철하겠다는 창간 때 구상은 변함없이 지켜졌다.

선거를 하면 여러 후보들이 나선다. 과거를 반성하고 미래를 구상한다. 유권자들이 이래라 저래라 참견하며 개입한다. 2년 또는 3년에 한 번씩 열리는 그런 선거 과정에서 신문사는 '집단적 허물벗기'를 한다. 대표이사 후보들이 참석한 토론회에서 젊은 기자들이 공격적 질문을 퍼붓는 모습을 처음 보았을 때 나는 무척 감동했다. 그런 일이 가능하다는 게 믿기지 않았다.

선거가 있으면 일상적 민주주의도 작동한다. 대표이사나 편집국장이 독단적으로 무엇인가를 결정하는 것은 거의 불가능했다. 누구나 참견하고 반대했다. 신문사는 늘 소란스러웠다. 그게 과잉이라고는 생각하지 않았다. 언제 어디서 누구한테나 대들고 따질 수 있겠구나 싶어 오히려 안심이 됐다.

다만 시간이 흐른 지금에는 안심이 실망으로 바뀌었다. 그만큼 나이를 먹어 보수화된 것일 수도 있겠다. 이 신문사 사람들은 저마다 치열하게 살아왔다. 그래서 잘못을 인정하지 않는다. 이들을 움직이게 만드는 유일한 조직 원리는 민주주의다. 그래서 오류조차 민주적 동의를 얻어 고착된다. 안 변한다.

다만 《한겨레》가 한국 최초의 사회적 기업이자 유일한 민주주의 기업이라고 지금도 믿는다. 민주주의에 기여할 경영·편집의 방식을 민주적으로 결정하자는 이상주의적 목표를 세우고 이 신문사는 25년 여를 지냈다. 우리는 오류를 극복할 만큼 치열하다는 믿음, 그리고 민주주의는 오류조차 만회할 수 있는 유일한 근거라는 믿음이 이 신문사에 아직 있다. 그 믿음에 나 역시 땀과 눈물을 보탰다. 믿음이 무너지면 모든 게 무너질 것이다.

그 믿음이 막 형성되기 시작했던 초년 시절, 나는 술 마시는 일에 주력했다. 여러 선배 기자들을 만나고 다녔다. 즐겁게 어울리는 데 목적을 두지 않았다. 그들에겐 송구한 일이지만 나는 그들을 '취재'했다. 도대체 이 사람은 왜 기자가 됐나. 기자 생활을 어떻게 견디고 있나. 이 사람의 전망은 무엇인가.

역할 모델을 탐색했던 것이다. "역사상 결정적인 순간, 세계사적 개인이 시대정신의 대행자로 등장한다"는 게오르그 헤겔의 경구를 예전부터 좋아했다. 탁월한 언론을 일상에서 체현하여 일생을 관철하는 선배 기자가 반드시 있을 것이라 믿었다.

성과가 있었다. 그들이 공통적으로 존경하는 언론인이 있었다. 송건호와 리영희였다. 그들은 《한겨레》의 정신적 축이었다. 그러나 1990년대 말부터 송건호는 깊은 병을 얻어 누워 있었고, 리영희 역시 언론계를 은퇴한 상태였다. 그들은 실체라기보다 이미지였다.

기억 속 두 사람은 기자가 아니라 저자였다. 그들의 기사나 칼럼에 대한 기억은 없거나 흐릿했다. 그 책의 명성만큼은 또렷했다. 송건호는 『해방전후사의 인식』, 『한국 민족주의론』 등을 펴냈다. 리영희는 『전환시대의 논리』, 『우상과 이성』 등을 펴냈다.

호구지책조차 가로막았던 군사독재 시절을 견뎌야 했기에 더욱 그랬겠지만, 그들은 언론인 이력의 상당 부분을 분석적이고 학문적인 글을 쓰는 데 바쳤다.

그러니까 《한겨레》 창간의 양대 축이자 한국 자유언론운동을 대표하는 두 기자의 정체성은 (적어도 내가 이해하기론) 굵직한 특종을 연이어 터뜨린 민완기자가 아니라 분석하고 고심하여 깊은 글을 쓰는 칼럼니스트였다. 그 가운데 리영희에 대해 쓴 글이 있어 잠시 인용한다.

그는 독서를 통해 취재의 바탕을 마련하는 기자였다. 대부분의 기자는 고관대작과 술 마시며 흉금을 터놓으면 세상 돌아가는 이치를 꿰뚫을 것이라 믿는다. 기자 리영희는 술 대신 책을 파고들었다. 그는 지적 중심을 확고히 잡고 권력자들을 공략하는 독창적 기자였다.

그는 출입처의 경력에 기갈하지 않았다. 주요 출입처를 섭렵하는 길을 마다했다. 권력자의 눈으로 세상을 보는 악성 바이러스에 스스로를 노출시키지 않았다.

그는 자신만만했고, 그럴만한 실력을 갖추는 데 소홀히 하지 않았다. 조직의 위선을 내면화하여 그 정점에 오를 생각 따윈 애초 없었다. 대신 양심을 지키는 일에 매진했다. 그저 고집부린 것이 아니라 그 양심의 품질을 높이는 데 전력투구했다. 독서와 성찰로 자신을 괴롭혔다. ●

송건호, 리영희보다 더 체감하며 흠모했던 창간 세대의 기자는 따로 있었다. 정운영이다. 너무 높고 먼 곳에 있는 송건호, 리영희에 비해 정운영은 내가 직접 목격하는 언론인이었다. 1990년대 후반 현직에서 필봉을 휘두르는 최고의 언론인은 정운영이었다.

대학 시절, 그의 강의를 두 차례 들었다. 정운영의 정치경제학 강의를 듣지 않으면 사회과학을 전공한다는 명함도 못 내밀 정도로 그의 강의는 유명했고 훌륭했다. 매 학기마다 200여 명의 학생이 넓은 계단식 강의실에 앉아 숨죽이고 그를 기다리던 장면이 기억난다.

● 『리영희 프리즘』(사계절, 2010), '리영희와 기자: 진짜 기자의 멸종' 가운데 부분 발췌.

터틀넥 셔츠와 청바지에 캐주얼 상의를 받쳐 입은 그는 송충이 같은 눈썹 아래 부리부리한 눈을 번뜩였다. 기린처럼 가늘고 긴 목에서 낮지만 강하게 퍼지는 목소리가 우렁우렁했던 기억도 난다. 수업 중간 쉬는 시간이면 강의실 창문에 걸터앉아 목을 숙이고 담배를 피웠다. 이를 촉촉한 눈으로 바라보던 어느 여학생은 자판기에서 100원짜리 밀크커피를 뽑아 머뭇거리며 그에게 내밀었다.

그 여학생만큼은 아니었지만 나도 그를 흠모했다. 해박하면서도 명쾌했던 그를 신문사에서 다시 만났다. 당시 정운영은 《한겨레》 논설위원이었다. 이미 오래전부터 그의 칼럼을 즐겨 읽었고 기자가 된 뒤에도 그의 글을 기다렸다.

신문 지면 전체를 통틀어 가장 훌륭한 글이라고 생각했다. 언젠가는 나도 그런 글을 쓸 수 있을까, 가망 없는 꿈도 꾸었다. 가끔 신문사 엘리베이터에서 그를 마주치면 그것만으로 푸근했다. 사회부 기자 노릇의 스트레스를 그 순간만큼은 잠시 잊었다.

그를 두고 신문사 안에서 이런저런 말이 있고 심지어 그의 칼럼을 못마땅하게 여기는 사람도 있다는 것은 아주 나중에야 알게 됐다. 신문사의 조직원리였던 민주주의는 종종 소모적인 오해와 편견도 낳았다. 역동적 토론만큼이나 분란이 끊이지 않았다. 정운영은 신문사 안팎에서 여러모로 상징적 인물이었다. 그를 둘러싼 오해와 편견도 적지 않았다.

사람들 입길에 많이 오르내리면 사람들의 울타리 밖으로 내쳐질 가능성도 높아지는 서글픈 세상 이치를 이제는 알게 됐지만, 1999년 말 그가 신문사를 떠났을 때 나는 가슴이 아팠다. 수백 명의 기자를 합해놓아도 그가 쓰는 칼럼 하나의 무게와 깊이를 지니지 못하는데 왜 그를 보내야 하는가, 의문을 품었다.

그는 《중앙일보》로 자리를 옮겨 글을 썼다. 말년의 글을 두고 이러쿵저러쿵 논란이 일기도 했다. 2005년 9월 그가 세상을 떴을 때, 당시 학술 담당 기자였던 나는 작은 부음 기사를 썼다. 주변 사람 여럿과 인터뷰했는데 특히 미망인의 말이 기억난다. "돌아가신 분, 편안하게 보내드리자"며 그녀는 만남을 사양했다. 전화선 너머의 그 목소리는 가늘게 떨고 있었다. "그분한테는 《한겨레》에서 《중앙일보》로 옮긴 게 아주 아주 큰 일이었어요……."

정운영의 이야기가 길었다. 그만큼 나에겐 역할 모델에 가까운 인물이었다. 그에 비견될 만큼 실력과 명성을 갖춘 언론인이 없었다. 가만, 그런데 정운영이 언론인인가.

그는 마르크스주의 경제학을 공부하기 위해 벨기에로 유학가기 전 1년 남짓 《한국일보》와 《중앙일보》에서 기자 생활을 했다. 그렇지만 이후 그의 이력은 기자보다는 학자에 훨씬 더 치우쳐 있다. 불러주는 대학이 없어 시간 강사 생활을 오랫동안 감내했지만, 그는 한국 정치경제학을 대표하는 학자였다.

그렇지만 정운영은 정말 학자인가. 정운영은 학술 서적을 펴내는 일보다 예의 그 날카롭고 깊은 경제 칼럼을 쓰는 일을 더 즐겼다. 칼럼은 그가 세상을 보고 분석하여 다시 세상에 내놓는 무기였다. 지금 돌아보면 그 역시 대중을 갈망했던 것 같다. 대중을 거느리지 못하는 글쓰기를 회의했던 것 같다. 논문이 학자의 글이라면 칼럼은 언론인의 글이다.《한겨레》와《중앙일보》에서 그는 20년 동안 칼럼을 썼다. 칼럼을 모아 책으로 내어 그것으로 빈한한 생계에 보탰다. 그렇다면 그는 언론인 아닌가.

언론인의 역할 모델을 찾아 헤매던 나는 흥미롭고도 골치 아픈 딜레마에 봉착했다. 독자들은 (아마 지금도 그럴 텐데) 기사보다 칼럼에 더 몰입하여 환호했다. 주변의 동료, 선배 기자들은 존경하는 기자로 송건호, 리영희, 정운영 등을 꼽았다. 이름 높은 그들의 공통점이 있었다. 특종 기사가 아니라 독창적이고 날카로운 관점을 담은 칼럼을 통해 명성과 권위를 쌓았다. 대중이 기억하는 그들의 성취도 기사가 아니라 칼럼에 있었다.

해직됐거나 스스로 거리를 뒀거나 아예 기자 수업을 제대로 받지 않았거나, 각자의 이유는 조금씩 달랐지만 그들 모두 출입처 중심 특종보도의 메커니즘에 오염되지 않고 언론과 사회에 대한 문제의식을 벼렸다. 한국 언론을 대표하는 인물들은 전통적 뉴스룸 및 뉴스문법의 바깥에서 활약했던 것이다. (적어도 당시까지) 한국 언론계에는 순전한 취재·보도를 통해 자신의 입지를 구축한 기자의 역할 모델은 존재하지 않았다.

눈을 들어 한국 언론의 역사를 통틀어 보아도 마찬가지다.《조선일보》,《동아일보》 등에도 그들의 전설적 인물이 있다. 선우휘, 천관우 등이다. 그런데 그들 역시 '지사형 언론인'이다. 기사가 아니라 칼럼을 통해 발언했다. 지사형 언론인이라는 단어 자체가 언론인 개인의 관점을 강하게 드러내는 일을 전제로 한다. 복잡한 사실을 예리하게 파고드는 깊은 지성을 갖춰 굽힘없이 권력을 비판하는 선비의 자질이 한국 언론계의 역할 모델이었던 것이다.

그런데도 그들을 앞세운 모든 뉴스룸은 출입처 중심 특종보도를 강조하고 있다. 생각과 의견을 드러내지 말고, 오직 사실만 보도하고, 새롭고 충격적인 사실을 발굴하는 능력을 길러야 한다고 선배들은 말했다. 좋은 칼럼을 잘 쓰는 것이 기자가 도달할 궁극의 경지라는 이야기는 누구도 하지 않았다. 좋은 칼럼을 쓰는 기자를 많이 거느리고 싶다는 데스크도 없었다.

그 아이러니를 나는 '단계론'으로 이해했다. 여러 부서를 거쳐 20년 이상의 현장 경험을 쌓으면 그제야 칼럼을 쓸 수 있는 식견이 생긴다는 깊은 뜻이 아닐까 짐작했다.

그 깊은 뜻이 납득되진 않았다. 깊어도 너무 깊었다. 언젠가 좋은 칼럼을 쓰는 날이 올 때까지 생각·의견을 벼리는 일을 미루고 오직 사실만 다루라고? 탁월한 칼럼니스트의 이력을 보면 출입처를 드나들며 민완의 능력을 발휘하여 특종을 축적한 것이 아니라, 공부하고 분석하여 사색하는 시절을 보낸 것이 분명한데도? 칼럼을 쓰는 왕후장상의 씨가 따로 있으니 어지간하면 넘보지도 말라는 건가?

사회부와 정치부 시절을 거치면서 몇 가지 점이 분명해졌다. 사람들은 뉴스가 아니라 맥락, 나아가 관점을 소비하고 싶어 한다. 그들은 기성 언론의 관습적 뉴스가 맥락과 심연과 속내를 숨기고 있다고 거의 직관적으로 의심한다.(그 직관은 그다지 틀리지 않다) 뉴스 너머에 있는 심연을 드러내는 글과 말이 있다면 그들은 언제든 환호하여 몰입한다.

　나는 맥락을 전하는 기자가 되고 싶었다. 출입처 체제에선 그런 기사를 쓰는 게 힘들어 보였다. 그게 가능하다 해도 그 길을 찾아가는 게 너무 힘들었다. 나의 끈기는 그리 두텁지 못했다.

　그렇다고 설익은 생각을 드러내는 칼럼도 적절한 무기는 아니었다. 어쨌건 그런 글을 쓰려면 견결한 영혼으로 지식과 사실을 넘나들며 날카롭게 분석하는 실력이 필요했다. 송건호의 영혼과 정운영의 지식과 리영희의 분석 가운데 단 하나라도 갖추고 있어야 했다. 나의 그릇으로 보아 이 생애엔 불가능한 일이었다.

　그렇다고 별다른 기약도 전망도 없이 아마도 20년은 더 걸릴, 뉴스룸의 부서와 위계를 차곡차곡 밟아가는 경로도 내키지 않았다. 위계의 꼭대기에 이를 만큼 덕성과 인성을 겸비한 인물이 아니라는 것을 다른 이는 몰라도 스스로는 이미 알아차린 터였다.

　미래의 어느 날을 기약하며 막연한 기대를 활판에 새겨 넣은 어음 따위 발행하기 싫었다. 지금 당장 여기서 대중에게 나눠줄 화폐가 필요했다. 어깨 펴고 기자 노릇 할 수 있는 빳빳한 화폐 말이다.

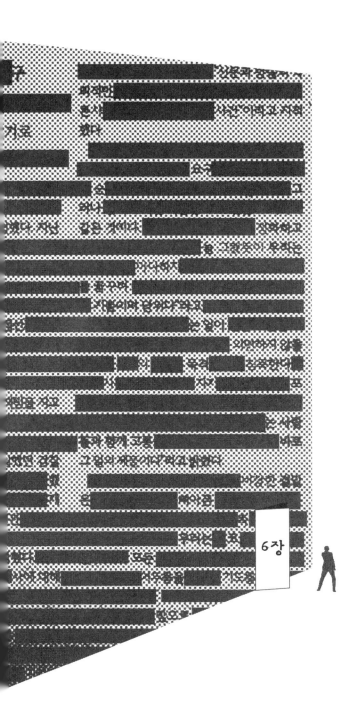

6장

대중지와
고급지

언젠가 어느 술자리에서 무용가 안은미를 조우했다. 그 방면에 조예가 있는 것은 아니지만 그 명성과 독특한 외모는 익히 알고 있었다. 그게 바지였는지 치마였는지 잘 기억나지 않지만 나풀거리는 옷을 입고 있었다. 바람처럼 가볍게 흔들리며 금세라도 풀쩍 뛰어오를 것 같았다.

민머리 아래 불처럼 반짝이는 눈을 보며 인사했다. 그는 흥미롭다는 표정을 지었다. 반갑다는 답례는 없이 그가 대뜸 말했다. "적이 많군요." 아, 이 여자, 무용가가 아니라 무속인이었던가. 나는 당황하여 허둥댔다. 허를 찔려 속으로 신음하며 자리를 빠져나왔다. 적이 많다고 실토하기엔 남우세스럽지만 친구가 드문 것은 사실이었다.

사는 모양새가 줄곧 그랬다. 고심을 털어놓고 남의 고민을 듣는 일에 별 신경 쓰지 않았다. 대화가 좋은 자극제이긴 했다. 그러나 그것이 문제를 해결해줄 것이라 기대하지 않았다.

납득되지 않는 일을 꾸역꾸역 처리하고 그 스트레스를 다른 곳에서 푸는 일도 좋아하지 않았다. 노동에서 의미를 찾을 수 없다면 여가와 유흥이 다 부질없다고 생각했다. 납득되지 않으면 아무것도 하지 않았다. 난관에 봉착하면 알아보고 캐보고 일련의 논리와 구상을 수립한 뒤에야 움직였다.

전체적으로 보아 혼자 잘난 척 머리 싸매고 지내다가 어느 순간 불같이 일어나 떠들어대는 유형이므로 친구가 많을 리 없다. 말년엔 외로울 것이라고 짐작하고 있다. 당황하고 한편으론 무섭기도 해서 자리를 피했지만, 나중에 그 무용가를 다시 만나면 친구 사귀는 법이라도 물어볼 생각이다.

어쨌건 이렇게 생겨먹었으므로 정치부 생활을 정리한 2004년 가을 혼자 정돈을 좀 하고 싶었다. 마침 편집국 차원에서 문화부 학술기자를 공모했다. 딱히 가겠다는 사람이 없는 자리였다. 공부 좀 해야겠다는 생각이 강렬했으므로 뒤돌아보지 않고 손을 들었다.

여러 면에서 학술 기자 생활은 즐거웠다. 우선 팀이 아니라 혼자 결정할 수 있어 좋았다. 누군가의 간섭을 받지 않고 취재와 보도를 마치는 과정 자체가 홀가분하고 상쾌했다.

낙종 또는 특종의 압박이 없는 것도 좋았다. 각 신문사마다 학술 담당 기자가 있고 그들이 매주 만들어내는 학술면도 있었으므로 경쟁이 전혀 없는 것은 아니었다. 그러나 어떤 기사를 썼는지 안 썼는지를 두고 기계적으로 비교하는 낙종의 압박은 피할 수 있었다.

일련의 취재·보도 과정은 자연스레 '나의 문제'로 귀결됐다. 모든 것이 내 취향과 능력과 책임의 문제였다. 해당 시기 출간된 학술서적·논문 등을 검토하고 주요 학술 심포지엄 등을 살펴보면서 시의적인 주제를 뽑아내어 이에 대한 문제의식을 녹여 썼다. 철학, 역사, 정치학, 사회학, 경제학 등을 넘나들며 담론과 이론을 살피는 일은 즐거웠다.

취재가 곧 공부였으므로 모처럼 사회와 세계를 고민했다. 정치, 경제, 사회, 역사의 맥락 위에서 언론을 들여다보고, 그 도저한 흐름 가운데 휩쓸려가고 있는 기자의 자리를 생각했다. 힘들고 고통스럽다는 개인의 차원을 벗어나서 도대체 이 언론이라는 것, 기자라는 것의 정체가 무엇인지 '사회과학적으로' 생각해보려 애썼다.

돌아보면 어느 시대 어느 나라에서건 당대를 이끄는 직업집단이 있었다. 문학의 시대, 혁명의 시대, 과학의 시대, 기업의 시대가 있었다. 심지어 군인의 시대도 있었다. 시대의 과제를 특정한 직업집단이 체현하고 선도하는 역할을 했다. 그렇다면 언론인이 문명의 진화에 기여한 순간은 언제였지? 특히 한국에서는? 그렇다면 앞으로 그런 날이 언제 어떻게 오는 거지? 그런 엉뚱한 질문에 사로잡혔다.

그때 혼자 고고한 척 머리 싸매고 학술기자를 맡게 된 것은 참 다행한 일이었다. 친구를 잃었을지언정 기자 노릇을 좀 더 할 수 있는 동력을 그 시절 얻었다.

공부를 좋아하면 좀 외로워지긴 하지만, 본능 대신 이성의 힘으로 미래를 살펴볼 수 있게 된다. 문제 해결은 답을 구하는 게 아니라 질문을 바꾸는 과정에 있다. 공부하면 질문을 바꾸는 힘이 생긴다. '왜 이리 기자 노릇이 힘들지?' 초년 시절의 질문이었다. 학술 기자 시절부터 본격적으로 다른 질문을 품었다. '기자는 도대체 뭣 하는 사람이지?'

"기자가 무슨 공부야. 그 시간에 사람을 만나"라고 말하는 선배 기자들을 여럿 보았지만 절대 동의하지 않는다. 책을 읽어야, 특히 고전과 이

론서를 많이 읽어야 복잡한 현실을 추상하고 범주로 구분해 체계적으로 분석하는 힘이 생긴다.

사람 만날 시간에 책을 읽는 게 옳다. 여러 사람을 사귀어두면 그들의 지혜도 빌릴 수 있다는 발상으로 대통령 했다가 나라를 말아드신 분이 있다. 그런 발상으로 기자 생활하면 언론을 말아먹게 될 것이다.

공부하고 싶은 기자를 알아봐주는 특별한 애독자도 만나게 됐다. 어느 날 윤여준 전 환경부 장관에게서 연락이 왔다. '한나라당의 최후'를 연재하던 시절, 그는 한나라당의 총선전략을 입안하는 책사 역할을 했고 그 뒤로도 제법 오랫동안 보수 정치의 전략통이었다. 《동아일보》, 《경향신문》 기자를 거쳐 박정희 정권 시절 정계에 입문했다.

난데없는 초대에 다소 놀랐는데 "학술 기사를 읽으며 공부 많이 하고 있다"고 그는 밥을 먹으며 말했다. 한나라당 출입 시절의 내 기사에 대해선 끝내 아무 말도 하지 않았다. 이후로도 가끔 연락을 주고받거나 밥을 먹는다. 매양 그는 학술 기사 이야기를 끄집어낸다.

《한국일보》 기자, 《조선일보》 논설위원, 《서울신문》 편집국장을 역임한 남재희 전 노동부 장관도 이 무렵 만났다. 전설적인 주당답게 그는 소주잔을 경쾌하게 기울이며 나를 반겼다. 학술 기사를 인상 깊게 읽었다는 것이었는데 나로선 황감할 뿐이었다. 그는 전두환 정권 시절 정계에 입문했다.

술자리가 있을 때마다 그는 자신의 서가에 꽂혔던 책을 집어와 건넸다. 지금도 내 책장에는 그가 선물한 영어 원서가 두어 권 꽂혀 있다. 너무 두꺼워서 아직 읽을 엄두를 못 내고 있다.

이 시기에 만난 여러 지식인 가운데 특별히 두 사람이 기억에 남는 이유가 있다. 두 원로 모두 언론인 출신으로 정치를 겪었다. 특히 군사 정권 시절 정계에 뛰어들었다. 기자 이력을 바탕으로 정치에 입문하는 한국 언론계의 독특한 '전통'을 형성한 주역이다. 기자가 군인을 위해 일했던 시절의 표상으로 그들을 기억하는 사람도 많다.

그러나 두 사람은 '선전이 아닌 분석'의 기사에 공감해주었다. 사람은 종종 과오를 저지르지만 살아 있는 동안 이를 만회할 기회가 반드시 있다. 대부분 그 기회를 모르쇠하고 지난 과오를 합리화하는 데 여생을 쏟는다. 두 사람은 달랐다. 그들은 보수의 근본적 쇄신에 관심이 깊었다. 그래서 내가 쓰는 학술 기사의 본뜻을 알아차려 주었다.

나는 학술면에서 정치 기사를 계속 썼던 것이다. 대신 한나라당이 아니라 보수 세력에 대한 기사를 썼다. 마침 뉴라이트 등을 둘러싼 담론 논쟁이 치열할 때였다. 정치를 읽는 새로운 관점을 제공한다는 기분으로 매주 기사 아이템을 선정했다.

특히 역사적 연원과 맥락을 제공하려 애썼다. 뉴라이트의 뿌리, 교과서 논쟁의 근원, 식민경제사학의 맥락, 진보 담론 쇠퇴의 이유 등을 설명해야 오늘의 사건을 이해할 수 있을 것이라 생각했다.

모든 사건에는 반드시 정치사회적 맥락이 있다. 다만 그 맥락은 하루아침에 형성되는 게 아니어서 과거의 여러 기록을 세심하게 살펴야 그 윤곽이 드러난다. 기사 쓸 때마다 고생을 자처하여 날과 밤을 샜다. 예컨대 식민지 근대화론의 뿌리가 일본 경제사학자들에게 있다는 사실을 발견하고 이를 기사에 옮겨 적을 때는 적지 않은 희열도 느꼈다.

또 분야별 학자를 모아 진보 진영의 미래를 논하는 '선진대안포럼' 기획을 1년 내내 진행했다. 한·중·일 공동 역사 교과서 집필을 통해 동아시아 역사 갈등을 해결하자는 '한중일 함께 쓰는 역사' 기획도 장기 연재했다.

그 밖에도 각종 '달력 기획'을 맡았다. 해마다 돌아오는 날에 맞춰 언론은 모종의 기획 기사를 내보낸다. 신년기획, 창간 기념 기획, 광복절 기획, 연말 기획 등이다. 지성·담론을 맡는 학술 기자는 이런 기획에 곧잘 차출됐다. 긴 호흡의 기사를 고민하는 일이 많아졌다. 심층 기사에 대한 갈증도 조금씩 풀었다. 2개면 이상씩 펼쳐 쓰는 기사에 대한 두려움이 사라졌다. 훗날 각종 연재 심층보도의 기초체력이 됐다.

언론의 목적을 생각하면 긴 분량의 기사가 옳다. 그래야 상세하고도 정확하게 보도할 수 있다. 나중에 알게 된 사실이지만 리드부터 뽑아 쓰는 간명한 역피라미드형 스트레이트 기사 자체가 언론인의 본래적 생리와는 잘 맞지 않는다.

19세기 중후반에 형식적으로 완성된 스트레이트 기사의 원형 가운데 하나는 군대의 보도자료다. 1861년 미국의 남북전쟁 중 북군은 '군인의 효율성'을 반영한 독특한 문장 형태의 보도자료를 만들어 언론에 배포했다. 전투 결과부터 밝히고 관련 전황을 뒤에 적었다. 전쟁 보도를 담당한 기자들이 이를 그대로 옮겨 적으면서 역피라미드 구조가 정착됐다. 과장하여 표현하자면 역피라미드 스트레이트는 원래 군인의 언어였다.

독자가 감응하는 기사를 쓰려면 풍부한 맥락을 드러내야 한다는 것을 이 시기 다시 한 번 절감했다. 모든 사건에는 뿌리가 있고 그 생멸의 과정이 있으니 이를 드러내는 것이 진정한 기사다. 다만 맥락을 파악하는 과정은 일련의 '아카데믹한' 탐색을 동반한다. 언론과 학문이 만나는 지점에서 맥락을 담은 기사가 탄생한다. 그제야 독자는 어떤 사건의 실체를 온전히 이해했다는 쾌감을 얻는다. 학술 기자 시절 '맥락이 있는 기사'에 대한 나의 믿음은 더 굳건해졌다.

그 길로 그냥 학술 전문 기자가 됐다면 어땠을까, 가끔 생각한다. 여러모로 평화롭고 적절한 일이었을 것이다. 현실을 추상하고 추상을 현실에 적용하는 일에서 즐거움을 느꼈고 또한 그 일을 제법 잘 치러낸다는 안팎의 평가도 받았다.

그러나 한줄기 갈증이 있었다. 이론과 담론을 무기 삼아 평생을 살아내는 것은 결국 학자들이다. 학술 기자는 그들의 언어를 대중의 언어로 번역하는 통역자에 불과하다. 작가의 무기가 소설이고 판사의 무기가 판결문이라면 기자의 무기는 기사다.

누군가의 언어를 번역하지 않고 나의 언어로 대중과 만나고 싶었다. 전문가들 사이에서 정평을 구축하기보다는 대중의 입길에 오르는, 대중의 삶에 미력하나마 변화를 제공하는 기자가 되고 싶었다. 대중을 거느리지 못하는 언론이란 이율배반에 불과하다고 생각했던 것이다.

대중에 대한 갈망은 기자라는 족속이 두루 공유하는 관념이다. 《한겨레》의 선배 기자들도 다르지 않았다는 것을 그 무렵 알게 됐다. 학술 기자 시절인 2007년 가을부터 이듬해 봄까지 창사 20주년을 기념하는 '사사'(社史), 『희망으로 가는 길―한겨레 20년의 역사』를 집필했다.

그 책에 담긴 20년의 숨 가빴던 역사를 한두 줄로 요약할 수는 없다. 이 신문사의 역사는 격동하는 현대사와 함께했다. 이를 담아내는 작업이 쉽지 않았다. 글을 쓰면서 혼자 울고 웃었다. 기자는 취재하면서 배운다는 말이 있는데 사사 편찬 과정에서 절감했다. 전혀 몰랐던 일, 어렴풋이 알았으나 제대로 알지 못했던 일, 알고 있었으나 충분히 살펴보지 못한 일이 많다는 것을 절감했다.

사사 편찬 과정에서 창간 세대의 욕망도 이해하게 됐다. 그들은 단 한번도 '대항(대안) 언론'을 구상한 적이 없었다. 그들은 엘리트 의식이 강했고 그래서 1등 언론을 만들고 싶어 했다.

우선 창간 주역이었던 1970년대, 1980년대 해직 기자들의 저변 자체가 엘리트적이었다. 인문사회과학을 공부한 대학생의 취직 자리가 마땅치 않던 시절이었다. 군사정권 시절의 공무원이 되는 일은 각광받지 못했다. 유학은 특수 계층에나 해당되는 일이었다. 자부심 강한 대학생들 가운데 실력 있는 이들만 기자가 됐다.

기자 집단이 엘리트 의식 가득한 이들로 충원되는 게 좋은 일은 아니다. 자칫 하면 대중과 괴리되는 '파워 엘리트'로만 활약할 수 있다. 다만 군사정권의 영향 때문인지 당시의 대학생은 사회 비판의식을 품고 있었다. 그 시절의 엘리트는 '비판의식의 엘리트'이기도 했다. 부유층 자제들이 명문대를 졸업해 일신의 안위를 꿈꾸며 '폼 나는' 직업을 고르다 기자 또는 피디를 선택하는 오늘날의 상황과 맞비교하기는 어려울 것이다.

당시 언론의 주류는 신문이었다. 방송은 '딴따라' 또는 '나팔수' 취급을 받았다. 신문 가운데서도 주류는《동아일보》였다. 1970년대 자유언론실천운동 및 1975년 기자 해직 사태의 중심에도《동아일보》가 있었다. 매체 영향력으로 보자면《동아일보》보다 조금 뒤쳐졌지만《조선일보》해직기자들 역시 엘리트 의식이 강했다.《동아일보》가 정치부를 중심으로 발달한 언론사라면《조선일보》는 경제부 및 외신부에 특장을 갖추고 있었는데《조선일보》해직기자의 상당수가 경제부 또는 외신부 출신이었다.

결국 1988년 5월《한겨레》창간을 구상하고 구현한《동아일보》및《조선일보》해직기자들은 자신들이 만드는 새 매체가 당연하고도 자연스럽게 최고의 언론이 될 것이라 믿었다. 그들이 한때 몸담았던 매체를 넘어서는 1등 언론을 새로 만들고 싶었던 것이다.

'1등', '최고', '탁월성'에 잘못이 있지 않다. 진보를 자처하는 이들이 저지르는 오류도 이것과 관련 있다. 1등이 되려는 욕심이 부족하다. 좋은 것은 여러 사람의 선택을 받아야 하고 받을 수 있다. 여러 사람의 인정을 받지 못한다면 그것은 좋은 것이 아니다.

진보는 보수에 비해 더 나을 것이라고 사람들은 기대한다. 그 개념 자체가 보수에 비해 한 발 더 나아간다는 뜻 아닌가. 그래서 최고의 언론이어야 비로소 진보 언론이다. 보수 언론보다 실력의 면에서 더 출중

해야 진보 언론이다.

이를 구현하지 못하면 진보는 진보가 아니다. 진보의 개념에 이미 경쟁의 가치가 포함돼 있다. 진보는 최고에게 바쳐지는 헌사다. 그저 진보 이념의 기치를 내건다고 진짜 진보가 되는 것은 아니다.

1등 언론을 꿈꾸었던 그들이 창간을 전후해 벌인 몇몇 논쟁을 들여 다보면 '대중지'와 '고급지'라는 개념이 동시에 등장한다. 여기서 대중 지란 더 많은 사람에게 널리 읽힌다는 관념이었다. 더 많이 읽히는 언론 이 더 강력한 영향력을 갖는다는 것을 그들은 알고 있었다.

고급지는 뉴스 품질에 대한 관념이었다. 더 많이 읽히는 1등 신문이 되기 위해서라도 기존 신문과 질적으로 차별되는 뉴스를 새로운 관점과 방식으로 만들어야 한다고 그들은 생각했다.

이들이 꿈꾸었던 새 신문의 이상을 가장 잘 표현한 이는 안종필이다. 그는 1975년 《동아일보》에서 해직됐다. 박정희 정권 말기 기성 언론이 전하지 않은 125건의 시국사건을 모아 1978년 동아투위 소식지에 '보 도되지 않은 민주 인권사건 일지'라는 제목으로 보도했다. 군사정권은 그를 포함해 여러 해직기자를 투옥시켰다. 1979년 11월 말 감옥에 갇혀 서도 기자의 습성을 버리지 못한 그는 '새 신문'에 대한 상상의 나래를 주변 사람들에게 들려줬다.

새 시대가 와서 우리가 언론계에서 다시 일하게 될 때, 신문을 어떻게 만들고 경영은 어떻게 해야 할까? 가로쓰기에 한글전용을 해야 할 거야. 지금 신문은 너무 식자층 중심으로 제작되고 있는데, 민중을 위한 진정한 신문이 되기 위해서는 누구나 쉽게 읽을 수 있게 한글 전용을 해야지. 부처 출입제도도 없어져야 돼. 너무 관 위주의 취재여서 민중의 뜻이 제대로 반영되지 않고 있어. 새 시대가 오면 국민들이 골고루 출자해서 그들이 주인이 되는 신문사를 세우는 것이 가장 바람직해. 그렇게 되면 어느 한 사람이 신문사를 좌지우지하지 못할 테고, 편집권의 독립도 이뤄질 거야.●

소수 엘리트끼리 돌려 읽는 신문이 아니라 대중이 두루 읽는 신문, 권력층의 관심사에 집중하게 만드는 출입처 세도를 혁파하고 민중의 관심사를 담아내는 진정한 신문이 그의 꿈이었다. 안종필의 이 발언은 '탁월한 언론'을 꿈꾸었던 미국의 조셉 퓰리처에 비교된다. 낙후한 한국 언론의 저변을 감안하면 그 선견지명의 수준은 퓰리처를 넘어선다.

그의 이야기는 유언이 됐다. 출옥 직후인 1980년 2월 29일 안종필은 감옥에서 얻은 암으로 길지 않은 생을 마쳤다. 나중에 '안종필 자유언론상'이 만들어졌다. 주제넘고 건방진 이야기지만 나는 그 상의 이름에 '자유' 대신 '혁신'을 넣어야 한다고 생각한다.

그는 그저 자유언론의 기치를 내건 것이 아니었다. 자유언론을 위해서는 기자 스스로의 혁신이 필요하다는 점을 누구보다 일찍 깨닫고 설

● 『희망으로 가는 길─한겨레 20년의 역사』(한겨레20년사사편찬위원회 엮음, 한겨레출판, 2008), 본문 강조는 필자.

파했다. 그 잣대는 민중이었다. 민중을 염두에 둔 끝없는 성찰과 혁신을 기자들에게 요구했다.

1992년 제6회 안종필 자유언론상 수상자는《한겨레》편집국이었다. 실제로 창간 초기 이 신문사는 언론의 혁신에 기여한 바가 있었다. 창간 때만 해도 한국 언론사를 통틀어 전무후무한 부서들이 있었다. 영역별, 출입처별, 지면별 벽을 허물고 종합적 관점으로 취재 보도하려는 획기적 시도였다.

우선 기획취재본부를 따로 뒀다. 오늘날의 용어를 빌리자면 '심층탐사보도팀'에 해당한다. 사회교육부와 별개로 민생인권부를 만들었다. 이 부서는 노동자, 농어민, 도시빈민 등을 전담취재했다. 언론을 감시하는 여론매체부를 새로 만들었고, 특히 기존 언론의 정치부와 경제부를 통합한 정치경제부를 만들었다. 지금의 잣대로 보아도 가히 '뉴스룸의 혁신'이라 할 만했다.

창간 주력 세대, 즉 1970년대 자유언론운동을 이끌다 해직당한 기자들의 마음속에는 독재에 맞서는 '민주 언론'의 관념만큼이나 발생사건 중심, 단편보도 중심, 출입처 중심의 기성 언론을 넘어서려 했던 '혁신 언론'의 이상이 강렬했다.

"권력은 표준을 정의내리는 힘"이라고 오연호《오마이뉴스》대표가 말한 적이 있다.《한겨레》창간 세대는 미디어를 새롭게 정의 내리려 했다. 또한 그 혁신을 통해 언론의 주류가 되어 새로운 표준으로 등극하겠다는 일류 언론의 기대도 강했다.

창간 초기 10년은 그런 이상과 기대를 이루려는 부단 없는 혁신과 그에 따른 복잡한 논란의 역사였다. 창간 10년이 지난 다음부터는 그 이상이 희미해졌다. 취재와 보도의 관행에서 한국 언론의 새로운 경로와 전범을 개척하는 혁신의 노력이 약해졌다. 기존 일간지 시장에 뛰어들어 그들의 표준에 휩쓸리기 시작했다.

살아남기 위한 어쩔 수 없는 선택이었지만 그 선택이 아쉽고 애통하다. 진심을 담아 아프게 말하자면, 안종필이 가슴에 품었던 잣대로 보아 오늘의 《한겨레》는 언론, 뉴스룸, 기사, 기자의 혁신에 있어 그다지 선구적이지 않다. 언론 혁신의 시도는 오히려 이 신문사의 바깥에서 종종 발생하고 있다. 그런 외부의 시도가 소규모이고 파편적이어서 주류의 질서를 바꾸는 데 미치지 못한 것이 그나마 이 신문사에겐 다행스러운 일이다.

한국 사회 전체를 위해선 그나마 연륜과 역량을 갖춘 뉴스룸이 그 혁신을 주도해야 한다. 자기 혁신을 통해 더 많은 대중과 만나려는, 여러 언론의 하나가 아니라 그 자체가 언론의 새로운 표준으로 구실하려는 혁신의 기운이 제도 언론 내부에서 불처럼 일어나야 한다.

그런 시도가 아주 없지는 않았다. 마른 잎과 장작을 기다리며 화톳불의 꿈을 꾸는 작은 불씨가 지금도 이 신문사의 구석에서 숨죽이고 있다.

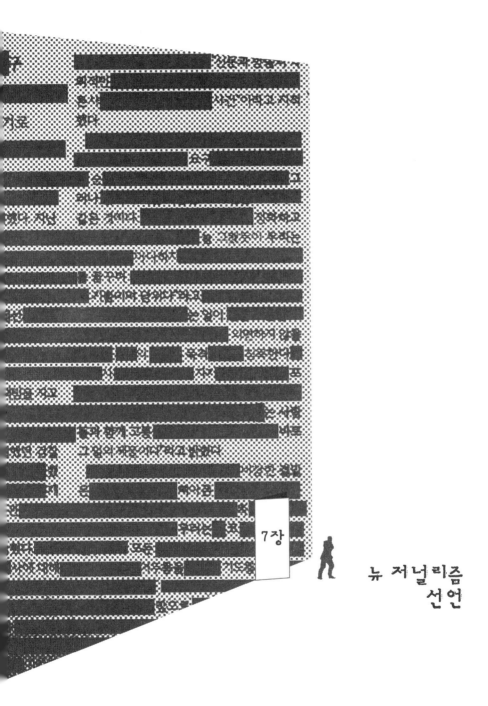

7장

뉴 저널리즘
선언

서울 마포구 공덕동에 있는 한겨레신문사 사옥은 중세의 성을 닮았다. 거대한 원기둥 두 개가 하늘을 향해 솟아 있다. 뿜칠로 외벽을 마감했는데 거칠고 중후한 멋이 있다. "역사와 사회를 썩지 않게 하는 반역을 표상한다"고 설계자인 조건영이 말한 적이 있다. 한겨레 사옥은 1991년 한국의 10대 건축물로 뽑혔나.

　　사옥 3층에는 작은 정원이 있다. 멀꿀나무와 줄사철나무의 어린 가지 아래 으아리꽃이 피는데 제멋대로 날아든 민들레가 그 곁을 차지하는 곳이다. 2008년 늦여름 흔들리는 풀꽃들을 바라보며 우리는 담배를 피웠다. 박용현《한겨레21》편집장은 별 말이 없었다. 워낙에 말이 없다는 것은 익히 알고 있었고 나중에는 몸서리치며 알아가게 될 터였다. 그는 '침묵의 리더십'의 화신이었다.

　　가을 정기인사가 코앞으로 다가와 있었다. "《한겨레21》에 가서 일하고 싶다"고 그에게 전자우편을 보냈다. 반응이 미지근했다. 결국 전화를 걸어 면담을 청했다. 나는 몸이 달아 있었다.《한겨레21》에 가는 수밖에 없다고 결심을 굳힌 터였다. 그것은 4년 여에 걸친 우회로의 끝이었다.

　　이 신문사의 역사를 가려 적는 일을 하는 동안 창간 세대의 혁신 에너지가 소진된 것에 안타까워하면서도 새롭게 알게 된 사실이 있었다.

1990년대 중반 이후 한국 언론계에서 일어난 매체 혁신, 디자인 혁신, 기사 장르 혁신, 취재 영역 혁신, 뉴스 의제 혁신 등은 거의 대부분《한겨레21》을 진앙지로 삼고 있었다.

《한겨레》는《한겨레21》을 창간하여 한국 언론사에 길이 남을 기념비를 남겼다. 이미 기자이자 독자로서 그 매체에 실리는 기사를 즐겁고 인상 깊게 읽어온 터였지만 옛 자료를 뒤적이며 더 놀라게 됐다.

이 매체의 뿌리는 1987년으로 거슬러 올라간다. 신문 창간을 준비하던 이들은 1987년 10월 '사업계획서'를 작성했다. 평일에는 12면의 신문을 내고 일요일에는 36면짜리 주말판 신문을 내겠다는 계획을 세웠다. 2010년대 들어서야 현실화된 주말판을 1970년대 해직기자들은 1980년대 후반에 이미 구상했던 것이다.

그러나 신문 창간에 바쁘고 급했던 그들은 주말판 발행을 후일로 미뤘다. 그러다 1993년부터 주말판 구상을 주간지로 바꿔 추진했다.《경향신문》에서 해직된 고영재,《조선일보》,《서울신문》등에서 일하다 한겨레에 합류한 오귀환, 곽병찬 등이 그 창간의 주역이었다.

그들이 세계 저널리즘의 역사에 충분히 능통했는지는 잘 모르겠다. 그러나 창간 선언문에 담긴 개념은 혁신적이다. 지금까지도 제대로 구현되지 않은 가치들을 담고 있다. 1994년 1월 1일《한겨레》1면에 나간 알림 기사가 있다.

21세기를 향한 뉴 저널리즘 선언─단순한 사실의 전달자이기를 거부합니다. 치열한 분석과 합리적 대안, 그리고 분명한 주의 주장을 제시할 것입니다. 새로운 저널리즘의 기수로 우뚝 서겠습니다.

이 짧은 선언문에는 (오늘날까지 어느 매체도 제대로 구현하지 못하고 있는) 선진 언론의 4가지 요소가 모두 담겨 있다.

서구 선진 언론을 구성하는 핵심 요소가 형성된 것은 1960~1970년대다. 이 시기 미국은 물론 세계적으로 시민운동과 민권운동이 넘실댔다. 미국의 기자들은 격동하는 시민사회에 자극받아 새로운 방식으로 진실의 심층을 나루기 시작했다.

그 시기 이전까지 미국 언론을 지배한 핵심 개념은 객관성Objectivity이었다. 미국 언론에서 객관성의 관념이 탄생한 것은 1830년대 무렵이다. 그것은 페니신문Penny paper의 기치였다.

원래 근대 신문을 발행한 것은 부유층 정치인 또는 특정 정파였다. 무렵의 신문은 '그들끼리' 돌려 읽는 정치 선전물이었다. 칼 마르크스가 미국 신문《뉴욕데일리》의 런던 특파원으로 활동했던 시기도 이와 겹친다. 그의 기사가 최근 국내에 번역 출간됐다. 매우 어렵다. 무슨 말인지 알기 힘들다. 그 시절 언론의 언어는 엘리트적이었다. 여러 사람이 두루 읽을 것을 의도하지 않았다.

페니신문은 그 흐름을 끊었다. 1페니만 내면 누구나 신문을 읽을 수 있는 대중신문의 시대가 열렸다. 기자들은 정치인의 후원 대신 대중의 푼돈을 모아 신문을 발행했다. 가난하고 무지한 노동자도 쉽게 알 수 있도록 '간명하게'Clear and Concise 기사 쓰는 일이 확산됐다. 스트레이트 기사의 시초다.

가난한 이들의 미디어가 된 신문은 정치 대신 삶을 보도했다. 평론과 주장을 밀어내고 각종 사건사고에 대한 기사를 쓰기 시작했다. 이는 20세기 후반 인터넷의 등장에 비견될 만하다. 파워 엘리트가 독점하던 정보와 지식의 장벽을 허물어버린 것이다.

대중신문이 내건 객관성의 기치는 대중을 주 소비층으로 삼으려는 미국 언론의 약속이었다. 엘리트층이 형성한 정파에 휘둘리지 않고, 그들이 떠들어대는 주장관념에 속박당하지 않고, 언론인의 독립적 관점을 유지하겠다는 뜻이었다. 탈-정파 선언이었다.

이로부터 100년 뒤인 1930~1940년대 객관성이 다시 중요한 화두로 떠올랐다. 이는 선정언론Yellow Journalism에 대한 반성이었다. 흥미위주의 사건보도, 권력고발을 빙자한 추정 보도를 성찰했다. 시중에 떠도는 풍문에 의존해 함부로 폭로하지 말고 신뢰할 만한 취재원Reliable News source에 근거해 보도하자는 흐름이 생겨났다. 누가 보아도 수긍할 만한 근거를 갖추자는 의미에서 이 시기의 객관성은 뉴스 신뢰도를 높이자는 선언이었다. 그래서 실명인용, 삼각확인 등이 중요해졌다.

지금까지도 한국 언론의 객관성은 이쪽저쪽 의견을 하나씩 반영하는 수준으로 곧잘 격하된다. 그 본래 의미는 충분한 근거를 확보하자는 데 있다. 이것은 결정적 차이다.

객관성의 흐름 속에 '르포르타주'의 전성시대가 열렸다. 분명한 근거를 확보하는 가장 좋은 방법은 직접 보고 듣는 것이었다. 오늘날까지도 세계 3대 르포루타주로 불리는 존 리드의 『세계를 뒤흔든 10일』, 조지 오웰의 『카탈루니아 찬가』, 에드거 스노우의 『중국의 붉은 별』은 20세기 초중반에 쓰여졌다. 잭 런던의 『밑바닥 인생』, 조지 조웰의 『위건 부두로 가는 길』 등의 빈곤 르포도 이 시기에 발표됐다.

객관성의 허울만 부여잡은 한국 기자들의 취재 현장은 브리핑룸에 갇혀 있지만, 그 시절 서구의 기자들은 전쟁과 혁명과 빈곤의 공간으로 달려갔다. 현장에서 보고 듣고 체험한 것을 옮기는 데 열을 올렸다.

그러나 그들이 객관성을 중시했던 시기는 길지 않다. 2차 대전 이후 객관성은 서구 언론의 핵심 화두에서 밀려났다. 객관성을 취재·보도의 규준으로 삼는 일에 대한 성찰이 다시 시작됐다. 매카시즘 선풍이 결정적 계기가 됐다.

미국 기자들은 매카시 상원의원을 신뢰할 만한 취재원으로 판단했다. 그가 공개한 공산주의자 리스트를 그대로 믿고 보도했다. 빨갱이로 지목된 이들의 반론도 실었다. 그 결과는 처참했다. 미국 언론의 토대이기도 한 '모든 이의 완전한 표현의 자유'가 결정적으로 퇴행했다.

결국 1960년대부터 객관성을 넘어서려는 흐름이 생겨났다. 주창 저널리즘Advocative Journalism, 탐사 저널리즘Investigative Journalism, 뉴 저널리즘 New Journalism, 해설 저널리즘Explanatory Journalism 등이다. 그 밖에도 정밀 저널리즘, 저항 저널리즘 등이 있는데 위 범주들에 얼추 포섭된다.

이런 흐름이 새로 발명된 것은 아니었다. 이미 서구 언론사 곳곳에 자리 잡고 있던 요소가 이 시기에 이르러 새롭게 각광받고 정립했다고 보는 게 옳을 것이다.

예컨대 탐사 저널리즘은 미국 언론의 초창기 역할이었던 추문 폭로 및 권력 고발의 새로운 버전이었다. 한국에서는 이를 '탐사'라고 번역하지만 원래 그 말은 '수사'Investigative의 관념이 더 강하다. 검찰 등의 수사 결과 발표를 그대로 보도하는 것이 아니라 기자가 직접 끈질기게 (수사하듯이) 추적하여 그 죄를 입증해 보이자는 게 당시 탐사보도의 기치였다. 1972년 《워싱턴포스트》의 워터게이트 보도는 그 절정이었다.

주창 저널리즘은 대중신문 시기 이전의 각종 평론, 논설 등의 구실을 재해석하려는 흐름이다. 사실만 보도해선 그 사실의 의미가 무엇인지 대중이 알아차리기 어렵다. 그런데 그 사실의 의미를 가장 정확하게 이해하는 것은 사실을 취재한 기자다. 따라서 기자도 논평할 수 있고 주창할 수 있다. 다만 기자는 그 논평의 자유를 '탁월하게' 수행해야 할 의무를 지닐 것이다. 나아가 여러 주장을 모아 공론장을 형성하는 것도 언론의 역할이 될 것이다.

1971년 《뉴욕타임스》가 세계 최초로 의견-칼럼Op-Ed 지면을 도입한 배경에는 이런 주창 저널리즘이 있다. 이제 한국의 언론을 포함해 세계 언론이 칼럼과 독자의견을 하나의 지면에 모아 담는 일을 당연시 한다. 그 바탕에는 '보도된 사실이 무엇을 의미하는지까지 보도해야 한다'는 철학이 담겨 있다. 그 철학을 한국 언론이 제대로 구현하고 있는지는 의문이다.

해설 저널리즘도 사실의 단순 전달을 거부한다. 사실의 복잡성과 중층성을 제대로 보도해야 한다는 점에 주목한다. 탐사보도 등은 새로운 사실을 드러내는expose 데 초점을 둔다. 해설 저널리즘은 기존에 알려진 사실이라 해도 충분히 설명하는explain 것이 더 중요하다는 태도다.

넓은 의미로 보아 해설 저널리즘은 뉴스를 새롭게 정의내리는 시도다. '새로운 것'이 아니라도 뉴스가 될 수 있다. 과거에 일어난 모든 일을 끌어들여 제대로 설명하는 것이 뉴스다. 이런 뉴스를 쓰려면 기자는 구조와 체계, 그리고 역사에 대한 깊은 이해를 갖춰야 할 것이다. 뉴스를 새롭게 정의히면 기지의 구실도 달라진다.

해설 저널리즘과 비슷한 맥락이면서도 다른 방법론을 구사하는 게 뉴 저널리즘이다. 이름 그대로 기존의 모든 언론 사조와 비교해 '완전히 새로운' 철학으로 기사를 써야 한다고 주장한다. 이들이 모델로 삼았던 것은 대중언론이 등장하기 이전에 대중을 장악했던 19세기 사실주의 문학이다.

신문이 소수 정파의 정치 선전물에 불과했던 시절, 대중의 미디어는 소설이었다. 소설가들은 당대의 현실을 소설에 담아 고발했다. 뉴 저널리즘은 개인의 일상과 일생을 통해 시대의 모순을 고발했던 사실주의 문학으로부터 기사의 새로운 모델을 찾았다.

현대 미국의 언론, 그리고 이로부터 영향 받은 서구 선진 언론은 이들 4가지 흐름 아래 '탁월한 언론'이라는 이상을 향해 진화해왔다. 이들의 뿌리는 같다. 기계적 객관성을 반성하고 진실의 총체를 모두 드러내려는 집념이 그 바탕에 있다.

오늘날 미국 언론계에서 객관성의 관념은 두 가지 층위에서 주로 논의된다. 진실의 전모를 드러내도록 노력해야 한다는 연장선에서 (영원히 가닿을 수는 없는) 객관성의 가치를 인정한다. 두 번째는 보다 실무적이고 기술적인 '노하우'에 해당한다. 취재한 사실은 사실대로, 이에 대한 기자의 의견은 의견대로, 독자들이 헷갈리지 않도록 서로 구분하여 밝히자는 의미로 객관성을 언급한다.

1930년대 언론의 객관성을 강조하는 흐름을 이끌었던 것은《뉴욕타임스》다. 이후 객관성을 넘어 맥락을 풍부하게 드러내는 심층성을 강조하는 쪽으로 방향을 튼 것도《뉴욕타임스》다. 오늘날 이 신문의 거의 모든 기사는 사실보도와 함께 역사적·구조적 맥락을 소개하면서 기자 개인의 분석까지 함께 담고 있다. 급기야 1996년 미국의 대표적 언론인 단체인 언론전문직협회The Society of Professional Journalist는 언론윤리강령을 개정하면서 객관성에 대한 언급을 없애버렸다.

서구 언론인과 언론학자의 고심을 거칠게 요약하자면, 객관성은 일종의 브레이크 역할을 할 수 있다. 함부로 사실을 왜곡하여 주장을 내세우는 정파 언론의 전횡을 막기 위한 브레이크다. 다만 브레이크는 자동차를 움직이지 않는다. 객관성에 집착하는 것만으로는 진실의 총체를 전할 수 없다. 서구 선진 언론을 쉼 없이 진화시키는 엔진과 액셀레이터는 '더 깊고 정확하게 맥락을 담는 보도', 즉 심층성에 있다.

진화론의 비유를 들어 설명하자면, 미국 언론이 인간의 형상을 갖춘

데 비해 한국 언론은 아직 말미잘 수준에 머물고 있다. 먹고 싸는 구멍이 같다. 미국 언론의 1940년대 규준으로 기사를 쓰고 있다.

한국의 여러 분야, 예컨대 기업, 문화, 엔지오 등에서 '글로벌 스탠다드'에 근접하는 탁월한 성취가 이뤄졌다. 유독 한국의 언론 분야만 후진적이다. 미국 문물의 대부분이 수입되고 적용되고 뿌리내린 뒤 창의적으로 재탄생하고 있는데 언론만큼은 '보호장벽'을 쳐놓은 것처럼 꿈쩍도 하지 않고 있다.

그런데 1994년에 나온 《한겨레21》은 이를 모두 구현하겠다고 선언한 것이다. "단순한 사실의 전달자이기를 거부"한다는 것은 객관주의에 대한 근본적 비판과 성찰이다. "치열한 분석을 제시하겠다"는 것은 해설 저널리즘의 기치다. "분명한 주의 주장을 제시하겠다"는 것은 주창 저널리즘에 해당한다.

원래의 뜻으로 제대로 사용한 용어는 아닌 것 같지만 '뉴 저널리즘'은 사실주의 문학과 탐사보도를 연결시키는 장르 혁신의 선언이다. 또한 쟁점을 오랫동안 깊이 있게 파고드는 취재 방식은 '탐사 저널리즘'의 그것이었다. 이 주간지의 제호 공모에 2만 여 명이 응모했던 것은 놀랍지만 당연한 일이다. 그 시절에도 독자는 맥락과 이면을 갈구했던 것이다.

정치 위주를 벗어나 사회, 문화, 국제 분야에서 표지 기사를 뽑아내고 제목 중심의 편집 대신 시각 중심의 디자인을 도모했던 것도 새삼 놀랍다. 《한겨레21》은 1994년 3월 창간 뒤 넉달 만에 매주 10만 부 발행을 돌파했다.

다만 그것은 초창기의 일이었고 3층 정원에서 편집장과 면담하던 2008년 무렵의 상황은 좀 달랐다. 신문시장의 축소와 함께 주간지 독자도 줄었다. 《시사저널》, 《주간조선》, 《시사인》, 《주간경향》 등 경쟁매체도 많았다. 초창기 《한겨레》 편집국과 유기적으로 협업했던 기풍도 많이 사라져 있었다.

그럼에도 '언론 혁신'의 잣대로 보자면 《한겨레》 창간의 정신은 일간지보다 주간지에 더 강하고 깊게 흐른다고 나는 생각했다. 발생사건 중심, 출입처 중심의 관성을 넘어 종합적이고 심층적인 보도를 구현할 수 있는 유력한 매체가 《한겨레21》이라고 믿었다.

우연한 기회에 접하게 된 '내러티브 심층탐사보도'를 한국 언론의 새로운 표준으로 끌어올리는 일도 《한겨레21》에서 가능할 것이라 믿었다. 이제 여기서 그동안의 시행착오와 고민을 홀홀 털어내고 싶었다.

그러나 가고 싶다고 가게 되는 것은 아니었다. 편집장의 허락이 필요했다. 2008년 늦여름 손톱만큼 작은 으아리 꽃이 줄줄이 피어나는 서울 마포구 공덕동 한겨레신문사 사옥 3층 정원에서 박용현 편집장은 별 말 없이 담배만 피웠다.

너 따위 필요 없다는 뜻인가, 속으로 생각했다. 입안에 단내가 퍼져갈 무렵에야 그가 입을 열었다. 흔들리는 풀꽃을 바라보며 나에게 물었다. "그래, 무슨 기사를 쓰고 싶은데?"

8장

다시 거리로

월요일 아침 11시 사회팀 회의가 시작된다. 회의 준비를 하려면 아침 9시부터 나와서 이것저것 챙겨야 한다. 팀 회의가 끝나면 팀원들은 밥 먹으러 간다. 저희들이 발제한 아이템으로는 이 넓은 주간지의 지면을 메울 방법이 도저히 없다는 것을 팀원들은 잘 모른다. 그래도 점심은 꼬박꼬박 맛나게 잘 먹는 눈치다.

친구가 없는 사회팀장은 팀원들만 식당에 보내고 혼자 빵을 먹으며 오후 회의를 준비한다. 표지 기사거리가 마땅치 않은 것이다. 수습기자 시절 "아이템 내놓으라"고 닦달했던 선배의 상기된 얼굴을 사회팀장은 떠올려본다. 지금 자신의 얼굴이 그 모양일 것이다.

오후 2시 전체 회의가 시작된다. 편집장 이하 모든 기자들이 참석한다. 정치팀, 사회팀, 경제팀, 문화팀 등에서 간추린 아이템이 테이블 위에 올라온다. 기자라는 족속은 말이 많다. 겸손하지 않고 위아래도 없는데 공격적이다. 성격파탄자다.

사회팀장이 발제한 아이템을 후배 기자들이 물어뜯는다. 시의성이 없고, 재미가 없고, 너무 어렵고, 예전에 나온 기사고, 취재 시간이 부족하다는 것이다. 사회팀장은 입술을 물어뜯는다. 나쁜 놈들. 그럼 지들이 표지 아이템을 내놓든가 말이야.

오후 3시 팀장 회의가 시작된다. 편집장과 각 팀장이 둘러 앉아 전체 회의에서 나온 아이템을 다시 정리한다. 편집장은 또 말이 없다. 마음에 드는 아이템이 없다는 뜻이다. 오늘만큼은 밀려선 안 된다고 사회팀장은 생각한다. 먼저 입을 열면 지는 것이다.

그러나 전투의 승자는 항상 편집장이다. 제풀에 지쳐 팀장이 말한다. "그냥 이걸 좀 더 확장해서 표지로 쓸까요." 그렇게 돌고 돌아 이번 주도 사회팀이 표지기사를 쓴다. 왜 사회팀만 들들 볶느냐고 항의한 적이 있었다. 한참 입 다물고 있다가 편집장이 말했다. "사회팀이 써야지, 그럼 누가 쓰냐."

오후 5시 회의 결과를 정리해 팀원들에게 전파한다. 눈치도 없는 것들이 벌써 나가버렸다. 정돈된 기획안, 각 기사의 분량, 개략적인 취재 방향, 마감 시간 등을 지정하여 전화 또는 전자우편으로 알려줘야 한다.

끝이 아니라 시작이다. 팀장도 기사를 써야 한다. 여기저기 전화를 걸고 인터뷰 약속을 잡는다. 화요일과 수요일, 취재 시간은 이틀 밖에 없다. 늦어도 목요일 낮부터는 기사 작성에 들어가야 한다.

게다가 수요일 오후에 표지 아이템이 바뀌는 경우가 있다. 그런 일이 생기면 정말이지 콱 죽어버리고 싶다. 편집장의 눈높이는 너무 높다. 중간에 끼인 팀장은 팀원들이 벌컥 화내지 않도록 차근차근 다독이며 변경된 기사 얼개를 전달한다.

목요일 오후부터 편집장이 앉은 자리에 대륙성 고기압이 형성된다. 찬바람이 거기서 불어온다. 마감을 재촉하고, 기사 내용을 질책하고, 심지어 기사를 통째로 유보시킨다. 사회팀장은 자기 몫의 기사를 마감하는 한편, 편집장의 성에 차지 않는 사회팀원의 기사까지 살피면서 험난한 마감의 고갯길을 오른다.

금요일은 하루 종일 취하는 날이다. 우선 졸음에 취한다. 앉은 채로 밤샌 기자들이 앉은 채로 꾸벅꾸벅 존다. 그나마 잠시에 불과하다. 금세 졸음에서 깨어나 자판 깨지도록 두들기며 마감에 취한다. 오후 5시부터 저녁 10시까지 편집 작업이 진행되면 기자들은 석양을 안주 삼아 술 마신다. 밤 11시 모든 편집이 끝난다. 석양 무렵부터 마신 술기운이 애매하다. 새벽까지 내쳐 술 마신다.

토요일은 하루 종일 잔다. 일요일 오후 다시 출근해 월요일 회의를 준비하면 일주일은 그만 다 지나가버린다. 그 짓을 4번 하면 한 달이 가고, 그렇게 12번이면 짧은 인생 가운데 1년이 쏜살같다. 쓰고 싶은 기사는 언제 쓴단 말인가.

《한겨레21》사회팀장 노릇을 한두 달 해보니 슬슬 걱정이 됐다. 주간지 역시 바쁘게 돌아가긴 매 한가지였다. 시간이 없었다. 기자는 기사로 말한다. 기자라는 족속은 개념과 친하지 않다. 내러티브니 탐사보도니 하는 것의 개념을 수천 번 읊어봐야 이를 이해하고 배려하는 데스크는 없다. 기사로 입증해야 그 가치를 인정한다.

쓰고 싶은 기사의 새로운 전형을 직접 입증해 보이기 전에는 아무 변화도 일어나지 않을 터였다. 어느 날 주간 회의에 올라온 경제팀의 발제가 눈에 띄었다. 고철 값의 폭락으로 제철소들이 어려움을 겪고 있다는 내용이었다. 지금은 로스쿨을 거쳐 변호사가 된 임주환 기자의 발제였다.

그의 발제를 조금 거들었다. "제철소 이야기만 하지 말고 고철 값 폭락의 피라미드, 먹이사슬 전체를 보여주면 어때요?" 말없는 편집장이 웃었다. 마음에 든다는 뜻이었다. 임 기자와 함께 제철소, 고철 수집상, 고물상, 고물 줍는 할아버지 등을 취재했다. 고철을 고리 삼아 불황에 허덕이는 인간군상을 옮겼다. 「고물 같은 내 인생」이라는 표지 기사로 실렸다.

까만 밤이 일직선으로 동네 골목을 가른다. 리어카 밑에서 고양이 한 마리가 걸어 나온다. 할아버지의 걸음은 그보다 빠르지 않다. 이제 10여 분 걸어 나가면 꽃밭이다. 네온사인이 번쩍번쩍 하는 것이 꽃밭이구나, 10년 전 고물 줍는 일을 시작하면서 김순남(75) 씨는 그렇게 생각했다. 단란주점과 실내포차와 20년 전통의 해장국집을 지나며 그는 고양이처럼 조용히 주변을 살핀다. 키가 큰 아가씨들이 깔깔거리며 지나간다.

"우리는……" 하고 시작하는 게 그의 말버릇이다. '우리'는 차가운 걸 좋아한다. 차가운 바닥에 앉아 차가운 밥을 먹으며 그가 말했다. '우리'는 짠 것도 좋아한다. 붉다 못해 까만 김치를 먹으며 그가 말했다. 요즘 나오는 맛소금과 진간장이 참 맛이 좋아서 그것 하나만 있어도 된다고 '우리'는 생각한다. 더구나 '우리'는 식당에 들어가 밥 먹는 걸 싫어한다. 한 줄에 1천 원짜리 김밥을 먹으려 24시간 분식집 문을 열면, 식당 아주머니는 주문받을 생각도 않고 잠시 실눈을 떴다가 내처 존다. '우리'도 사람인데 시답지 않은 대접받는 건 질색이다.•

조세희가 쓴 『난장이가 쏘아올린 작은 공』(이하 『난쏘공』)처럼 쓰고 싶었다. 오직 사실만 적되 그 문장이 『난쏘공』처럼 울림을 갖도록 의도했다. 기사를 쓰다 막힐 때마다 『난쏘공』을 펼쳐 10여 분씩 읽었다. 세상을 담는 그 독특한 리듬에 빠져들었다 나오면, 보고 듣고 발견한 사실들을 어찌 전달하는 게 좋을지 자연스럽게 정리되곤 했다.

문상을 유려하게 다듬있다는 뜻이 아니다. 『난쏘공』처럼 쓰기 위해선 『난쏘공』에 등장하는 문장을 구현해낼 '미세한 사실들'이 필요했다. 어느 때보다 더 치밀하고 촘촘하게 취재했다. 바닷바람이 굴뚝 사이를 헤집고 달려드는 인천 남동구 공단 지역을 쏘다녔다. 고물 줍는 할아버지, 그 고물을 사들이는 중소 고물상, 여러 고물상의 고물을 받아 재가공 공장으로 넘기는 대형 고물상을 취재했다. 말을 적고 표정을 기록하고 그들의 공간을 살폈다.

내러티브, 심층피처, 르포 등과 『난쏘공』의 뿌리는 같은 것이라고 지금도 생각한다. 조세희는 그 소설을 쓰기 위해 철거촌에서 몇 달을 기거하며 취재했다. 다만 그는 실제에 기초해 허구의 인물과 세계를 지어냈다. 나는 소설처럼 읽히는, 그러나 어디까지나 오직 사실에 기초한 기사

• '고물 같은 내 인생', 《한겨레21》 2008년 12월 19일, 740호.

를 쓰고 싶었다.

이 기사가 널리 읽혔다거나 대단한 반응을 일으켰던 것은 아니다. 다만 기자들 사이에서 잔잔한 화제가 됐다. 나중에 한겨레신문사 대표이사가 된, 당시 양상우 출판미디어국장이 지나가며 말했다. "야, 그 기사 참, 제법 긴 분량인데도 술술 읽히더라고."

속으로 만세를 불렀다. 내가 의도한 딱 한 가지가 바로 그의 말에 있었다. 길어도 술술 읽히는 기사. 「고물 같은 내 인생」은 이후 4개월 동안 연재될 「노동OTL」 기획의 정초 구실을 했다. '기사 쓰기의 새로운 표준'에 대한 자신감을 심어준 계기가 됐다.

흉중에 두었던 아이템이 하나 있었다. 제목도 혼자 정해두었다. '열혈국민의 진실'. 미국산 쇠고기 수입 반대 촛불 시위가 한창이던 2008년 8월 경찰은 '열혈국민'이라는 폭력시위 집단을 검거했다고 발표했다.

촛불집회에서 만난 노숙자, 무직자, 전과자 들이 운동권 서적을 함께 탐독하며 '열혈국민'이라는 조직을 결성한 뒤, 경찰 버스를 쇠파이프로 부수고, 경찰관을 향해 염산이 담긴 병을 던지고, 새총으로 쇠구슬을 발사하는 등 폭력시위를 벌였다는 내용이었다.

그 사건에는 촛불집회를 바라보는 국가권력, 중산층, 사회 소외층의 복합적 시선이 두루 녹아 있었다. 그들의 일생을 따라 짚으며 사건을 재구성한다면 전혀 새로운 기사가 될 것이라고 나는 생각했다.

아직 그 구상을 기사로 적어 지면에 옮기지 못했다. 뜻 있는 기자들에게 '카피 레프트' 정신으로 이 아이템을 공개한다. 누구건 달려들어 파헤쳐볼 가치가 있다고 자신한다.

문제는 시간이었다. 당시《한겨레21》사회팀은 팀장을 포함해 4명의 기자가 전부였다. 매주 표지 기사 압박에 시달리느라 어떤 면에선 일간지보다 더한 노동 강도에 시달리고 있었다. 전례가 마땅치 않은 상태에서 사건 하나를 취재하기 위해 상당수의 인력을 장기간 투입한다는 게 쉽지 않았다.

어찌됐건 편집장의 허락이 필요했다. 편집장은 표지 기사 생산을 위한 주력부대인 사회팀이 특정 사건 취재에 매달리는 일을 반신반의하는 눈치였다. 아무래도 다른 접근이 필요했다. 내가 쓰고 싶은 기사를 쓰기 이전에 편집장이 쓰고 싶어 하는 기사로부터 착안하는 게 좋을 듯했다.

2009년 봄 어느 날, 말은 좋아하지 않지만 술은 엄청 좋아하는 박용현 편집장이 신문사 앞 맥줏집에서 술잔을 건넸다. "『거세된 희망』 읽어봤어?"

당연히 읽어보았다. 영국《가디언》기자인 폴리 토인비가 빈곤층의 삶을 직접 체험하여 기사를 썼다. 나중에 한국어로 번역되어 국내에도 출간됐다. 그는 약 1년 여에 걸쳐 슬럼가에 기거하면서 빈곤층과 똑같은 조건으로 구직활동을 벌이며 청소부 등으로 일했다.

영미 언론에선 빈곤소외층의 현장에 직접 찾아가 체험에 기초한 르포 또는 심층 내러티브 기사를 쓰는 면면한 전통이 있다. 잭 런던의 『런던의 밑바닥 인생』이나 조지 오웰의 『위건 부두로 가는 길』 등이 대표적이다. 현대에 들어서도 『이것이 인간인가』(프리모 레비), 『가장 낮은 곳에서 가장 보잘 것 없이』(귄터 발라프) 등 빈곤 르포의 견결한 전통이 이어지고 있다.

다만 한국에선 그런 전례가 없었다. 왜 그랬는지를 설명하는 것은 어렵지 않다. 이런 종류의 취재에는 적어도 몇 달의 시간이 필요한데, 해방 이래 한국의 어느 뉴스룸도 기자 개인에게 그런 시간을 허용하지 않았다.

기자 개인으로 눈을 돌려도 사정은 비슷하다. 서구 언론인들 가운데는 르포 취재를 위해 다니던 신문사에 사표를 던지고 기꺼이 '프리랜서', 사실상 백수 상태를 자처하는 경우가 적지 않다. 한국의 기자 가운데 그런 강심장과 헌신성을 갖춘 이는 (적어도 당시까진) 아무도 없었다.

편집장의 머릿속에 어떤 기사가 그려지고 있는지 나는 확실히 알지 못했다. 다만 그의 구상 아래서 심층 내러티브 기사를 도모할 수 있다는 것만은 분명했다. 내가 사건 프로파일링을 궁리하고 있을 때 그는 노동 인권에 대해 고민하고 있었다.

사건에 골몰했던 것은 개인적 경험과도 관련이 있었다. 그때까지 읽어본 미국의 내러티브 기사는 주로 발생 사건에 대한 심층보도였다. 여러 면에서 중층적이고 의미심장한 사건사고를 선택해 그 이면의 숨겨진 이야기를 끄집어내고, 이를 통해 삶·사회·세계에 대한 메시지를 전달하는 기사였다. 충격적이고 거대한 사건이 일어나길 기다렸다가 이를 스트레이트로 쓰는 게 아니라 늘상 일어날 법한 소소한 사건에서 사회적 맥락을 길어 올리는 방식이었다.

여기에 비해 '노동'이라는 주제는 너무 거대했다. 사건의 심층을 보여주는 기사에 비해 대중적 관심도가 떨어지지 않을까, 걱정이 없지 않았다. 그러나 선택의 여지가 없었다. 무슨 수를 써서든 심층 내러티브의 전형을 보여주고 싶었다. 이를 뒷받침해줄 편집장은 노동 인권이라는 주제에 눈길을 두고 있었다.

처음에는 내가 직접 6개월 정도 이런저런 직업을 전전하면 어떨까 생각했다. 편집장은 반대했다. 사회팀장이 자리를 비우면 안 된다는 것이었다. 두 번째로 궁리한 것은 프리랜서 기자를 고용하는 것이었다. 단기 계약을 맺고 그 기자의 취재 및 보도를 사회팀 차원에서 관장한다는 계획이었다. 그러나 적절한 인물이 없었다. 미국과 달리 한국에선 프리랜서 저널리스트가 희귀했다.

결국 '기자 한 명이 여러 직업을 체험 한다'는 원칙을 허물어야 했다. 한 사람이 여러 직업과 공간을 두루 체험하지 않고선 기사의 일관성을 갖추는 게 불가능해 보였지만, 한 명의 기자를 장기간 투입한다는 것 역시 어려운 일이었다.

현실과 타협했다. 한 명이 장기간 취재하는 대신 여러 명의 기자가 나눠 체험하기로 했다. 기사의 일관성 문제는 팀 차원에서 관리하기로 했다. 속으로는 불안했다. 심층 내러티브에 대한 개념적 이해가 없는 기자 여러 명이 서로 다른 방식으로 취재하면, 그게 과연 괜찮은 기획 연재물이 될 수 있을 것인지 확신이 없었다.

편집장에게 약속을 하나 하고 다른 약속 하나를 받아냈다. 기자 1명이 현장 취재를 하는 동안 사회팀 몫의 표지 기사는 평상시대로 출고하겠다는 약속을 편집장에게 했다. 대신 팀장인 나도 현장에 들어가 직접 취재해도 좋다는 약속을 받았다. 창피스러운 일이지만 '새로운 기사를 직접 보여 주겠다'는 욕심에 여전히 집착했던 것이다.

사회팀 회의에서 오간 이야기는 복잡하지 않았다. 몇 가지 원칙만 공유했다. 각자 알아서 직접 취업한다. 취재 영역이 겹치지 않도록 서로 다른 종류의 직업을 택한다. 처음에는 기자 신분을 노출하지 않는다. 그들과 같은 곳에서 한 달 동안 먹고 자고 일하며 그들 가운데 한 사람으로 지낸다. 기사에는 체험과 함께 관찰의 결과를 적는다.

최대한 담담하게 적되 그들의 일상과 일생을 생생하게 드러낸다. 정책과 통계는 가급적 배제한다. 기사 연재는 각자 3회씩, 모두 4개 부문으로 나눈다. 사전 취재 및 취업 준비 1주일, 취업 4주일, 집필 3주일 등 모두 8주 동안 각자 이 프로젝트에만 매진한다. 대신 나머지 3명이 일상적 취재를 분담한다.

2009년 8월 《한겨레21》 사회팀에 소속된 전종휘, 임인택, 임지선 기자와 나는 '빈곤 노동 심층 보도' 프로젝트에 뛰어들었다. 햇볕은 뜨겁고 갈 길이 멀었다.

9장

4천원 인생

이 책 원고를 한창 집필하던 가을, 돈이 좀 궁해졌다. 누워 잠자다가 기사 아이템이 번뜩 떠오르는 일이 있다. 아쉽게도 돈은 그런 식으로 다가오지 않는다. 누워 고민한다고 돈이 생길 리가 없지 않은가.

그런데 그 비슷한 일이 일어났다. 마지막 인세를 받은 게 언제였는지 가물가물했다. 대난치는 않더라도 그동안 팔린 책이 조금 있을 것이라는 생각이, 말 그대로 누워 잠자다가 떠올랐다. 출판사 등에 문의 메일을 보냈다. 답장이 왔다. 만세를 불렀다. 그동안 책을 더 찍어냈고 지급받아야 할 인세가 (많지는 않지만) 남아 있다는 내용이었다. 앞으로는 제때 정산하겠다는 약속도 있었다.

반가운 소식을 다른 저자들에게 문자로 알렸다. 전종휘 기자의 답신이 왔다. "모든 게 팀장의 탁월한 영도력 덕분입니다." 그런 이야기 들으면 내가 좋아한다는 것을 그는 알고 있다. 임인택 기자도 답신했다. "인세 받으면 술 사주세요." 자기 인세를 술값에 쓰기는 싫다는 뜻이다. 임지선 기자도 답했다. "이번 기회에 계약서 다시 쓰죠." 그는 어느새 꼬장꼬장한 중견 기자로 성장해 있었다.

아직까지 인세를 받을 정도로 책이 팔린다니. 가만히 있어도 웃게 되는 일이었다. 「노동OTL」 연재기획을 단행본으로 묶은 『4천원 인생』(한겨레출판)은 발간 3년 여 만에 10쇄를 찍어냈다. 베스트셀러는 당연히 아니지만 스테디셀러의 반열에는 얼추 포함될 수준이다.

첫 보도 이후 4년 넘도록 읽히는 기사. 입소문을 타고 더 많은 사람이 읽어보는 기사. 읽어보라고 주변에 권하는 기사. 2009년 여름 처음 공장에 들어갈 때만 해도 우리는 그런 꿈같은 기사를 쓰게 될 것이라는 생각을 하지 못했다. 원래 우리는 섞이고 화합하기 쉽지 않은 유형이었다. 개성과 고집이 강했다. 그게 도움이 됐다. 각자의 스타일이 서로를 보완했다.

임인택 기자는 학창 시절 시인으로 등단한 경험이 있는 '문청'이었다. 우리 기사의 제목을 「노동OTL」 대신 '4천원 인생'으로 하자고 제안한 것도 그였다.(나중에 그의 제안은 단행본 제목에 반영됐다) 그에겐 독특한 언어감각이 있다.

그는 이 기획의 성패를 가름할 첫 번째 취재를 맡았다. 반월공단 난로공장에서 일하는 동안 자신의 내면과 주변의 노동자들을 섬세하고 예리하게 잡아챘다. 그의 감성적 주관은 참여관찰 방식의 기사쓰기에서 빛을 발했다. 그가 절절하게 써내려간 1부 기사가 없었다면, 이후 우리의 기획도 성공하지 못했을 것이다.

오전 10시가 되자 허기로 멍해졌고, 11시가 되자 다리를, 오후로 들어서자 머리를 떼어내고 싶었다. 한자리에 꼼짝없이 서서 작업하는 상체를 받치는 다리가 꺾일 것 같았다. 사타구니 높이의 컨베이어벨트에 놓인 난로를 내려다봐야 하는 머리는 불필요하게 무거웠다.

물론 '라인'은 '인간'을 개의치 않는다. 붕어빵 찍어주듯 물량이 내게 건네진다. 오전 8시 30분~10시 30분 A타임에도, 10시 40분~12시 30분 B타임에도, 점심 먹고 오후 1시 30분~3시 30분 C타임에도, 3시 40분~5시 30분 D타임에도, 그리고 30분 저녁 식사 뒤 6시부터 저녁 8시나 9시까지 한 번에 이어지는 야간 잔업 때도 기계처럼 서서 목장갑이 닳도록 손잡이를 돌리고, 펜치를 쥐며 쇠주걱을 들이댄다. ●

임지신 기자는 팀의 막내였다. 그는 욕심이 아주 많았다. 자신의 기사가 더 탁월해지길 항상 꿈꾸었다. 그의 경쟁심은 다른 선배들에 뒤쳐질 수 없다는 끈기로 이어졌다. 그가 쓴 2부 기사가 연재될 때부터 우리의 기획은 대중적으로 확산됐다.

식당에서 일하며 취재했던 그의 기사는 기획의 전체를 통틀어 가장 널리 회자됐다. 수많은 독자 반응 가운데 가장 많은, 그리고 가장 두드러진 것은 "이제부턴 식당 가서 주문 재촉하지 않겠다"는 다짐이었다. 그의 기사는 사람들의 행동을 바꾸었다.

감자탕집 언니들은 지난 3개월간 하루도 쉬지 못했다. 주방과 홀에 사람이 1명씩 있으니 대체 인력이 없는 상태다. 이렇게 직원 수를 줄인 지

● 『4천원 인생』(한겨레출판, 2010) '9번 기계 노동일기' 부분 발췌

3개월 됐다. 사장은 곧 1명을 더 뽑겠다고 하지만 말뿐이다. 언니들은 눈치를 보며 누구 하나 쉰다고 말하지 못했다. 사장은 휴일을 모른 척한다. 쉬지 않는다고 돈을 더 받는 것도 아니다.

9월 넷쨋주, 나와 주방 언니는 하루 차이로 생리를 시작했다. 내가 생리통에 고통스러워하자 주방 언니는 비밀스럽게 말했다. "반찬 냉장고 앞에 잠깐 엎드려 있어. 내가 손님 오나 보고 있을게." 주방 입구의 반찬 냉장고 앞은 구석진 곳이어서 밖에선 잘 보이지 않는다. 그 더럽고 차가운 바닥에 엎드렸다. 인천 B 감자탕집에 휴게시간은 단 1분도 없다. 정식 휴일도 못 쉬는데 생리휴가가 통할 리도 없다. 손님과 사장의 눈을 벗어나 앉을 수 있는 곳은 화장실과 이 냉장고 앞뿐이다. •

전종휘 기자는 낚시와 캠핑을 좋아하는 천상 마초다. 직선적이고 화통하다. 스트레스에 대한 내성이 있고, 아무리 힘들어도 술 몇 잔에 툴툴 털고 다시 시작할 줄 아는, 탁월한 기자의 자질을 갖추고 있다. 그는 세상에서 가장 맛있는 소맥을 만든다.

마석 가구공장의 컨테이너에 갇혀 지내며 이주 노동자와 함께 고된 육체노동을 견디는 일은 그가 아니라면 치러낼 수 없었을 것이다. 엄지손가락에 못이 박히는 산재까지 겪어가며 고된 노동을 묵묵히 감내했다. 게다가 언어 장벽과도 씨름했다. 대학 시절 영자신문사 기자였다는 이

• 『4천원 인생』(한겨레출판), '감자탕집 노동일기' 부분 발췌

유로 그는 영어 취재를 수행해야 했다.

"형, 생각해봐요. 아파도 낮에는 병원에 못 가. 우리 '불법 사람'이잖아요. 지금 날씨 추워요. 신발이랑 옷 사러 (시내에) 나가고 싶어도 못 가요. 잡혀가잖아요." 필리핀 출신 마리아 누나도 단속 걱정에 가위눌리기는 마찬가지다. 마리아 누나는 이 공단에 온 뒤 단 한 번도 남양주시를 벗어나본 적이 없다고 했다. 단속 걱정 때문이다. 그 기간이 무려 15년이다. 그는 사실상의 감금 상태에 놓여 있다.

옆방에 사는 몽골 친구는 고용허가제로 들어온 등록 외국인이있는데 날마다 방문을 바깥에서 잠그고 출근했다. 단속 때문에 바깥출입을 삼가는 미등록 신분의 부인을 방 안에 항상 가둔 채였다. 단속이 나오더라도 쉽게 방문을 열지 못하게 하기 위해서였다. 내가 "그러다 화재라도 나면 부인은 꼼짝없이 타죽을 테니 그러지 말라"고 했다. 그는 "어, 왜 그 생각을 못했지? 여긴 3층이라 창문으로 뛰어내려도 죽을 텐데……"라며 멋쩍은 웃음을 지었다. 그러나 그 뒤로도 그의 방문엔 자물통이 입을 굳게 다물고 있었다. ●

그들이 기대 이상의 탁월한 기사를 써낸 덕분에 마지막 4부를 맡은 나의 부담은 컸다. 명색이 팀장이었다. 편집장의 눈총 받아가며 팀장 책

● 『4천원 인생』(한겨레출판), '불법사람 노동일기' 부분 발췌

임을 잠시 면제 받았다. 기사로 보답을 해야 했다.

　어느 토요일 오후, 매장에 굴러다니는 스포츠신문을 철수가 펼쳤다. 야구선수 김태균이 일본으로 이적한다. 연예인 하하가 애인과 결별했다. 그리고 한 달에 465만 원을 버는 32살 맞벌이 부부는 150만 원씩 절세형 저축을 해야 한다. 그런 기사들을 철수는 무심히 넘겼다. 어느 것도 철수와 상관있는 일이 아니었다. 세상일을 걱정할 여유가 없었다.
23살의 동수(가명)도 짐을 다 싣고 철수에게 인사했다. 지난 1년 동안, 동수가 잘못한 일은 없었다. 먹고 먹히는 우주에서 동수는 먹히는 편의 일을 했을 뿐이다. 누가 먹는 편인지 누군들 알았겠는가. "좀 쉴 생각이에요. 연락할게요." 동수가 철수한테 말했다. 언제나 웃던 철수가 괴로운 표정을 지었다. 철수는 아무 말도 하지 못했다. •

　처음 잠입취재를 마친 임인택 기자는 후발 주자들의 하소연을 들어줘야 했다. 그의 기억에 따르면 나머지 3명의 기자 모두 현장에 들어간 뒤 임 기자에게 전화를 걸었다. 전종휘 기자는 "죽겠다. 내가 여기서 뭘하는지 모르겠다"고 했고, 임지선 기자는 "죽겠다. 골반이 빠지려 한다"고 했고, 안수찬 기자는 "죽겠다. 당장 술 마시러 와라" 했다.
　나는 젊은 사람들과 어울리기 위해 안경도 바꾸고 머리도 스포츠형

●　『4천원 인생』(한겨레출판), '히치하이커 노동일기' 부분 발췌

으로 밀었다. 신문사에 돌아왔더니 "젊어졌다"며 반응이 좋아서 한동안 그 차림새로 다니기도 했는데, 후배들은 힘든 일 시키고 자기만 럭셔리한 일터로 갔다는 이야기를 많이 들었다.

육체적 피로를 견디는 것만큼 힘든 것은 신분을 숨기는 일이었다. 「노동OTL」기사를 호평한 이들 가운데도 '위장취업'이라는 표현을 쓴 경우가 있었다. 한국의 중산층이 잘 모르는 사실 가운데 하나가 여기에 있다. 불안정노동시장에선 아무것도 묻지도 따지지도 않고 하루살이 일자리를 내어준다. 취업에는 위장이 필요 없다.

1980년대 위장취업은 변조된 주민등록증이 있어야 가능했다. 신원조회 결과 대학생 신분인 것이 드러나면 취업을 허락하지 않았기 때문이다. 그러나 우리 가운데 누구도 이름과 나이 등을 위조하지 않았다. 실제의 나이와 이름, 심지어 학력을 그대로 적어내도 취업이 가능했다.

다만 취업의 목적은 숨겼다. 기자라는 사실, 취재 목적으로 취업했다는 사실을 공개하진 않았다. 이 대목은 논란거리다. 취재윤리의 기본 가운데 하나는 자신의 신분을 밝히고 인터뷰하는 것이다. 그래야 취재원이 기사에 노출될 자신의 정보를 보호할 수 있다. '자기 방어권'을 보장해주는 것이다.

그러나 기자 신분을 밝히는 순간, 애초에 기획했던 취재는 불가능해질 터였다. 말 그대로 '노동자와 다름없이' 지내면서 취재하는 게 우리의 목적이었다.

현장 취재에 들어가기 전 변호사와 법률상담까지 해가며 이 대목을 정리했다. 우선 취재원의 자기방어권 보장이 필요한 대목이 생기면 나중에 기사 작성 단계에서 반론이나 추가 설명을 듣기로 했다. 실제로는 그럴 일이 별로 없었는데, 우리의 기사가 고용주를 고발하는 프레임이 아니라 불안정노동자의 현실을 있는 그대로 적는 데 맞춰져 있었기 때문이다. 반론을 제기하는 고용주도, 입장이 충분히 반영되지 못했다는 노동자도 없었다.

그래도 혹시 취재 방식을 법률적으로 문제 삼는 고용주가 있다면, 법원까지 가서라도 다툼을 벌이기로 했다. 재판 결과 취재에 위법성이 있다고 인정된다면 그 대가(벌금형이건 징역형이건)를 치르기로 했다.

언론은 법률이 아니라 정의에 기초하는 것이라고 오래전부터 생각해왔다. 실정법을 함부로 무시해선 매우 곤란하겠지만, 법조문에 따라 취재 영역과 방식을 한정짓는 것도 마음에 들지 않았다.

무엇보다 세계 언론사에 피와 땀으로 새겨진 수많은 잠입르포의 기록들이 우리를 응원했다. 많은 서구 언론인들이 지금도 거침없이 행하고 있는 빈곤 현장 잠입 취재를 한국의 기자들이 왜 망설여야 한단 말인가.

잠입취재, 심지어 '함정취재'를 탐사보도 기법의 하나로 인정하는 서구 언론인들이 주의하는 것은 따로 있다. 우선 취재 과정을 투명하게 밝힌다. 잠입했다는 점을 제대로 밝히는 것이다. 아울러 취재 과정에서 발견한 사실을 윤색하지 않고 그대로 보도한다는 점을 강조한다. 사실을 더 충격적으로 전하려는 유혹에 굴복하지 않는다는 뜻이다.

원칙의 문제를 정돈하는 것과는 차원을 달리하는 난관도 있었다. 취재 자체가 힘들었다. 단순한 체험기를 보도하자는 게 아니었으므로 함께 일하는 이들의 일상과 일생을 파악해야 했다. 하루 종일 고된 노동에 시달리는 그들은 퇴근 시간만 되면 곧장 집으로 향했다. 말을 걸어도 좀체 입을 열지 않았다. 임인택 기자의 표현을 빌리자면 그들은 '침묵 노동자'였다.

싱글남이었던 임인택 기자는 반반한 얼굴을 앞세워 여자 노동자들을 접촉했다. 그는 나중에 어느 여공의 생일잔치에 초대를 받았는데 막상 가보니 남자는 임 기자 혼자였다. 그곳에 모인 여공들의 수다 속에서 그는 취재의 활로를 개척했다.

임지선 기자는 식당 아주머니들의 음담패설 때문에 곤욕을 치렀다. 진지한 이야기를 꺼내려 해도 모든 화제가 걸쭉한 음담패설로 회귀했다. 음담패설이야말로 최고의 스트레스 해소법이라는 것을 나중에야 알게 됐다. 무능력한 남편, 폭력적인 남자 사장, 추근거리는 남자 손님, 그리고 용돈만 조르는 아들에 이르기까지 그들은 3중 4중의 '젠더 착취'를 당하고 있었던 것이다.

전종휘 기자는 취재 초반부터 기자 신분을 밝혀야 했다. 이주 노동자들은 단속반에 잡혀가는 걸 피하려고 사실상 공장 안에서만 지냈다. 한국인 신참 노동자의 등장은 경계할 일이었다. 게다가 한국인 대부분이 그들과 좀체 어울리지 않는데 이 신참은 유독 친한 척하며 자꾸 다가와 말을 걸었다. 이주 노동자는 신참 한국인을 단속반이 아닌가 의심했다. 기자라는 사실을 알고 난 다음에야 이주 노동자들은 마음을 열었다.

나는 돈을 많이 썼다. 정육 코너에서 일하는 젊은이들은 고기를 먹지 않았다. 한우도 마다했다. 냄새만 맡아도 진저리 쳤다. 대신 생선회를 좋아했다. 회는 고기보다 비쌌다. 회를 먹으면 술도 많이 먹게 된다. 젊은 그들은 소주를 물마시듯 비웠다. 어느새 안주 삼을 회가 부족했다. 하는 수 없이 회를 또 시켰다. 그러면 그들은 또 술을 물처럼 마시는 것이었다. 그들과 이야기 나누는 데는 돈이 들었다.

연재가 끝난 뒤 함께 일했던 그들을 다시 만났다. 기자 신분을 처음부터 밝히지 못한 일을 사과했다. "괜찮아요. 있는 그대로 쓰셨는데요. 뭐." 그 말이 반가웠다. 그래도 그들은 나를 기자님이라 부르지 않았다. 형이라 불렀다. 역시 고마운 일이었다. 자기들의 동아리에 나를 끼워준 셈이었다. 그날 저녁 그들이 손사래 칠 때까지 참치 회를 대접했다. 지금까지 내가 직접 지불한 식사 가운데 가장 비싼 비용이 들었다. 그래도 좋았다. 행복했다.

그해 9월 연재기획의 첫 기사가 나갔을 때부터 12월까지 우리는 「노동OTL」에 완전히 몰입했다. 4개월에 걸쳐 모두 13회, 1천 여 매 분량의 기사의 연재를 마친 뒤 우리는 한국기자상과 민주언론상을 받았다. 당시 한국기자상 수상소감으로 제출한 글이 있다.

지난해 여름, 우리는 우리가 무슨 말을 하고 있는지 몰랐다. 그것이 거대한 삶의 무게를 다루는 일이 될 것이라고는 미처 생각하지 못했다. 언론에 등장하는 노동은 '화장한' 얼굴이다. 기자는 숫자를 분석하거나 파업 현장을 둘러본 것으로 노동에 대한 취재를 마친다. 실업자가 늘고 임금은 줄고 비정규직만 양산된다는 것쯤 누군들 모르겠나 생각한다. 그런데 정말 알고 있나? 그 질문이 모든 것을 바꾸어놓았다.

이것은 숫자가 아니다. 강력한 구호도 아니다. 복잡한 정책은 더구나 아니다. 다만 기사로 옮기는 것조차 불편한 현실이다. 가난한 노동자는 어떻게 탄생하는가. 그들의 부모와 자식은 왜 가난한 노동자인가. 그들은 왜 아무 말 없이 감정과 의견도 숨기고 닫힌 세계를 인내하는가. 노동의 문제를 구조와 제도로 치환하지 않고, 정책적 대안을 공연히 병렬하지도 않고, 오직 그들의 감정과 경험과 일상을 생생하게 드러내는 데만 애를 썼다. 덕분에 지난해 7월 이후 우리 가운데 누구도 편하지 않았다.•

처음부터 독자의 반응은 뜨거웠다. 잠시 연재가 중단되면, "언제 「노동OTL」 기사가 나오느냐"는 문의전화와 메일이 빗발쳤다. 기사를 퍼서 블로그나 미니홈피에 싣는 이들은 무수했고 각자의 방식으로 기사를 리뷰한 글도 많았다.

기사 댓글이나 독자 메일을 통해 자신의 빈곤 불안정 노동의 경험을 털어놓는 경우도 많았다. 인터넷 댓글만 모아도 한 편의 기사를 쓸 수 있을 정도였다. 적지 않은 다큐멘터리 작가들이 비슷한 문제의식의 다큐

• 한국기자협회(www.journalist.or.kr) 제41회 한국기자상 수상소감 부분 발췌.

를 제작하겠다며 도움을 청해왔다.

여러 대학의 교수 또는 강사가 수업 교재로 우리의 기사를 활용했다. 적어도 9곳의 출판사에서 출간 제의가 들어왔다. 나중에 단행본으로 출간된 책은 중고등학교 독서토론반의 필독서로도 지정됐다. 문화체육관광부는 『4천원 인생』을 우수교양도서로 지정했다. 그 책의 발간을 기점으로 외국 기자들의 빈곤 잠입 르포의 번역 출간이 줄을 이었다.

그 가운데 이기형 경희대 교수는 우리의 기사를 분석한 논문을 학술지에 발표했다. 하나의 기사를 학문적으로 분석한 일은 전무후무했다. 그런 대접을 받는 것도 황감한데 그 평가는 최고의 상찬이었다.

기존 저널리즘에서는 좀체 보기 힘든, 두껍게 기술된 리얼리티다. 복수의 연관된 주제들을 유려한 흐름으로 엮는 밀도 높은 다큐멘터리다. 상당한 수준에서 이뤄진 사회학적인 보고서다. 스토리텔링의 기법을 활용한, 저널리즘의 격식과 관습에서 벗어난, 놀랄 만큼 풍부하고 직설적이면서 동시에 통찰력이 녹아드는 생동감 있는 글쓰기를 통해 독자를 노동의 장으로 이끄는 역능을 발휘하며, 이를 기반으로 특정한 의미의 흐름과 공감을 형성시켰다. •

• 이기형(2010). 현장 혹은 민속지학적 저널리즘과 내러티브의 재발견 그리고 미디어 생산자 연구의 함의-《한겨레21》의 「노동OTL」 연작을 중심으로. 『언론과 사회』. 18권 4호.

그 사연 많은 취재의 결과는 『4천원 인생』에 담겨 있다. 책 팔아서 인세 더 받고 싶은 욕심이 없지 않다. 그래 봐야 인세의 절반은 신문사로, 나머지 절반을 4명이 나눠 갖는 것이니 얼마 되지 않는다. 그래도 기사를 책으로 펴내어 그 수익으로 더 좋은 기사를 준비하는 기자가 많아지는 건 언론계와 한국 사회의 발전을 위해 바람직한 일 아니겠는가. 감히 당당히 청한다. 많이들 사서 읽으면 좋겠다.

「노동OTL」은 우리를 변화시켰다. 연재가 모두 끝난 뒤, 그들이 이런저런 자리에서 털어놓은 글과 말에 깜짝 놀랐다.

"그동안 우리 언론은 누군가의 말을 사실인 것으로 믿고 그에 근거해 사실을 재구성하는 방식으로만 기사를 써왔다. 그런데 이번에는 같이 땀 냄새를 맡고, 그들의 말을 듣고, 때론 협업하면서 오감을 이용해 취재했다. '인용 전달'을 넘어 좀 더 객관적으로 기사를 쓸 수 있었다"고 전종휘 기자는 말했다. 그는 심층 내러티브가 스트레이트보다 더 객관적일 수 있음을 알아차렸다.

빈곤 노동에 대한 대안을 묻자 임인택 기자는 "노동자들이 편하게 공장에 출근할 수 있는 통근 버스를 마련해주는 것"이라고 말했다. 그 버스 안에서 노동자들은 쉬고 생각하고 대화하기 시작할 것이다. 책상머리에선 얻을 수 없는 혜안이다.

물론 우리의 기사가 '최초의' 내러티브라고 할 수는 없다. 그러나 탐사보도의 줄기 위에서 내러티브의 본격적인 꽃을 피워낸 것으로 감히 자평한다. 그렇다. 그 기사가 너무 자랑스럽다.

아무도 알아주지 않아도 스스로 자긍심을 갖는 것. 가시 하나로 제 몸을 지킬 수 있다 믿는 장미와 같이 남들 보기에 터무니없이 허약한 자부심을 갖는 것. 그게 기자라는 족속의 천성이다. 무엇보다 10여 년 동안 좌충우돌하던 끝에 하나의 길을 찾아냈다. 자랑스럽지 않고 견디겠는가.

당시 한국기자상 심사위원회는 우리의 기사에 대해 "주입식, 계도식 기사쓰기에서 벗어나 노동현장에 대한 건강한 문제의식, 헌신적인 취재, 내러티브 저널리즘이라는 혁신적인 보도방식 등을 통해 체험기사의 격을 한 단계 높였다"고 평했다. 1967년 한국기자상이 제정된 이래 심사평에 '내러티브 저널리즘'이라는 단어가 등장한 것은 이때가 처음이었다.

10장

내러티브의
탄생

기자 사이에서 '소설'은 비난과 금기의 명사다. 원래는 사실이 아닌 허구가 담긴 기사를 뜻하지만, 때로는 사실에 대한 감상 및 의견이 섞인 기사도 소설로 분류된다.

"소설 쓰지 마"라는 명령어는 오직 사실만 쓰고 주관·의견·상상 등은 기사에 담지 말라는 경고다. 그러니 데스크로부터 다음과 같은 이야기를 들었다면 사표 쓸 생각까지 해야 한다. "왜 소설을 썼어? 기사를 쓰라고, 기사를!" 그때 내러티브 저널리스트는 포기 않겠다는 표정으로 되묻는다. 기사를 소설처럼 쓰면 왜 안 되죠?

내러티브 저널리즘은 뉴 저널리즘의 전통을 잇는다. 뉴 저널리즘의 뿌리는 사실주의 문학에 있다. 이 세 가지 가운데 단 하나를 몰라도 상관없다. 삼자관계를 단박에 설명하는 글이 있다. 사실주의 문학의 전형이자 뉴 저널리즘의 표상이며 내러티브 저널리즘의 원천이 되는 글이 있다. 트루먼 카포티의 『인 콜드 블러드』In Cold Blood다.

1959년 11월 미국 캔자스시티의 작은 마을에서 일가족 네 명이 강도에게 살인당하는 사건이 일어났다. 소설가 카포티는 이 사건에 대한 신문의 단신기사를 읽고 흥미를 느꼈다. 이후 6년 여 동안 피해자, 살인자, 목격자, 수사관 등 수백 명을 직접 인터뷰하여 《뉴요커》에 기사로 연재했고 1966년 책으로 펴냈다. 이 글은 많은 사람들을 당혹시켰다. 이 글은 무엇인가. 소설인가. 기사인가.

당시 카포티의 작품에 대해 어느 도서평론가는 "미국 범죄 기록 역사상 최고의 다큐멘터리"라고 불렀다. 사실 그대로에 대한 생생한 기록이라는 뜻이다.

카포티 자신은 소설이라 불렀다. "오랫동안 꿈꾸었던 일을 해냈다. 오직 사실로만 이뤄진 소설을 썼다"고 말했다. 문학계에서도 이를 소설이라 불렀다. 『인 콜드 블러드』는 '논픽션 소설', 즉 사실을 옮긴 소설의 효시로 평가된다.

미국의 언론인 톰 울프는 이를 기사로 보았다. 『인 콜드 블러드』를 극찬하면서 "이제 문학은 저널리즘에서 미래를 찾아야 한다"고 선언했다. 그는 '뉴 저널리즘'이라는 말의 창시자다. 1973년 『뉴 저널리즘』이라는 책도 펴냈다.

바다 건너에서 배송된 그 책의 초판본이 나에게 있다. 고색창연한 디자인의 이 책에는 언론과 문학의 경계에서 뉴 저널리즘을 시작해야 한다는 톰 울프의 서문과 함께 뉴 저널리즘의 전형으로 (톰 울프가 선택한) 21편의 기사가 실려 있다.

그 첫 번째가 카포티의 글이고 마지막은 울프 자신의 글이다. 울프도 뉴 저널리즘 장편 기사를 많이 썼다. 그 밖에도 헌터 톰슨, 게이 탈레시 등 '실명으로 이뤄진 이야기'를 추구했던 기자들의 기사가 있다.

이들의 뿌리는 19세기 사실주의 문학에 있다. 영국 소설가 찰스 디킨즈, 미국 소설가 마크 트웨인 등이 그 대표격이다. 디킨스는 『올리버 트위스트』, 『크리스마스 캐롤』 등을 쓴 소설가다. 트웨인은 『톰소여의 모험』, 『허클베리핀의 모험』 등을 썼다.

주로 동화책, TV 만화 등으로 작품을 접한 한국인들은 이들을 동화 작가쯤으로 여기지만 디킨스와 트웨인의 진짜 가치는 따로 있다. 그들은 가난한 사람들의 이야기를 썼다. 빈곤층의 실상을 알리고 사회 모순을 고발 또는 풍자했다.

사실주의 문학이 전성기를 구가하던 19세기는 언론 역사에서도 의미심장한 시기다. 19세기 중반까지 신문은 대중의 매체가 아니었다. 대다수 사람들이 세상을 보는 미디어는 소설이었다. 문학을 통해 소설가들은 현실을 보여줬다.

그런데 사실주의 문학을 대표하는 소설가들은 기자이기도 했다. 20세기 중반까지 기자와 소설가의 경계는 희미했다. 찰스 디킨스는 의회 담당 기자였다. 마크 트웨인은 지역 신문에서 견습 기자부터 칼럼니스트까지 두루 경험했다.

이 분야에서 가장 돋보이는 인물은 존 스타인벡이다. 그는 원래 기자였는데 "기사를 소설처럼 쓴다"는 이유로 신문사에서 쫓겨났다. 그가 '소설처럼 썼다는 기사'가 허구를 섞은 것이었는지 미사여구를 동원한 것이었는지는 잘 모르겠다.

여하튼 스타인벡은 1930년대 미국 대공황기 빈농의 참혹한 실상을 다룬 소설 『분노의 포도』 등으로 유명해지고 나중에 노벨 문학상까지 받았다. 그런데 이 소설의 바탕은 일련의 르포 기사였다.

프리랜서 기자였던 스타인벡은《샌프란시스코 뉴스》편집장으로부터 캘리포니아 이주 농민들에 대한 르포 기사를 요청받았다. 스타인벡은 이들에 대한 연재 르포 기사를 썼고 이를 바탕으로 소설『분노의 포도』를 썼다.

이후 스타인벡은 2차 대전 및 베트남 전쟁을 취재하는 종군 기자로도 활약했다. 그는 탐사기자이자 소설가였다. 탐사취재와 문학을 더하면 내러티브 저널리즘이 된다.

역시 프리랜서 기자로 활약했던 어니스트 헤밍웨이는 북미신문협회 NANA와 계약을 맺고 스페인 내전을 취재하여 기사를 송고했다. 나중엔 이를 바탕으로 소설『누구를 위하여 종을 울리나』를 썼다.

찰스 디킨즈, 마크 트웨인, 잭 런던, 조지 오웰, 존 스타인벡, 어니스트 헤밍웨이 등 영미 문학의 큰 봉우리를 이루는 소설가들 모두 기자 또는 칼럼니스트 출신이다. 그들은 현실을 취재했다. 특히 빈곤 소외계층에 주목했다. 이를 기사로도 쓰고 소설로도 썼다. 물론 이들을 유명하게 만든 것은 그들의 기사가 아니라 소설이었다.

실은 그게 소설을 쓰는 이유이기도 했다. 더 많은 사람들에게 현실을 알리려면 (소수만 읽는 기사가 아니라) 널리 읽히는 소설을 써야 했던 것이다. 비록 그것이 명성에 대한 개인의 야심에 기초한 것이라 할지라도 소설은 대중과 호흡하려는 기자들의 강력한 무기였다.

그러니까 1960년대의 트루먼 카포티가 품었던 야심은 이랬을 것이다. 취재된 사실을 기사에만 쓰고 더 풍부한 이야기는 소설로 옮겨 담는 '이중의 글쓰기'가 굳이 필요할까. 그냥 사실 그 자체로 가득한 소설을 쓰면 되지 않을까.

카포티의 이런 '문학적 야심'을 톰 울프 등 당대 미국 기자들이 열렬하게 반긴 이유가 있다. 1960~1970년대는 미국의 가치, 특히 언론의 역할에 대해 근본적 회의가 팽배한 시기였다. 베트남 전쟁 등의 진실을 언론이 제대로 보도하지 못한다는 비판이 일었다. 언론의 자양분인 대중이 언론을 외면하기 시작했다.

진실을 어떻게 드러내야 다시 대중과 만날 것인가. 그 고민 위에서 탐사 저널리즘, 주창 저널리즘, 해설 저널리즘, 그리고 뉴 저널리즘 등이 태동했다는 것은 7장에서 적었다. 특히 당시의 뉴 저널리스트들은 특정 사건에 대해 '한 권의 책을 써낼 분량으로' 기사를 썼다. 그래야 사건의 전모를 전할 수 있다고 생각했다.

그들의 주된 활약 무대는 《뉴요커》, 《롤링스톤즈》 등 주간지였다. 워낙 분량이 방대하니 그럴 수밖에 없었을 것이다. 이 시기는 매거진의 전성시기와 겹친다.('매거진'을 '잡지'로 번역한 것은 참 잡스러운 일이다. 그 어원인 아랍어 Makhzin은 여러 물건을 차곡차곡 쌓아둔 저장소라는 뜻이다. 매거진은 '잡스러운 종이'가 아니라 지식과 영감의 보고가 될 수 있다)

그 면면한 전통과 야심찬 노력에도 불구하고 뉴 저널리즘이 미국 언론의 주류에서 한동안 밀려난 것에도 이유가 있다. 뉴 저널리즘을 무기 삼은 프리랜서 기자들은 매거진을 중심으로 그 꽃을 피웠지만 1980년대 이후 매거진 저널리즘이 쇠퇴하면서 뉴 저널리즘 프로젝트도 함께 사그라들었다.

뉴 저널리즘을 잇는, 사실상 이름만 바꿔 부른 내러티브 저널리즘이 미국 언론의 주류에 등극하기까지는 다시 시간이 걸렸다. 주창 저널리즘, 탐사 저널리즘, 해설 저널리즘, 뉴 저널리즘 등이 경쟁하고 혼용하는 가운데 1980년대의 승자는 탐사 저널리즘이었다.

매거진 저널리즘이 쇠퇴하는 가운데 언론의 헤게모니를 장악한 미국의 유력 일간지들은 뉴 저널리즘이 아닌 탐사 저널리즘에 몰두했다. 1985년 미국탐사기자협회IRE가 만들어졌다. 같은 해, 미국 퓰리처상 심사위원회는 '탐사보도'Investigative Report를 수상 분야로 추가했다.

이때까지만 해도 탐사 저널리즘은 '취재 태도'와 관련이 깊었다. 권력의 부패를 끈질기게 추적하는 언론인을 탐사 저널리스트라 불렀다. 그들은 수사기관에 기대지 않고 스스로 증거를 수집해 권력층의 범죄를 고발했다.

1980년대 이후 탐사 저널리즘은 각종 통계분석을 기초로 하는 사회과학 방법론을 받아들였다. 방대한 자료에 바탕을 둔 체계적 권력 고발이 시작됐다. 이는 '데이터 저널리즘' 또는 '정밀 저널리즘'Precise Journalism으로 이어졌다.

그 흐름은 지금까지 이어지고 있다. 한국의 《뉴스타파》가 국제탐사보도기자협회ICIJ와 협업한 '조세 피난처 폭로 보도'가 대표적이다. ICIJ는 다양한 데이터 분석 기법을 활용해 방대한 자료를 뒤졌다.

데이터 저널리즘이 언론의 중요한 무기이자 방법론인 것은 분명하다. 그러나 서구 선진 언론은 그 문제점도 알아차렸다. 그 엄밀성과 정확성에도 불구하고 대중이 읽지 않았다. 너무 어려웠던 것이다.

방대한 데이터, 복잡한 분석기법, 이를 요약한 기사 등이 오히려 '진실에 대한 대중의 관심'을 차단하고 있다는 반성이 1990년대 후반부터 시작됐다.

미국의 주류 언론은 언어 전략을 새로 고민했다. 숫자가 주장보다 강력할 수는 있지만, 이야기보다 매력적이진 않다는 것을 뒤늦게 알아차렸다. 그들은 과거 뉴 저널리즘의 기치를 다시 들춰 보았다.

그 진앙지는 미국 하버드 대학 부설 니먼 재단이다. 저널리즘 스쿨이 따로 없는 하버드대학은 니먼 재단을 중심으로 언론 관련 연구를 활발하게 진행하고 있다. 니먼 재단은 '언론의 기준을 높여 미래 언론을 준비한다'는 모토를 갖고 있는데 이들의 관심사가 바로 '내러티브 저널리즘'이다.

내러티브Narrative의 동사형은 Narrate(이야기하다)이고 그 어원은 그리스어 '알다'라는 뜻의 Gnarus다. 어원으로 보자면 'Know'의 사촌이다. 즉 내러티브는 그저 이야기를 말하는Story Telling 게 아니라 무엇인가를 제대로 알 수 있도록 이야기 해준다는 뜻이다. 소설은 재미있는 이야기인 것으로 충분하지만 내러티브 저널리즘은 진실의 전모를 이야기하는 것을 추구한다.

하버드대 니먼 재단이 내러티브 저널리즘에 각별한 관심을 쏟는 것도 이 때문이다. 뉴 저널리즘의 방법론, 즉 픽션의 방법론을 논픽션에 적용하면서도 탐사보도의 정신을 더 강화하자는 것이다.

니먼 재단은 2001년부터 매년 '내러티브 저널리즘 컨퍼런스'를 개최했다.• 그 열기가 한창이던 2005년 『뉴뉴 저널리즘』이라는 책도 출간됐다. 내러티브 저널리즘을 적용한 최근의 여러 기사를 편집했다. (『뉴 저널리즘』과 마찬가지로 국내에 번역 출간되진 않았다)

톰 울프의 『뉴 저널리즘』에 대한 오마주를 겸하고 있는 이 책에서 저자는 '뉴 저널리즘'과 '뉴뉴 저널리즘'의 차이에 대해 "기발한 기사거리를 찾기보다는 권력 고발의 전통과 소외된 자들의 평범한 연대기에 더 다가가는 것"이라고 설명한다. 소외된 자들의 현실에 주목했던 사실주의 문학, 문학의 기법을 기사에 적용했던 뉴 저널리즘, 그리고 권력을 수사고발하려는 탐사보도의 '삼위 일체'를 추구하겠다는 것이다.

그 흐름을 뉴뉴 저널리즘, 내러티브 저널리즘, 문학 저널리즘, 논픽션 저널리즘 등 뭐라 부르건 무슨 상관이 있겠는가. 그런 기사 써보기를, 그런 기사 읽어보기를 우리 모두 꿈꾸지 않는가.

중요한 질문은 따로 있다. 그래서 내러티브 저널리즘은 어떻게 언론의 혁신, 나아가 사회의 발전에 기여할 수 있다는 것인가.

● 2009년까지 연례적으로 열렸던 이 컨퍼런스는 안타깝게도 잠정 중단됐다. 그들의 홈페이지(http://nieman.harvard.edu/NiemanFoundation.aspx)를 보면 "재단 재정이 줄면서 매년 수백 명의 언론인들이 참가했던 컨퍼런스를 당분간 중단하게 됐다. 그래도 (니먼 재단이 개설한) 내러티브 저널리즘 강의 및 연간 보고서 등을 계속 참조해주기 바란다"고 밝히고 있다.

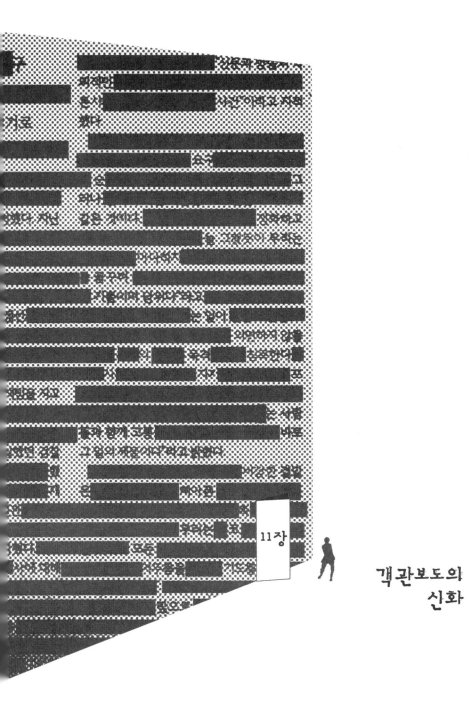

11장

객관보도의
신화

기자들은 종종 격하게 싸운다. 권력을 상대하는 싸움 말고 저희들끼리 치고받는 싸움을 종종 벌인다. 싸움의 대상은 주로 함께 일하는 선배, 동료, 후배 기자다.

원래 살 부비고 있으면 더 싸우게 되는 법이다. 멀리 있는 나쁜 놈에 대해선 좀 두고 볼 수 있다. 내 삶에 직접 영향을 주는 동료 기자들은 그렇지 않다. 그를 참고서는 지낼 수 없다. 죽기 아니면 살기인 것이다.

전설처럼 내려오는 몇몇 격투 사건도 있다. 몇몇은 그냥 전해 들었고 몇몇은 목격했다. 보통은 격론을 벌이다 사단이 난다. 그 이름과 시기는 절대 밝힐 수 없지만 상대 책상의 전화기를 부순 사건, 재떨이를 던져버린 사건, 이단 옆차기로 가격한 사건 등을 알고 있다.

직접 겪은 일도 몇 차례 있다. 불행 중 다행으로 신체적 위해를 주고받은 적은 없으나 언어폭력만큼은 심각한 수준으로 오갔다. 언젠가는 한참 위 선배를 향해 (반말로) "당신을 다시는 보지 않겠다"고 소리 지르며 자리를 박찼다. 그 선배는 분을 삭이느라 담배만 뻑뻑 피웠다.

또 다른 자리에선 어느 선배가 (나의 폭언에) 격분한 나머지 피고 있던 담배를 내 얼굴에 던졌다. 술상 엎기로 반격을 시도했으나 너무 무거워 여의치 않았다. 주변 동료들이 말려주어 아무 일 없었으나 참 기막힌

짓거리를 저질러왔음을 이제야 알겠다.

자신의 정당성이 위협받는 것을 도저히 인내할 수 없는 인간들이 있다. 역사를 돌아보면 그런 사람들이 혁신을 이루기도 한다. 다만 주변 사람들을 너무 힘들게 한다. 나도 그 유전자를 갖고 있다. 그 무리를 탈출하려고 부단히 노력해왔다. 고집과 논리와 자존 가운데 하나만 있어도 괜찮을 터인데 모두 품고 있으려니 삶이 너무 고단해졌다.

2006년 겨울은 고집과 논리와 자존이 극에 이르러 참 고단했던 시절이다. 당시 노동조합 미디어국장의 직책으로 1년간 조합 전임을 맡았다. 《한겨레》의 기사를 내부적으로 감시·비평하는 역할이었다.

앞서 언급했지만 이 신문사는 대표이사와 편집국장을 선거로 뽑는다. 그 질서가 여태까지 신문사를 지탱해왔다. 3년에 한 번씩 선거 때가 되면 대표이사 또는 편집국장이 되겠다는 사람들이 등장한다. 공약집이 나돌고 공청회가 열린다. 후보 토론회도 한다. 온 신문사가 들썩들썩 한다. 그것은 축제여야 마땅하지만 그래도 싸움판이 되는 것을 피할 수 없다.

민주주의는 결정적 오류를 막는다. 배가 산으로 오르려는 것을 제지할 수 있다. 그러나 민주주의는 지혜를 보증하지 않는다. 배가 어디를 향해 나아가야 하는지 민주주의는 대답하지 않는다.

민주주의를 기반으로 미디어 기업을 운영하려는 《한겨레》에서 노동조합은 힘이 세다. 결정적 오류를 막아낸 공로와 지혜를 공급하지 못한 책임이 두루 노동조합에 있다. 그 가운데 일부는 나의 몫이다.

조합 전임 1년 여 동안 대표이사가 임기 중간에 사퇴했다. 편집국장은 임기를 마치지 못한 채 물러났다. 후임 편집국장 후보로 단독 출마한 이도 낙선했다. 조직의 최고 수장이 줄줄이 갈리는 상황에서 조합은 의도했건 아니건 일정한 역할을 했다. 확실히 누군가에게 나는 악마의 무리 가운데 하나였다. 그 업보는 두고두고 치르고 있다.

이런 싸움의 진앙이 되는 질문은 간단하다. 무엇이 좋은 기사인가. 어떻게 하면 좋은 기사를 쓸 것인가. 이로부터 파생되는 숱한 논란 가운데서 싸움이 일어난다. 혹자가 보기에 그것은 조선시대 명리학자들의 사색당파와 다름없을 것이다. 실효가 없는 논란을 붙잡고 죽일 듯이 달려드는 모양새가 당파싸움의 그것과 비슷해 보일 것이다.

다만 그 논란 가운데 서 있으면 절대로 싸움을 포기할 수 없다는 점은 증언할 수 있다. 겪어봤더니 알겠다. 명리를 지키려고 사약 받은 이들을 이해하게 됐다. 이것이 좋은 기사인데 왜 저것을 좋은 기사라고 자꾸 우기는지, 도무지 납득할 수 없는 것이다. 자꾸 그렇게 우기면 죽기 아니면 살기인 것이다. 일단은 싸워야 살겠는 것이다. 그러다 죽기도 하는 것이다.

2006년 겨울의 싸움터 가운데 하나는 신문사 회의실이었다. 경영진은 '취재보도준칙'을 제정하겠다고 했다. 초안을 두고 경영진과 노조가 마주 앉았다. 노조를 대표해 참석한 나에게 당시 회의록이 남아 있다. 그 발언들이 팽팽하여 다시 읽어도 살 떨린다. 왜 그토록 긴장하고 갈등했을까.

당시 나는 취재보도준칙이라는 규율이 심층보도를 오히려 저해할 것이라고 걱정했다. 또한 준칙의 길고 장황한 초안이 기자의 일거수일투족을 속박하려는 것 같아 싫었다. (적어도 초안에는) 진실보도에 대한 언급보다 사실성·공정성 등 객관보도에 대한 언급이 더 많아 싫었다.

서구 선진 뉴스룸에는 기자가 많다. 한국의 신문·방송 기자는 각 언론사당 100~300명 수준이지만 미국은 그 숫자가 1000~3000명 수준이다. 게다가 그들은 프리랜서 기자를 수시로 채용한다. 당연히 개별 기자의 취재·보도를 조절하기 벅차다. 그러니 사전 예방 및 사후 보정 개념의 취재보도준칙이 반드시 필요하다.

그들에게 취재보도준칙은 일종의 계약서다. 그래서 작은 책 한 권 수준의 조항을 빼곡하게 담는다. 이를 지키지 않으면 기자직을 빼앗겠다는 뉴스룸 차원의 엄포이기도 하다. 대신 취재 활동 전반에 대해선 기자 개인에게 전폭적인 재량권이 주어진다. 무엇을 취재하여 어떻게 쓸 것인지는 자유롭고 독립적인 기자 개인의 몫이다.

반면 한국에선 개별 기자의 취재·보도를 팀장-차장-부장-국장으로 이어지는 데스크가 철저하게 통제한다. 보고하지 않은 기사를 취재할 수도, 그럴 여력도 없다. 모든 기사는 처음부터 끝까지 이중삼중의 '데스킹' 과정을 거친다.

데스크는 취재가 시작되기 전부터, 즉 기자의 머릿속에 있는 아이디어 단계부터 적극 개입한다. 현장 취재의 동선도 관리한다. 나중에는 기자가 작성한 기사의 단어와 문장까지 뜯어고친다. 원론적으로는 현장 기자의 잘못을 바로잡는 데 목적이 있지만 실제로는 데스크의 관점으로 기사를 조정하는 일이 된다.

따라서 데스크들 사이에 공유된 언론 규범이 있다면 (기자의 잘못이 있다 해도) 거의 대부분의 문제가 해결된다. 게다가 일련의 데스킹 과정을 반복적으로 겪은 현장 기자들은 데스크의 관점과 규범을 충분히 (실제로는 지나칠 정도로) 내면화하고 있다. 이런 기자들을 겨냥한 장문의 준칙은 별 효용이 없어 보였다.

더구나 한국에선 객관보도의 중요성이 이미 과도하게 강조돼왔던 터였다. '불편부당', '정의옹호', '문화건설', '산업발전'을 사시로 내건《조선일보》를 필두로 거의 모든 언론사가 공정성·균형성·객관성 등을 핵심 가치로 내걸고 있다.

그 결과 반세기가 넘도록 한국 언론을 지배한 유일무이한 잣대가 객관보도였다. 그런데 새삼 객관보도를 강조하는 게 무슨 소용인가 싶었다. 더 솔직히 말하자면, 기사에 객관성이라는 면류관을 씌우는 일 자체가 싫었다.

객관이란 무엇인가. 주관의 반대말이다. 나의 외부에 있는 세계의 총체가 객관이다. 객관성이란 그런 세계의 총체를 온전히 인식하는 상태를 뜻한다. 그런 세계의 총체를 언론 보도에 모두 담는 일이 가능하겠는가. 제한된 시간과 지면(또는 전파)에 한나절 취재 결과를 담는 기사가 세계의 총체, 즉 객관의 근처에라도 갈 수 있겠는가.

그래서 서구 언론인들이 말하는 객관성은 원래 뜻보다 후퇴한 '소극적 의미의 객관성'이다. 기자의 주관을 함부로 섞지 않고 제3자적 입장에서 사실 그대로를 보도한다는 의미다. 그런데 이렇게 소극적으로 정의 내린다 해도 여전히 객관성은 실현 불가능한 가치다.

주관을 섞지 않고 사실만 보도한다는 것은 도대체 무슨 뜻일까. 기자(및 뉴스룸)는 제한된 지면(또는 전파)에 실릴 이슈를 선택한다. 세상 모든 일을 다 보도하지 않는다. 다시 말해 취재 단계부터 '무엇을 보도할 것인지'에 대한 주관이 작동한다. 어떤 이슈를 보여줄 것인지, 나아가 어떤 이슈를 보여주지 않을 것인지 선택하는 과정에서 이미 주관적 과정을 거친다. 주관이 섞이지 않은 사실 보도는 없다.

객관성의 범주를 더 좁게 해석한다면 어떨까. 이슈 선택에 대한 기자(및 뉴스룸)의 주관성은 어쩔 수 없는 것으로 치되, 선택한 이슈에 대한 특정 기사에는 사실만 담는 것이 객관적 보도라고 이해하면 어떨까.

그런데 어쩌나. 문제는 남는다. 하나의 이슈를 설명하기 위한 사실은 무궁무진하다. 세계는 무수한 사실의 총체다. 경기 침체를 보여주기 위해 동원할 수 있는 사실은 무궁무진하다. 대기업 임원도 재래시장의 노점상도 경기 침체를 걱정한다. 누구의 발언을 골라 해당 이슈를 보도할 것인가. 특정 이슈를 보도하는 구체적 방법과 경로도 선택된다. 다시 한 번 기자(및 뉴스룸)의 주관이 개입한다.

주장, 해석, 의견 등에 관대한 유럽 언론의 전통과 비교하자면 영미 언론은 유난히 '사실 보도'를 강조해왔다. 그런 미국의 언론학자들조차 1970년대 이후엔 객관성이라는 개념 자체의 허구성을 비판해왔다. 기자들이 동원하는 일종의 '의례적 구호'라는 것이다.

그렇다고 객관성의 잣대를 아예 폐기하자는 것은 아니다. 그 개념이 형성된 과정을 보면, 객관성은 건드리면 터지는 '인계 철선'과 닮았다. 이 선을 넘어가지 말라는 강력한 경고의 가이드라인 구실을 해왔다. 그것은 정파 보도에 대한 경고이자 표피 보도에 대한 경고다. 그런 경고 신호로서의 객관성은 여전히 유효하다.

일련의 논의는 철학적 인식론과 밀접한 관련을 맺는다. 서구 언론, 특히 미국의 언론은 경험주의 또는 회의주의로부터 깊은 영향을 받은 실용주의자들에 의해 주조됐다.●

선험적으로 주어진 객관의 실체, 즉 진실은 없다고 경험주의자들은 생각한다. 무엇이 진실인지는 경험과 실험을 통해서만 알아낼 수 있다. 따라서 진실은 수시로 재구성된다. 진실을 알기 위해 인간이 도모할 수 있는 일은 끊임없이 의심하면서 계속 실험하고 집행해보는 것뿐이다.

미국의 실용주의는 실험, 모험, 행동, 실천 등을 강조하는 이념이다. 이런 실용주의는 통계분석을 기초로 하는 계량적 사회과학방법론부터 수시로 임직원을 채용·해고하는 기업 경영 방식에 이르기까지 미국 사회 전체에 폭넓은 영향을 줬다.

이 논리를 언론에 적용하면 그것이 곧 미국 언론이다. 정의롭다고 판단하여 선출한 국가 권력이라 해도 그것이 항상 정의로울 것이라고 확

● 『현대 언론 사상사──밀턴에서 맥루한까지』(허버트 알철 지음, 양승목 옮김, 나남, 2007)는 미국 언론의 형성에 녹아든 각종 사상과 이념을 소개한 책이다. 저널리즘 연구자들의 고민을 모두 담진 못했지만, 미국 언론의 경험주의적 기초에 대해 명쾌하게 알 수 있다.

신할 수 없다. 나아가 무엇이 정의인지도 끝없이 재구성된다. 이를 알아낼 방법은 한 가지다. 시민이 매순간 권력을 감시하고 정의와 부정의의 실체에 대해 검증해야 한다. 언론은 그 임무를 대행한다.

따라서 기자는 회의적이고 비관적인 태도로 사실을 검증하며 진실을 탐험하는 인간이다. 진실은 알아내기 어렵다. 그러나 진실이 무엇인지 검증하는 노력이 누적되어야 그 실마리라도 잡을 수 있다.

진실을 알아야 정의가 무엇인지 판단할 수 있다. 행동하지 않으면 진실과 정의를 알아낼 수 없고, 진실과 정의가 없으면 행동할 수 없다. 그것이 비록 잠정적인 것이라 할지라도 끊임없이 사실, 진실, 정의를 재구성해야 한다. 이것이 미국 기자들의 신념이다.

앞서 미국 언론에서 객관성이 강조된 시기가 두 차례 있었다고 짚었다. 1830년대 '페니신문', 즉 대중신문이 등장하면서 객관성이라는 관념이 처음 등장했다. 이 시기의 객관성은 '정파의 재정 후원에 휘둘려 기사를 판단하지 않겠다'는 다짐이었다. 객관성 개념의 탄생에 '재정 문제'가 관련돼 있는 것을 주목할 필요가 있다. 그들은 재정적 독립 없이는 객관성 확보가 불가능하다고 보았다.

오늘날 한국 언론의 밥그릇을 챙겨주는 세력이 있다. 정부와 기업이다. 대중이 기꺼이 화폐를 지불하고 싶을 정도의 기사를 생산하지 못하는 한국 언론은 기업의 광고와 이를 확대시킬 정부의 언론정책에 기대어 연명한다.

예컨대 종합편성채널의 등장은 이명박 정부가 아니었으면 불가능했을 것이다. 밥 떠먹여주는 자에 대한 보도가 과연 객관적일 수 있을까. 새누리당과 민주당의 의견을 고루 담는다 해서 객관성이 완성되는 것이 아니다. 그들 정파와 연동한 재정 구조를 갖고 있다면 그 언론의 객관성은 이미 심각하게 훼손당한 것이다.

미국 언론계에 객관성 개념이 다시 등장한 것은 1930~1940년대다. 추측에 기초해 의혹보도를 일삼는 것에 대한 성찰이었다. 이 시기 객관성의 핵심 개념은 보도의 근거를 명확히 하려는 데 있었다. 거리두기의 전략인 중립성Neutrality이 아니라 밀착하여 실체를 제대로 파악하는 정확성Accuracy이 중요하다는 성찰이 시작됐다.

이때부터 보도 내용의 사실성을 입증할 근거를 밝히는 게 중요해졌다. 인터뷰를 통한 실명 인용, 사건 관련자를 두루 접촉하는 삼각 확인, 현장을 직접 살펴보는 르포루타주 등이 취재보도의 기본으로 자리 잡았다.

2001년 미국에서 출판된 『저널리즘의 기본원칙』에서 저자들이 "저널리즘은 행동근거로 삼을 수 있는 진실을 추구할 수 있으며 또 추구해야 한다"●고 말할 때, 그것은 경험주의 및 회의주의에 뿌리를 둔 미국식 실용주의의 관념이다.

일부의 오해와 달리 실용주의는 이현령비현령의 임기응변이 아니다. 그것은 강력한 실천의 이념이다. 온전한 진실을 밝혀내어 전달하기 위해 동원 가능한 모든 실천을 아끼지 말아야 한다는 기자 정신의 바탕에

● 『저널리즘의 기본원칙』(빌 코바치 지음, 이재경 옮김, 한국언론재단, 2011)

미국식 실용주의가 있다.

　기자는 사실에 목숨을 건다. 이 말은 백번 천번 강조해도 지나침이 없다. 다만 전제가 필요하다. 그 사실이 진실을 향한다는 조건 아래서만 사실은 존귀하다.

　때로는 명백한 사실이 진실을 가리기도 한다. 진실은 중층적이고 복잡하다. 세계의 총체를 온전히 드러내려는 지향을 잃어버린 파편적이고 단편적인 사실 보도는 오히려 진실을 제대로 알아내는 일을 방해한다.

　"늑대가 온다"고 외치는 양치기의 경고를 대중이 두루 받아들이려면 그게 사실이라고 믿을 수 있는 수단이 필요하다. "늑대가 달려오는 것을 내가 똑똑히 보았다"(직접 관찰)거나 "나 말고 다른 사람도 늑대를 보았다"(복수 확인)거나 "늑대가 틀림없다고 이웃 마을 촌장도 말했다"(전문가 인용) 등을 함께 전해야 한다.

　그러나 이것으로는 부족하다. 늑대는 몇 마리인가. 어디로 향하고 있는가. 어디까지 왔는가. 무슨 목적으로 오고 있는가. 과거에 비춰 특이점은 무엇인가. 늑대가 와도 별 피해를 주지 않을 가능성은 없는가. 늑대 말고 다른 위협은 없는가. 양치기는 이 대목까지 설명해야 하는 것이다.

　(가상과 추상의 상황이지만) 여기 대통령을 설명하는 10가지의 사실과 야당 대표를 설명하는 10가지의 사실이 있다. 그 가운데 양쪽으로부터 각각 5개의 사실을 모아 보도했다고 치자. 그것은 균형성·공정성·정확성·객관성의 규준에 모두 부합하는 사실보도다.

　그러나 그 보도가 진실을 담고 있을까. 충분히 진실을 추적했다고 평가할 수 있을까. 진실을 전달하려면 나머지 10가지의 사실들도 담아야 하지 않을까. 나아가 시민단체, 학자, 법조인, 시민이 두 정치인을 어찌 생각하는지에 대한 사실도 포함해야 하지 않을까.

이렇듯 진실은 사실의 단순한 총합으로 완성되지 않는다. 사실보도에 열성을 내어도 진실보도가 쉽지 않다. 공정하고 객관적이며 균형을 잡아 사실을 보도하는 것은 언론의 기본조건이지만 충분조건이 아니다.

기계적으로라도 균형을 잡으려 노력하는 것이 그렇지 않은 것보다야 낫겠지만 (한국적 의미의) 객관성 규준을 지킨다고 하여 (객관성의 진정한 의미인) 공정성·정확성을 제대로 구현할 수 있는 것은 아니다.

기본조차 지키지 않는 것이 한국 언론의 문제이긴 하지만 그렇다고 목표와 이상을 낮춰 잡긴 곤란하다. 사실보도를 넘어서는 진실보도가 현대 세계 언론의 표준, 즉 '글로벌 스탠다드'이기 때문이다.

미국 언론의 독특한 진화의 역사 위에서 태어난 객관성 개념을 한국 언론인들이 제대로 이해한다면, 지금 필요한 것은 객관보도의 규준이 아니라 심층보도의 기치가 될 것이라고 나는 생각한다. 언론의 지향은 결국 사실보도를 넘어서는 진실 보도다.

미국의 저명한 기자 월터 리프만은 사실보도와 진실보도를 구분했다. 사실보도는 "사건의 발생신호 구실"을 한다. 진실보도는 "가려진 사실들을 백일하에 드러내고, 그 가려진 사실들을 서로 연관시켜 묶고, 그리고 사람들이 행동의 근거로 삼을 수 있는 현실의 실상을 보여주는" 것이다.•

현대 언론의 이념을 정초한 미국 『허친스 보고서』에도 비슷한 내용이 있다. "언론은 매일 일어나는 일들을 전체 문맥을 통해 그 의미를 이해할 수 있도록 진실하고 포괄적이고 지적인 보도를 해야 한다. 정확해야 하며 사실은 사실대로 의견은 의견대로 밝혀야 하고 '사실에 대한 진실'도 알려야 한다."●●

여러 논의 끝에 2007년 1월 《한겨레》 취재보도준칙이 제정 공표됐다. 개별 언론사 차원에서 보도준칙을 만든 것은 이례적인 일이었고 언론계 안팎의 반응도 나쁘지 않았다. 돌이켜 생각해보면 그런 수준에서 적절히 이해하고 허심탄회하게 토론했어도 될 일이었다.

변명하자면 그때나 지금이나 나는 초조했다. 리프만이 『여론』을 출간한 것은 1922년이다. 『허친스 보고서』가 나온 것은 1947년이다. 서구 선진 언론은 그저 객관성을 구현하는 데 매달리지 않았다. 어떻게 하면 진실을 밝혀내어 더 많은 시민에게 알려줄 것인가를 고민하고 성찰했다. 그 노력을 반세기 이상 진전시켜왔다. 따라서 한국 언론의 새로운 장을 열기 위해 준칙을 만들 것이라면 진실 추적의 정신을 강하게 밝혀 적는 게 낫다고 나는 생각했다.

남용되고 오염됐다 하여 객관성이라는 원칙을 폐기할 수는 없다. 다만 한국 언론의 현실에서 객관성이 '죽어버린 개념'이라는 점은 분명해

● 『여론』(월터 리프먼 지음, 이충훈 옮김, 까치, 2012)
●● 『자유롭고 책임 있는 언론: 허친스 보고서』(허친스 위원회 지음, 김택환 옮김, 커뮤니케이션북스, 2004)

보인다. 실천적 울림이 거의 없다. 이를 복원하는 일은 '거듭 선언'하는 것이 아니라 객관성에 이르는 새로운 경로를 개척하는 데 있다.

그 길을 개척하는 것은 좌우 축선의 균형 지점을 찾는 것으로는 불충분할 터였다. 그런 일에 천부적 자질이 있는 기자가 어딘가에 있겠지만 그게 내 취향이 아닌 것도 분명했다.

무엇이 좋은 기사인가를 두고 팽팽한 논쟁을 벌였던 2006년 겨울로부터 2년 여가 지난 뒤 「노동OTL」 연재를 마쳤다. 그것은 새로운 사실을 발굴해 권력을 고발하는 특종은 아니었다. 다만 주변에서 일어나는 일의 의미와 맥락을 드러내고 포괄적 이해를 돕는 기사였다.

감히 자평하자면 그것은 심층보도In-Depth Report였다. 심층보도는 더 깊이 더 오랫동안 더 끈질기게 취재하여 더 정확하게 더 풍부하게 더 상세하게 보도한다. 그것은 때로 탐사보도, 조사보도, 르포루타주 등의 기법을 빌려 내러티브, 인포그래픽 등으로 치장하지만 본질적으로는 더 깊은 취재에 대한 것이다.

표피보도는 한 시간 인터뷰로 족하지만 심층보도에는 한 달의 취재가 필요하다. 한 명을 만나 단신 기사를 쓰지 않고 백 명을 만나 연재 기사를 쓰는 것이 심층보도다. 축적의 결과 비등점에 이르면 그 본질이 혁신적으로 변하는 '양질전환'의 섭리가 여기에 있다.

표피보도를 경계하는 심층보도에서 좌우는 중요하지 않다. 구태여 정치적·이념적 편파를 예민하게 신경 쓰지 않아도 된다. 정치적 편파 따위는 대양의 표피에서 부서지는 태양광선 같은 것이다. 진실의 심연에서 그런 편파의 잣대는 가뭇없이 사라진다.

　나는 그 섭리를 믿었다. 더 많은 발품과 땀이 기사를 근본적으로 바꿀 것임을 믿었다. 타고난 허파가 튼튼하지 못하여 자맥질로 어디까지 가닿을지 알 수는 없었다. 그래도 저 심연의 진실을 뒤지고 싶었다.

　「노동OTL」기획이 남기고 간 가장 큰 변화가 거기에 있었다. 이러쿵저러쿵 따지고 시비하며 기자들을 상대로 싸우는 짓은 그만하기로 했다. 피를 상대에게 뿜으려면 내 입에 피를 머금어야 한다. 잇몸 사이에 눌어붙은 피비린내는 좀처럼 씻기지도 않는다. 부질없는 짓이었다. 그저 묵묵히 땅을 파면 되는 일이었다. 이제 심층 내러티브가 내 곁에 있지 않은가 말이다.

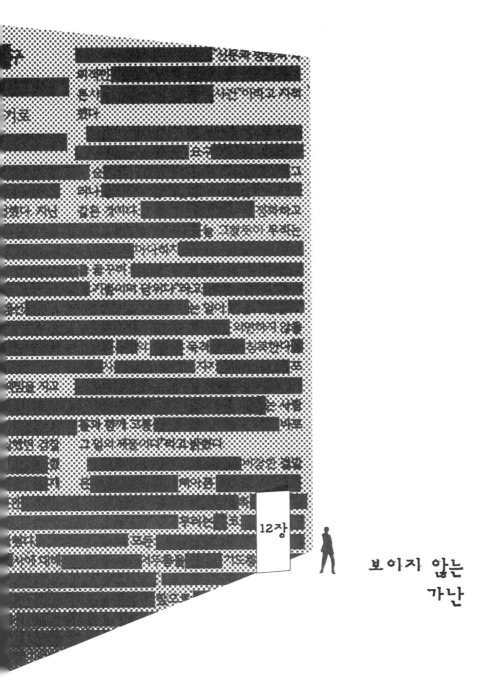

12장

보이지 않는
가난

그는 맥도날드 햄버거 가게 구석 자리에 앉아 있었다. 서울 구로동 어느 쇼핑몰에 입점한 가게엔 아침 손님이 없었다. 20대 초반의 그는 조용하다 못해 괴괴한 식당에 코 흘리는 아이 둘을 안고 나와 패스트푸드로 아침을 먹였다.

　아이는 어른을 한없이 약하게 만든다. 아빠는 억지로 졸음을 참고 있었다. 마주 앉은 나를 보는 눈이 자꾸 감겼다. "잠이 부족해요. 잠을 잤으면 좋겠어요." 3살, 2살짜리 아이들은 으깬 감자튀김을 코 훌쩍이며 먹었다.

　그는 고등학교 졸업 직후 결혼했다. 고교 시절 여자친구였던 아내는 아침 6시 30분에 일어나 근처 도넛 매장에 일하러 간다. 젊은 남편은 아침 8시에 일어나 두 아이를 깨워 먹이고 대충 씻기고 어린이집에 보낸다. 이어 오전 11시 아내가 일하는 도넛 매장에 출근한다. 부부 모두 계약직이다.

　오후 3시 아내가 퇴근한다. 어린이집에 들러 아이들을 데려온다. 남편은 밤 11시까지 일한다. 옷장, 서랍장, 냉장고, 컴퓨터가 있는 지하 단칸방에 돌아와도 두 사람이 눈뜨고 마주하는 시간은 없다. "요즘 자꾸 싸우게 돼요. 서로 피곤하니까." 반쯤 눈감은 채로 입가를 찡그리며 그가 말했다.

고졸 학력 계약직 두 사람이 모든 것을 바쳐 일해도 네 식구의 월수입은 200만 원이 안 된다. 그들이 겪고 있는 삶의 피로가 짐작도 가지 않았다. 2009년 겨울 그들의 이야기를 기사에 옮기는데 젊은 아빠의 졸린 눈이 자꾸 떠올랐다.

나는 가난하게 자라지 않았다. 고향의 부모님은 자수성가하여 아들을 키웠다. 부잣집 아들로 보인다는 이야기도 적잖이 들었다. 민중이니 혁명이니 나불거리던 대학 시절을 거쳤으나 그걸 가슴으로 체득한 적은 없었다. 언론사 입사 뒤에는 기자 노릇을 제대로 하는 방법이 무엇인지 골몰했을 뿐, 어느 분야를 집중적으로 파고들겠다는 다짐을 한 적이 없다.

그런데 언론의 장르, 즉 진실을 파악하고 드러내는 방법에 대한 고민이 나에게 새로운 취재영역을 보여주었다. 기사 쓸 때 더 이상 유력자·명망가의 얼굴이 떠오르지 않게 됐다. 대신 숱한 장삼이사들이 떠올랐다. 단어와 문장을 연결할 때마다 그들은 고개를 내밀고 기사 주변을 기웃거렸다.

그들이 나의 취재원^{News Source}이었다. 나에겐 출입처가 없었고 그들에겐 재력, 학력, 연줄, 건강, 의지 그리고 희망이 없었다. 출입처 중심의 속보 스트레이트 경쟁을 벌이는 기자들이 좀체 다가가지 못했던, 숨죽여 지내느라 제 목소리를 내지 못했던 취재원들이었다.

지난 5년 여 동안 빈곤과 소외에 대한 취재에 골몰했다. 처음부터 특정 이슈를 염두에 두었던 것은 아니었다. 기성 언론이 외면한 이슈와 영역을 깊이 들여다보려 했을 뿐이다. 그런데 권력자·명망가 중심의 한국 언론 보도에서 체계적이고 지속적으로 누락된 영역이 있었다. 심층을 향하겠다는, 내러티브라는 새로운 장르로 그 심층을 드러내겠다는 구상은 하나의 길로 모였다. 사건에 착안하건 인물에 주목하건 공간을 파고들건, 깊이 들어가면 하나의 주제로 수렴됐다. 빈곤과 소외였다.

「노동OTL」취재를 위해 대형마트에 취업할 때 걱정이 있었다. 비록 유명인까지는 아니지만 기자 노릇을 하다보면 얼굴 내놓을 일이 있다. 토론회에서 사회도 보고 발표도 한다. 가끔 강연도 한다. 엄지손톱만 한 크기이긴 하지만 신문에 얼굴 사진이 박힌 칼럼을 쓰는 일도 있다.

"어머, 기자님. 마트에서 뭐 하세요? 설마 잠입취재는 아니죠?" 이런 식으로 산통이 깨질까 걱정했다. 완전한 착각이자 기우였다. 아무도 알아보지 못했다. 정확히 말해 아무도 쳐다봐주지 않았다. 조금만 생각해보면 당연한 일이다. 쇼핑 가서 마트 점원의 얼굴을 찬찬히 뜯어보는 사람은 아무도 없다.

식당에서 하루 종일 일하는 아줌마, 황급히 뛰어왔다 나가는 퀵서비스 직원, 동네 골목에서 웃통 벗고 일하는 공사장 막일꾼, 심지어 큰 길가에서 호객을 하는 반라의 판촉 모델에 이르기까지 우리는 절대로 그들의 얼굴을 쳐다보지 않는다.

가난은 눈에 보이는 것이 아니었다. 한국에서 빈곤 노동은 투명 노동이다. 가난한 사람들은 투명한 인간이다. 우리는 가난(한 사람)이 없는 것처럼 행동한다. '가난이 없다 치고' 사는 일에 길들여진 것이다.

숫자는 절대로 진실의 모든 것을 말해주지 않는다. 매년 조금씩 바뀌는 통계를 거칠게 요약하자면, 한국의 상대적 빈곤율은 약 12~15퍼센트 수준이다. 인구로 따지면 5천만 명 가운데 약 600~800만 명이다.

중위소득 50퍼센트 이하일 때 '빈자'로 분류되는데 2인 이상 가구 중위소득이 300만 원이고 그 절반이 150만 원이므로 약 800만 명이 월 150만 원 미만을 버는 가정에서 살고 있는 셈이다. 실제로 시급 4천 원짜리 노동을 하루 8시간씩 월 20일 동안 하면 64만 원을 번다. 그렇게 맞벌이를 하면 대략 130만 원 정도 될 것이다.

이보다 더한 통계적 충격이 있다. 매년 학업을 중단하는 초중고생이 7만 명에 이른다. 대부분 빈곤층 자녀들이다. 아예 상급학교에 진학하지 않는 '미진학 청소년' 30만 여 명은 따로 통계를 잡아야 하므로 적어도 40만~50만 명의 청소년이 지금 학교 밖에서 서성대고 있다. 그들은 이미 각종 범죄에 노출되어 있고 뒤늦게 마음잡는다 해도 빈곤노동자가 될 것이다.(그 궤적을 밟아 이미 성인이 된 이들 역시 수십만 명이다)

이런 숫자를 보고 '소외받고 가난한 이들이 참으로 많다'고 생각한다면 50점짜리 답이다. 빈곤 관련 통계의 진정한 파장은 따로 있다. 경제적·사회적으로 배척당한 이들이 이렇게 많다면, 그들은 도대체 어디에서 무엇을 하며 살고 있나. 왜 우리 눈에는 그들이 보이지 않나.

외국에서 빈곤의 실존은 '슬럼'을 통해 입증된다. 슬럼은 수천에서 수백만 명이 모여 사는 빈곤주거지역이다. 범죄, 마약, 질병 등의 소굴이다. 그런데 한국에는 미국, 남미, 유럽 등에 현존하는 슬럼이 없다. 슬럼의 초기 모델이었던 달동네조차 사라졌다. 도시 개발이 이들을 몰아냈다. 1960년대 청계천, 1980년대 상계동, 1990년대 난곡 등을 거치며 빈민촌의 거의 전부를 도시에서 밀어냈다.

이것이 좋은 일인지 나쁜 일인지 알 수 없으나 그 효과는 확실하다. 한국인들은 빈곤을 체감하지 못한다. 한 블록 건너 범죄 · 마약 소굴이 있는 뉴욕 · 런던 · 파리의 부유층과 어딜 가도 연립주택이 들어선 서울의 부유층은 사회경제적 문제를 인지하는 더듬이가 다르다.

그렇다고 빈자들이 도시에서 완전히 사라진 것은 아니다. 다만 흩어져 있다. 반지하방, 옥탑방, 고시원 등에 살고 있다. 연립주택이 들어선 도시 곳곳에 이들이 산다. 200만~500만 원의 목돈이 있으면 반지하방을 구할 수 있다. 그렇지 않다면 월세만 내는 고시원에 살아야 한다.

다만 고시원, 지하방, 옥탑방은 달동네와 다르다. '같은 동네 사람'이라는 유대감이 없다. 얇은 벽을 두고 같은 고시원에 살아도 서로 교류하지 않는다. 가난한 사람들은 더 이상 군집을 이루지 않는다. 원자화된 빈곤의 존재감은 미미하다. 목소리를 내지 않는다. 동서고금의 혁명 대부분이 슬럼에서 시작했다는 점을 떠올린다면, 한국은 확실히 빈곤층에 의한 혁명 가능성을 거세했다.

달동네만 밀어낸 것은 아니다. 가난한 노동의 공간도 밀어냈다. 그것은 '공단'이란 이름으로 도시 외곽 궁벽진 곳에 자리 잡고 있다. 공단에 가면 학업 중단 청소년, 전문계고 졸업자, 전문대 졸업자, 비정규직 아줌마 등을 만날 수 있다. 뒤집어 말해 공단에 가지 않으면 만날 수 없다.

일삼아 공단에 가서 그들을 만나보는 이가 얼마나 되겠는가.

그들은 공장에서 일하고 먹고 잔다. 이들이 변두리 공단에서 시급 4천 원을 감내하는 이유가 있다. 돈 쓸 일은 없고 오직 일만 하게 하는 분위기 때문이다. 그들 스스로 고립되어 지낸다. 그리하여 가난한 노동의 공간조차 우리는 보지 않고 산다.

도심 한복판에 들어온 가난한 노동의 공간이 있긴 하다. 구로 디지털 공단은 서울에 있다. 겉으로 보기에 그것은 번듯한 빌딩의 밀집 지대다. 빈곤을 티내지 않는다. 공단 안에 들어가면 상황이 다르다.(물론 거기 들어가 보는 사람은 거의 없다)

전자부품을 만드는 하청 공장들이 거기 있다. 납을 비롯한 각종 화학약품이 가득한 곳에서 환기·냉난방 시설도 부족한 가운데 20대 청년과 30~50대 여성이 일하고 있다. 그들이 일하는 모습은 절대로 도시인들에게 보이지 않는다. 그들의 폐와 혈관에 축적되는 중금속도 절대로 보이지 않는다.

서비스업에 종사하는 이들 역시 도심 곳곳에서 우리와 함께 있긴 하다. 편의점, 대형마트, 커피전문점, 백화점 등에서 일한다. 그래도 우리는 그들을 가난하다고 여기지 않는다. 그들은 가난의 표식을 지니고 있지 않다.

서비스업 계약직들은 반드시 유니폼을 입는다. 유니폼은 빈곤을 탈색시킨다. 백화점 매장을 지키는 아름다운 20대 여성 거의 전부는 시급 4천 원짜리 계약직이다. 우리 곁에서 일하는 빈곤 청년은 자신의 가난

위에 곱게 분을 바른다. 그렇게 하지 않으면 우리는 그들을 곁에 두지 않는다.

가난이 사라진 시공간에서 가난한 사람들은 더 이상 가난한 모습을 하고 있지 않다. 1970년대 달동네에선 러닝셔츠 바람으로 연탄을 배달할 수 있었지만, 연립주택과 아파트가 들어찬 2000년대 골목에선 실업자도 와이셔츠를 걸친다. 지금 한국에서 가난은 일상에 융해돼버렸다.

그것은 좀체 추출되지 않는다. 우리는 가난이 보이지 않는 시공간에 익숙해져버렸다. 간혹 가난을 마주쳐도 시선을 돌린다. 그저 통계로 가난을 추상한다. 그런데 빈곤은 통계만으로 입증되지 않고 더구나 체감되지 않는다. 그것은 개별적이고 구체적이다. 그들의 상당수가 가난하다면 그 가난이 대부분 체감되지 않는다면 그 효과는 간단하다. 우리는 그들이 누구인지 도대체 알 수가 없는 것이다.

빈곤에는 역사가 있다. 한국 빈곤층은 크게 세 부류가 있다. 인구학적 분석이 아니라 취재 경험에 기초한 분류다. 누구를 만나건 그 일생을 역추적하면 아래 세 가지 가운데 하나였다.

1970~1980년대 시골에서 상경했으나 끝내 중산층에 합류하지 못한 경우, 1997년 외환위기를 전후해 임금생활자 대열에서 탈락한 경우, 그리고 2000년대 카드대란을 전후해 사업(주로 자영업)이 망한 경우 등이다.

이 대목에 이르러 독재-민주 정부의 경계는 사라진다. 그들(또는 그들의 부모) 가운데 일부는 박정희·전두환 때문에 가난해졌다. 또 다른 일부는 김대중·노무현 때문에 가난해졌다. 그들은 때로 박정희를 욕하고 때로 노무현을 욕한다.

수도권을 벗어나면 대기업의 영토다. 지역의 일자리는 그 곳에 근거한 현대, 삼성, LG, SK, 포스코 등 대기업 공장에서 비롯한다. 그런데 이들 공장에선 1990년대 후반 이후 정규직을 추가로 채용하지 않았다. 대신 사내하청 방식의 용역을 통해 비정규직만 채용했다.

지역 경제를 쥐락펴락하는 자동차, 조선소, 제철소 등에 가보면 정규직은 40대 이상이고 30대 이하는 모두 비정규직이다. 서울의 유명대학을 졸업한 소수만 대기업 관리직에 취업한다. 중위권 이하 및 지방대를 졸업하면 하청업체 관리직이 될 것이다.

전문대 졸업자는 하청업체 비정규직이 되고 그보다 못한 학력이라면 노동자들을 상대하는 서비스업 계약직으로 일할 것이다. 치킨집, 노래방, 게임장 등의 아르바이트로 일하는 그들은 "이건 그냥 알바"라고 말하지만 실제로는 평생 비슷한 직업을 전전할 것이다.

물론 고임금을 받는 40대 이상 대공장 정규직에게도 먹여 살릴 식솔이 있다. 그들의 지위가 부당하다고 말할 수 없다. 다만 40대 이상 정규직은 비정규직 이하로 뻗어나가는 가난의 먹이사슬에 별 신경 쓰지 않는다. 어차피 먹고 먹히는 세상, 그들은 가족 건사하느라 정신이 없다.

가난한 사람들이 더 나은 직업을 갖고 더 나은 집에서 살려면 교육을 더 받아야 한다. 그러나 그건 불가능한 일이다. 부유층·중산층의 자식은 대학원 진학, 공무원 시험, 대기업 취업 등을 위해 2~5년씩 틀어박

혀 미래를 준비할 수 있지만 가난한 사람들에겐 당장 오늘이 문제다.

가난한 집에서 자란 청년은 고등학교 진학 무렵부터 가계 부양의 압박을 느낀다. 부모가 이혼했거나(결손 가정에서 '결손'이 생기는 이유는 대부분 빈곤에 있다) 실직자이거나 질병을 앓고 있으므로 자식들은 돈 버는 일부터 걱정한다.

고교 졸업 이전부터 그들은 여러 방식으로 돈을 번다. 처음에는 자신의 용돈을 벌기 위한 것이지만 머지않아 그 노동은 가계 전체를 책임지는 것으로 번진다. 그가 일을 멈춘다는 것은 식구 전체의 수입이 끊어지는 것을 의미한다.

오늘의 문제를 누군가 해결해주지 않는다면 스물두 살짜리 도넛 매장 직원에게 검정고시, 방송통신대, 직업교육, 인턴취업 등은 모두 말장난에 불과하다. 그들에겐 정말이지 미래를 위해 투자할 단 한 달의 여유가 없다.

빈곤의 현장을 들여다보면서 더 중대한 사태가 진행 중인 것도 알게 됐다. 이들이 속속 결혼하고 있다. 가난하면 불안해지고, 불안하면 자존감이 사라지고, 자존감이 없으면 사태를 강압·폭력으로 해결하려 들고, 그런 부모 아래서 자란 아이들은 배신감·고립감을 느낀다. 아이들은 사랑에 굶주려 있고 더 빨리 더 깊이 사귄다.

이들은 곧잘 20대 초중반에 동거·결혼하여 자식을 낳는데 2세를 어떻게 돌볼지 배운 바가 없다. 당연하게도 자식을 돌볼 경제적 사회적 자본도 없다. 1997년 외환위기를 전후해 빈곤층으로 전락한 40·50대는 이제 환갑을 넘겨 손자·손녀를 맞고 있다. '포스트 1997 세대'가 3대째 승계되고 있는 것이다.

현재 7살 미만의 (가난한) 미취학 아이들은 5~10년 뒤 정규 교육 과정에 진입한다. 그 무렵이 되면 빈곤 청년을 넘어 빈곤 아동의 문제가 폭발하지 않을까, 나는 두렵다.

서로 고립되어 있음에도 이들이 공유하는 꿈이 있다. 가게를 차리는 것이다. 빵가게, 호프집, 치킨집 등의 사장이 되는 게 이들의 유일한 전망이다. 그들은 본능적으로 임금생활자가 되는 길을 미래의 가능성에서 제외한다. 대신 소규모 자영업자의 경로를 꿈꾼다.

그것은 불가능한 꿈이다. 각종 자영업의 기반은 서비스업의 대형화와 함께 붕괴했다. 그들이 작은 가게의 주인이 되려면 대형마트와 백화점이 망해야 한다. 대형마트와 백화점이 망하면 그들은 당장 오늘을 먹고살 돈을 벌지 못한다. 일용직과 계약직의 고용을 창출하는 것은 대형 서비스업이고 그들은 그것에 의존해 월 80만~120만 원을 번다. 그런 돈이라도 없으면 내일을 꿈꿀 수 없다. 닭이 먼저일까 달걀이 먼저일까.

이들은 종종 "끈기가 없다"는 말을 듣는다. 실제로 그들은 정시에 출근하지 않거나 너무 쉽게 일을 그만둔다. 성실하지 않기 때문이라고 설명하는 것은 반쪽짜리다. 그들은 성실해야 할 이유를 찾지 못하고 있었다.

마트, 백화점 등에서 판촉 영업을 하는 스물네 살 여성을 만난 적이 있다. 고등학교만 졸업한 그는 이런저런 계약직을 전전하는 처지를 비관하지 않았다. 대학을 나와도 취업 못하는 또래들과 비교해 오히려 낫다고 했다. "전문대를 나와 사무실에 취직해도 커피·복사 심부름하면서 겨우 120만 원을 받는단 말이에요." 착실히 공부하여 착실히 대학을 졸업한 뒤 착실히 직장생활을 해야 하는 이유를 그는 알지 못했다.

그가 미래를 준비하려고 월급 가운데 매달 20만 원을 저금한다면 인생이 달라질까. 1년이면 (이자 포함해) 250만 원, 10년이면 2600만 원 정도 모을 것이다. 그 돈으로는 (현재 시세로 보아도) 서울 변두리에 전세 단칸방도 못 얻는다. 길거리 포장마차를 겨우 차릴 수 있으려나. 10년 뒤의 포장마차를 꿈꾸며 오직 성실히 인내하라고 그에게 호통칠 자격이 누구에게 있겠는가.

세상 돌아가는 일이 마음에 들지 않으면 세상 바꿀 궁리를 하면 된다. 가난한 사람들은 그런 궁리를 하지 않는다. 이들은 투표하지 않는다. 투표일에도 일한다. 이들이 일하는 하청업체, 백화점, 대형마트 등은 투표일에 쉬지 않는다.

투표일에 이들 업체가 모두 쉰다 해도 그들은 부족한 잠을 자게 될 가능성이 크지만, 어쨌건 그들은 일체의 정치·사회적 의사표현에 무관심하다. 정부에 대한 불만이 있고 없고를 떠나 그냥 정치 전체에 무심하다. 언론 또는 노조에 대해서도 관심이 없다. 그들의 인생을 통틀어 정부, 정당, 노조, 언론이 버팀목이 됐던 기억을 갖고 있지 않다.

대신 이들은 '힘 있는 사람'을 믿는다. 세상을 향해 제 의지를 관철하는 다른 인물을 일찍이 접한 적이 없으므로 이들이 믿고 따르는 힘 있는 사람은 자신이 일하는 업체의 사장이다. "우리 사장님은 그래도 착한 분"이라는 말을 취재 과정에서 수도 없이 들었다.

자연스레 사장님의 철학과 신념까지 그대로 수용한다. 대표적인 것이 경기 부양 신화다. 빈곤 청년은 신문 따위 읽을 생각도 시간도 없다. 이들이 보수화되는 것은 《조선일보》 탓이 아니다. 월급 80만~120만 원을 받으려면 가게에 손님이 많아야 되고 손님이 많아지는 것은 경기가 좋을 때라는 말을 이들은 사장으로부터 매일 듣는다.

가난한 이들은 자신에게 떡고물을 나눠줄 힘 있는 자를 인정하고 수용한다. 그들이 큰 떡을 다 먹는다고 비난하지 않는다. 월급 100만 원을 확실히 보장받을 수 있다면 사장이 한 달에 수억 원을 벌어도 상관없다. 떡고물을 준다는데 무슨 상관이 있겠는가.

사회보장 또는 복지에 대한 믿음이 있다면 상황이 달라질 것이다. 국민연금, 기초생활보장, 국민의료보험, 노령연금보험, 보육비보조 등 거의 대부분의 복지 제도는 김대중·노무현 정부 때 도입됐거나 완성됐다.

그러나 가난한 이의 절대 다수는 이들 정부에 대한 감사의 마음이 거의 없다. 그런 정도의 보장제도로는 간에 기별도 가지 않을 만큼 일상을 유지하는 비용이 엄청나게 늘어났기 때문이다.

100만 원의 기초생활보장이 아니라 200만 원짜리 일자리가 있으면 좋겠다고 빈자들은 생각한다. 일자리가 없어진 것은 민주 정부 시절의 일이다. 이들에겐 복지가 늘어난 기억은 없고 일자리가 줄어든 기억만 남아 있다. 이 대목에 이르러 민주정부 시기 복지 제도의 확장은 자취 없이 사라진다.

홀어머니를 모시고 영구임대아파트에 사는 30대 초반의 청년을 만난 적이 있다. 그는 전문대를 졸업했다. 그러나 취직은 어려웠다. 어머니에겐 정신지체 장애가 있다. 어머니를 혼자 집에 둘 수가 없었다. 간병인을 구하려면 한 달에 80만 원을 줘야 했다.

그런데 그가 얻을 수 있는 일자리는 월급 100만 원 안팎의 일이었다. 집에서 어머니를 돌보며 돈 벌 수 있는 방법을 궁리했다. 인터넷으로 주식투자를 했다. 200만 원을 날렸다. 그 돈을 갚을 길이 없어 신용불량자가 됐다. 이후 취직은 더 어려워졌다. 소식 끊긴지 오래된 형님이 어디선가 돈을 벌고 있다는 이유로 기초생활수급권도 인정받지 못한다.

그는 나에게 동사무소에서 받아온 알림장을 보여줬다. 고령 장애인을 위한 복지제도를 설명한 내용이었다. 간병인을 소개해주지만 비용은 부담해야 한다. 자동차 기름 값을 지원해주지만 자동차는 직접 사야 한다. 그는 한숨을 쉬며 말했다. "이런 게 무슨 소용이 있겠어요." 그에게 민주정부 시기 이룩한 복지제도는 허울이다. 복지는 법률에서 존재하지만 전달 과정에서 희미해지고 현실에선 존재하지 않는다.

그래도 가난한 이들은 '탓'을 하지 않는다. 일흔이 넘어 고철 수집으로 살아가는 할아버지를 만났다. 그의 단칸 지하방 앞에는 냄비, 프라이팬, 세숫대야, 밥솥, 버너, 비디오 등이 빽빽이 들어차 있었다. 하루에 하나씩 값 나갈만한 것을 따로 모아둔 것이다. 그의 저축이었다.

"정 안되면 저거 내다팔면 되지, 뭐." 그것들을 보며 작게 웃던 할아버지를 잊을 수 없다. 왜 탓을 하지 않는가. 부모 탓, 선생 탓, 부자 탓, 정치 탓, 세상 탓을 해도 좋을 텐데, 왜 그러지 않는가.

가난한 이들은 정부, 정당, 노조, 언론에 기대를 걸지 않는 동시에 그들에게 제 인생을 책임지라고 요구할 생각을 하지 않았다. 부모 사업이 망해버렸으니, 학교 다닐 때 공부를 열심히 하지 않았으니, 좋은 학교를 졸업하지 않았으니 "어쩔 수 없다"고만 말했다. 제 처지에 분노하고 세상을 비난하고 삶을 비관할 것 같았는데 전혀 그렇지 않았다.

그들은 경쟁을 내면화하고 있었다. 경쟁에서 이겨야 한다는 열성은 없지만 경쟁에서 낙오했으니 어쩔 수 없다는 열패감을 자연스레 받아들이고 있었다.

1980년대까지 최고의 대학은 법대였고 아이들의 장래 희망은 정치인 또는 법조인이었다. (물론 현실에선 그렇지 않지만) 원론적으로 법과 정치는 공공의 가치를 다룬다. 군사독재가 주도하는 국가주의에 오염된 것이긴 했지만 과거의 우리는 공동체에 대한 관념이 있었다.

1990년대 이후 최고의 대학은 경영대가 차지했고 아이들의 장래 희망은 펀드 매니저가 됐다. 가난한 어른들의 꿈조차 로또 당첨이다. 근본적으로 주식·금융은 도박이다. 큰돈을 가진 사람이 더 많은 돈을 번다.

한국 사회는 공동체에 대한 관념을 교육 과정에서부터 거세한다. 어차피 먹고 먹히는 세상이라고 학교에서 가르친다. 그들이 자라 어른이 되어도 먹는 자는 당당하고 먹히는 자는 체념한다.

복지는 공동체를 전제하지 않으면 성립 불가능한 개념이다. 빈자건 부자건 우리는 공동체니 공화주의니 하는 관념을 잊어버린 지가 오래됐다. 그래서 가난한 이들조차 복지를 기대하거나 따져 요구할 논리적·정서적 근거를 갖고 있지 않다. 그것이 그들의 잘못이겠는가.

앞서 한국의 빈곤율이 15퍼센트 정도라고 했으니 나머지 85퍼센트는 안심해도 좋다고 여길 수도 있겠다. 그런데 최상위 계층을 제외한 대다수의 중간층에게 지금까지 설명한 빈곤 순환구조의 첫 번째 현상이 이미 발생하고 있다. 희귀한 기회를 운 좋게 거머쥐지 못한다면 그들 역시 빈곤층으로 전락할 것이다.

7·9급 공무원 시험 학원이 밀집한 노량진 고시촌을 취재하면서 이를 절감했다. 현재 전국 대부분의 4년제 대학생이 품고 있는 최고의 꿈은 공무원이 되는 것이다. 일련의 시험 과목 강의를 학원에서 모두 들으려면 적어도 1년이 걸린다. 대부분은 이 과정을 한 해 더 반복하여 2년 동안 학원을 다닌다.

수업은 아침부터 저녁까지 이어진다. 공강 시간에는 근처 독서실에서 공부하고 잠은 고시원에서 잔다. 이 기간 동안 아르바이트를 하는 것은 불가능하다. 학원비·생활비 등을 더해 한 달에 적어도 50만 원이 필요하다. 고시원에서 생활한다면 여기에 30만 원을 더 보태야 한다.

그 비용이 적어도 1년, 길게는 3년 정도 필요하다. 결국 부모의 도움을 받아야 한다. 이런 후원이 가능한 것은 오직 중산층이다. 중산층 자녀가 아니라면 공무원 시험을 준비할 수 없다.

사법고시(요즘은 로스쿨 입학이겠지만) 등 한 단계 더 높은 입신을 준비하려면 더 많은 돈과 더 많은 시간이 필요하다. 부유층 자녀가 아니라면 3~5년이 걸리는 사법·행정고시, 로스쿨 과정 등을 감당할 수 없다.

그들이 공무원 시험에 매달리는 이유가 있다. 중산층 4년제 대학 졸업자들은 대기업조차 안전한 일자리가 아니라는 것을 안다. 대기업을 다닌 부모들이 온몸으로 그렇게 증언해왔기 때문이다.

공무원 시험을 통과하지 못한다면 중산층의 안정적 생활기반이 자신의 부모 세대에서 끝날 것임을 중산층 4년제 대학 졸업자들은 안다. 공무원이 되려는 그들의 꿈은 '공공'에 대한 열정이 아니라 '낙오'에 대한 공포다. 그런데 그 공포를 피하려는 공무원 시험의 경쟁률은 100대 1이다. 99명은 공무원이 되지 못할 것이다.

한국 중산층의 미래를 보려면 노량진에 가면 된다. 절대 다수가 비정규 빈곤층으로 전락하게 될 벼랑을 볼 수 있다. 현재인 동시에 미래의 문제로서 빈곤은 소수가 아닌 다수의 문제다.

나는 빈곤을 통해 비로소 정치를 이해하게 됐다. 이른바 민주세력의 무능, 보수세력의 위력, 청년층의 탈정치화, 빈곤층의 보수화, 그리고 저 뿌리 깊은 박정희 신화의 실체를 이해하게 됐다.

예컨대 빈곤층은 (특히 진보정당에) 투표하지 않고, 신문(특히 《한겨레》)을 읽지 않고, 노동조합(특히 민주노총)에 관심을 두지 않는다. 민주정부 이후 20여 년 동안 이른바 진보를 지향한다는 어떤 세력·집단도 이들에게 의미 있는 존재가 된 적이 없다. 정치, 운동, 언론이 그들의 삶에 힘이 되어주거나 버팀목이 됐던 기억이 그들에게 없다.

보수 세력을 몰아내려고 진보 세력이 모종의 정치력을 발휘할 때 그들은 절대로 화답하지 않는다. 도움을 받은 기억이 없는데 왜 새삼 도움을 줄 것인가. 게다가 세상을 바꾸는 일에 뭔가 보탤 만한 시간과 재력과 열정의 여유가 그들에겐 없다.

「노동OTL」이후 5년 여 동안 몰입했던 빈곤과 소외에 대한 취재는 하나의 순례와 같았다. 사건팀 수습기자 시절 목도했던, 악다구니 벌이며 살아가는 힘없는 사람들을 비로소 다시 만났다. 정치부 및 문화부 시절의 갈증과 장벽의 실체가 무엇이었는지도 이해하게 됐다.

이상한 표현이겠지만 그런 빈곤의 현장을 누비며 비로소 편안해졌다. 몸은 힘들었으나 마음은 평화를 찾았다. 기자 노릇을 해나갈 궁리가 드디어 생겼다. 왜 취재하는지, 무엇을 취재할지, 어떻게 보도할지 등이 분명해졌다. 나름의 (장삼이사의) 취재원과 (빈곤·소외의 현장이라는) 출입처와 (심층 내러티브라는) 기사 장르를 곁에 두게 됐다.

새로운 고민이 생기긴 했다. 이 길을 다른 기자들한테도 권할 수 있을까. 다른 기자들도 이 길을 흔쾌히 함께 걸어줄까. 정당이나 검찰 취재를 대하는 것처럼 빈곤·소외를 언론의 필수적·기본적·상시적 임무로 생각해줄까.

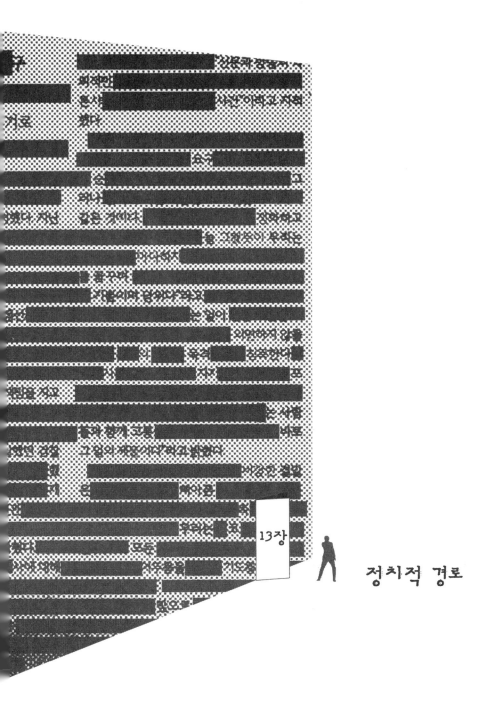

13장

정치적 경로

한국 뉴스룸에서 정치부는 힘이 세다. 편집국장 또는 보도국장은 대개 정치부장을 지낸 이력을 갖고 있다. 정치부에 발령받은 평기자는 곳곳에서 축하 인사를 받는다. "일단 정치부에 가라. 그러면 문화부건 경제부건 골라서 갈 수 있고, 데스크건 전문기자건 하고 싶은 일을 할 수 있다"는 선배 기자의 충고도 횡행한다.

　언론에는 정치의 피가 흐른다. 왕정을 거부하는 계몽주의자들이 근대 신문을 만들었다. 그들은 언론을 통해 정치적 자원을 동원했다. '계몽의 프로젝트'라는 점에서 정치와 언론은 닮았다. 정당과 언론이 구사하는 수사학도 비슷하다. 자신의 정당성을 구축하고, 정의를 재정립하고, 이를 잣대 삼아 상대를 공격한다.

　한국의 언론도 대단히 정치적인 상품이다. 자본주의 정신으로 무장한, 그래서 부단히 제품을 혁신할 줄 아는《중앙일보》를 제치고《조선일보》가 여전히 비교 우위를 지키고 있는 것은《조선일보》가 더 정치적이기 때문이다. 정치권력, 특히 보수 정부가 방송 장악 및 종편 허가 등에 열을 올린 것도 방송의 정치적 영향력이 드러난 뒤였다. 그저 오락 기능만 제공하는 줄 알았더니 '촛불 시위'를 촉발시킬 만한 정치적 영향력이 있다는 것을 뼈저리게 절감했던 것이다.

정치적 상품이라 함은 정치적 소비자를 거느리고 있다는 뜻이다. 한국의 소비자는 언론이라는 제품의 정치성에 매우 민감하게 반응한다. 뒤집어 말해 정치적 민감성이 없는 시민은 언론을 좀체 소비하지 않는다.

예컨대 촛불 시위 등이 일어나면《한겨레》,《경향신문》의 신규 독자가 늘어난다. 보수 정권 아래서 공중파 방송에 대한 (진보적 시민의) 실망감이 커지고, 종편 방송을 하루 종일 틀어놓는 (보수적 시민의) 기대감이 증폭되는 것도 순전히 정치적 이유다.

그럴 수밖에 없다. 취향과 기호는 학습된다. 어릴 때부터 김치를 먹어야 자라서 매운 맛을 즐긴다. 한국 언론은 그 태초로부터 정치적 상품이었고 그것이 아니었던 적이 없다. 한국의 신문과 방송은 특정한 정치 국면을 배경 삼아 탄생했다. 정치적 격동기에 편승하여 기업적 발전을 도모했다. 영욕의 현대사에서 언론은 언제나 중요한 정치적 행위자였다. 뉴스를 정치적으로만 소비해온 사람들을 탓할 이유가 없다.

한국 언론의 맏형격인《조선일보》와《동아일보》는 1920년에 창간했다. 일제 총독부가 유화정책의 방편으로 이들 신문 발행을 허용했다는 것은 역사 교과서에도 나오는 이야기다. 역사 교과서에 잘 나오지 않는 이야기가 있다. 그 매체 이전에 진짜 한글 신문이 있었다.

1910년 3·1운동 전후《조선독립신문》,《각성호》,《노동회보》등 50여 종의 한글 신문이 전국 각지에서 발간됐다. 총독부 허가를 받지 않았으니 지하 신문이지만 최초의 풀뿌리 자유 언론이었다. 한일 병탄 이전인 1896년에 창간한 순한글신문《독립신문》의 맥을 잇는 동시에 친일 논란이 있었던 《독립신문》과 달리 순전히 민족적인 기치로 만들어진 신문들이었다.

《조선독립신문》의 경우 창간호 1만 장이 삽시간에 배포됐고 군중들이 이를 다시 등사판에 찍어 퍼뜨렸다. 일제가 《조선일보》와 《동아일보》의 창간을 허용한 것은 지하 자유 언론을 틀어막으려는 수단이었다. 다시 말해 두 신문의 탄생 자체가 위에서 아래로 향하는 고도의 정치 기획의 산물이었다. 그 창간의 주축은 친일 상공인(《조선일보》)과 친일 귀족·지주(《동아일보》)였다.

1945년 해방 직후 두 번째 자유 언론의 시기가 왔다. 1945년 말까지 40여 종의 신문이 새로 창간됐다. 이 또한 역사 교과서에는 잘 나오지 않는 이야기지만 당시 유력지는 《조선인민보》, 《자유신문》, 《중앙신문》 등이었다.

미군정의 정치 기획이 아니었다면 이들 신문이 주류 매체가 되었을 것이다. 미군정은 1947년 이후 《조선인민보》 등 40여 종의 신문을 폐간·정간했다. 대신 일제 말기 폐간됐던 《조선일보》와 《동아일보》의 재창간을 허가했다. 그래서 이들 두 신문은 해방 직후가 아니라 1947년 11월 말에 이르러서야 다시 발행을 시작할 수 있었다.

그래도 우후죽순처럼 여러 신문이 많이 창간됐는데 1948년 8월 15일 출범한 이승만 정부는 이듬해 6월까지 다시 56개 신문을 정간·폐간시켰다. 《동아일보》와 《조선일보》의 독과점 시대가 열렸다. 정부가 나서서 시장을 정리해준 것이다.

세 번째로 찾아온 자유 언론의 시기는 1960년 4·19 직후였지만 1961년 5·16 쿠데타 직후 박정희 정권은 1170종의 일간지 등 간행물을 폐간했다. 대신《동아일보》와《조선일보》를 후원했다.

특히 자금 융자, 수입관세 인하, 세금 감면, 방송·관광 등 다각 경영 허용을 뼈대로 하는 '언론 육성 정책'을 베풀었다. 이들 신문은 사옥을 신·증축하며 현대적 기업의 꼴을 갖췄다. 1960년대 한국의 경제 성장률은 연평균 8~10퍼센트였지만 신문 기업만큼은 연 20퍼센트씩 성장했다. 이른바 '조중동'은 박정희 정권 시기에 이르러 독점 체제를 완성했다.

전두환 정권은 박 정권의 방식을 확대 적용했다. 1980년 5월 쿠데타 직후 신군부는 적어도 1900명 이상의 언론인을 해직했다. 전국 64개 언론사 가운데 신문 14개, 방송 27개, 통신 7개사를 통폐합했다.

대신 나머지 신문사들에게 상업 인쇄, 스포츠 사업, 부동산 임대, 잡지 발행 등 다각 경영을 허용했다. 살아남은 6대 중앙 일간지는 비약적으로 성장했다. 1981~1987년 6대 신문사의 매출은 3배나 늘었다. 수출 산업을 제외하고 언론사만큼 비약적 발전을 거둔 업종이 없다.●

국가 권력의 정치 기획이 워낙 압도적인 상황에서 방송은 자유 언론의 기풍 자체를 마련하지 못했다. 해방 직후부터 지금까지 방송은 정치

● 『한국 언론 바로보기 100년』(송건호·손석춘 외 지음, 다섯수레, 2012)에는 정치기획의 희생양이 된 자유 언론의 역사가 생생하게 소개돼 있다.

권력과 직결된 매체였다. 앞서 적었듯이 2000년대 들어 그 영향력이 드러났지만 정치적 기획에 의해 진압됐다.

이와 관련해 '피디 저널리즘'의 등장 과정에 주목할 필요가 있다. 어느 조직이나 서로 다른 직종 간에 다소의 알력이 있다. 방송의 경우 기자와 피디는 은근히 서로를 깔본다. 다만 시청자의 입장에서 보자면 한국의 방송이 저널리즘에 기여하게 된 주력은 피디다. 기자들이 주축을 이룬 KBS 탐사보도팀 정도를 제외하면 한국 방송사에 기억될 각종 심층 탐사보도는 시사교양국 피디들에 의해 만들어졌다.

그들은 보도국에 집중된 '정치외 중력'에서 상대적으로 자유로웠다. 방송국의 고위 간부는 주로 기자 출신이 차지했다. 출입처 체제에도 편입하지 못했다. 같은 방송국의 정치부 기자들이 매일처럼 고위 관료와 얼굴을 맞댈 때, 이들은 인터뷰 요청서를 수없이 보내다 마침내 거절당하는 일을 밥 먹듯이 겪었다.

그 덕분에 피디들은 골목과 거리로 나갔다. 출입처 체제가 파워 게임의 링으로 변질되어가는 동안 그 링에 오르지도 못한 그들은 골목의 서민과 거리의 군중을 만났다. 해고자 대표의 한마디와 노동부장관의 한마디를 평등하게 다루는 객관보도 대신 해고자들의 사연을 일일이 파고들어 소개하는 심층보도를 택했다. 기자보다 성실하거나 탁월해서가 아니라 기자와는 다른 입장에서 세상을 볼 수밖에 없었기 때문에 빚어진 일이었다.

그런데 그들이 권력을 불편하게 했다. MBC 〈PD수첩〉의 탐사고발,

KBS 〈다큐 3일〉의 민생르포는 한국 언론이 빚어낸 최고의 성취 가운데 하나다. 그걸 피디들이 개척했으니 흔히 일러 '피디 저널리즘'이라 하지만 실은 심층탐사 보도의 본령이다.

정확성·균형성 등의 규준으로 보아 그들의 보도에 문제가 적지 않다는 비판도 있지만, 나는 방송이 '탈정치'할 수 있는 유일한 통로를 그들이 (잠시나마) 보여줬다고 생각한다. 방송 탄압이 이들 시사교양 피디들에게 집중됐던 것은 의미심장하다. 그들의 입에 재갈이 씌워지던 날, 방송 저널리즘 전체가 궁형의 치욕을 당했다.

이명박 정부를 거쳐 박근혜 정부에 이르기까지 국가 권력이 언론사의 기업적 존망에 직접 개입하는 방식은 변함이 없다. 방송사에 대한 낙하산 인사 및 언론인 해직, 그리고 종편 허용 등은 한국 언론계를 지배하는 힘이 여전히 정치에 있음을 다시 한 번 강력히 입증했다.

언론사 최고 책임자 입장에서 일련의 역사를 정리하자면 결론은 간단하다. 언론은 대중이 아니라 권력과 상대해야 한다. 언론의 생멸은 정치적 기획에 연동한다. 특히 대통령과 집권여당이 주도하는 '상층 정치'가 언론의 미래를 결정한다. 대중은 언론을 만든 적도 지킨 적도 없다. 대중은 언론의 존립에 아무 위협도 보탬도 되지 못했다. 왜 대중을 잣대 삼아 '더 좋은 기사'를 군이 갈고 닦아야 하겠는가.

1988년《한겨레》의 창간은 그런 점에서 독특하다. 물경 한 세기가 넘도록 보수 언론을 향해 쏟아졌던 국가 권력의 시혜에 맞서려고 권력이나 기업의 도움 없이 시민들 스스로 돈을 모아 언론사를 만들었다. 그 뿌리가 정치권력이 아닌 시민사회에 있다는 점에서 이 언론사는 전무후무한 가치를 지닌다.

다만 그런 점에서 《한겨레》 역시 정치적 독자를 거느리고 있다는 점을 지적할 수밖에 없다. 반독재의 관념을 공유하는, 그러나 김대중 정부, 노무현 정부, 진보정당 등에 대해 서로 다른 생각을 갖고 있는 이들은 이 신문을 둘러싸고 대단히 정치적인 시장을 형성했다. 정치적으로 공감하면 신문을 구독하고 그렇지 않으면 절독한다. 고도의 정치적 기대를 갖고 소비하는 신문이니 그럴 수밖에 없는 것이다.

시장의 정치성으로 보자면 보수언론이나 진보언론이나 비슷하다. 그 규모의 차이가 막대하여 직접 비교는 힘들겠지만 '정치적 독자'로부터 벗어나는 것은 《한겨레》, 《경향신문》 등 이른바 진보신문에게도 커다란 도전이다. 열정적 구매자를 벗어나 어디에 있는지도 알 수 없는, 아직 한 번도 제대로 접해본 적 없는 '탁월한 뉴스의 소비자'를 향해 나아가는 것은 조직의 존망을 건 모험이자 도박일 것이다.

다만 한 가지 분명한 것이 있다. 보수신문이건 진보신문이건 현재의 모습으로 관성화한다면 그 미래의 잣대는 하나로 귀결될 것이다. 정치가 작동할 때 흥할 것이고 정치가 사라진 곳에서 쇠락할 것이다.

살아남기 위해 정치를 작동시키려는 욕망도 강해질 것이다. 언론사가 정치적 긴장과 갈등을 촉발시키거나 적어도 확대 재생산하는 상황도 반복될 것이다. 갈등의 중립지대보다 갈등의 어느 한 편에 서겠다는 의지도 강화될 것이다. 적대를 먹고 산다는 점에서 정당이나 언론이나 다를 게 없는 상황이 될 것이다.

이와 관련해 김대중·노무현 정부에 대한 아쉬움이 있다. 이른바 '민주 정부' 시기 한국 언론의 정치성은 더욱 강화됐다. 김대중 정부는 언론사를 세무 조사했다. 노무현 정부는 기자실 혁신과 함께 언론사를 상대로 각종 소송을 불사했다. 그것이 잘못된 정책이었다고 생각하지 않는다. 다만 많은 사람들이 당시 상황을 정부-언론의 '싸움'으로 보았다는 점을 짚고 싶다.

그 바탕에는 '안티 조선 운동'을 포함한 언론개혁 담론이 있다. 조중동으로 대표되는 신문사가 보수 정치의 결과이자 그 주력이라는 점에는 이론이 없다. 정당의 기능은 의제 생산, (정치) 인재 육성, (대중) 자원 동원, 정책 변화 등에 있다. 지난 반세기 동안 보수 신문사가 정확히 그 역할을 해냈다.

그 신문의 기자 및 주요 취재원들이 곧 정치적 엘리트가 됐다. 그 신문을 통해 (보수주의) 의제가 형성됐다. 그 신문이 여론을 (조작했건 동원했건) 등에 업고 마침내 (보수주의) 정책을 관철시켰다. 그러니 고도의 정당이나 다름없는 보수 신문에 대한 민주 정부와 시민 단체의 비판과 견제는 자연스럽다.

다만 언론 개혁의 궁극적 목적은 《조선일보》를 망하게 하는 데 있지 않고 진짜 좋은 언론을 만들어 확산시키는 데 있지 않은가. 순전히 사회 운동의 관점에서 보더라도 전술이 전략을, 수단이 목적을 대체할 수는 없지 않은가. 《조선일보》 등의 신뢰성에 흠집을 내는 데 그치는 게 아니라 곳곳에 편재한 자유언론의 역량을 더 북돋고 확산시키는 게 최종 목적 아닌가.

예컨대 토건족의 개인 매체가 되어버린 지역 언론에 새로운 숨을 불어넣어 공공성의 저변을 넓히고, 시민저널리즘까지 포섭하는 공영 매체를 새로 형성하며, (진보매체를 직접 지원하지는 않더라도) 뜻있는 기자의 자유롭고 독립적인 취재보도 활동을 돕는 기금을 만드는 등 '참언론 인큐베이팅'이 더 시급했던 게 아닐까.

미국 언론의 진화 과정을 살펴보면 전업 기자의 혁신과 함께 그 외곽에 있는 방대한 '프리랜서 기자'들의 위협이 있었다. 기성과 관성에 안주하려는 이른바 유력 매체에 비해 그들 자유 기자들은 끝없이 혁신을 도모해 마침내 대중의 호응을 얻었다. 그것이 곧 유력지를 자극하여 언론계 전체의 진화로 귀결됐다.

미국의 경우 그것은 광범위한 시장 경쟁의 결과물이다. 기자에 대한 해고가 쉽지만 해고되더라도 겁날 게 없는 프리랜서의 공간이 미국에 있다. 최근 미국 언론계 상황으로 보아 그 나라가 곧 '젖과 꿀이 흐르는 땅'은 아니겠지만, 적어도 특정 매체에 생계를 저당 잡히지 않아도 된다는 관념은 여전한 것으로 보인다. 이는 자유 언론을 위해 매우 중요한 요소다.

지금 이 순간에도 좋은 발상과 능력으로 좋은 기사를 써보려는 전업 기자와 (잠재적 또는 미래의) 프리랜서들이 한국에 있다. 그들이 특정 뉴스룸에 속박당하지 않고 탁월한 기사를 향해 지속적으로 나아갈 수 있다면, 그런 노력이 창의적 발상에 의해 뭉치고 진화한다면, 그것이 곧 좋은 매체의 탄생으로 이어지지 않겠는가.

한국에는 그런 일을 가능케 할 '창의적이고 자유로운 언론인의 시장'이 형성되어 있지 않으므로 바로 이 지점을 촉발시키는 것이 자유 언론을 위한 진정한 정치기획이 아니었을까 싶다. 민주 정부에겐 그런 의지와 비전이 없었다.

결국 언론의 존재 이유는 대중에게 좋은 기사를 제공하는 데 있으므로 좋은 기사를 지속적으로 더 많이 생산하도록 돕는 것이 (자유 언론을 신봉하는) 민주 정부의 올바른 구실이다.

그런 의미의 언론개혁이 이뤄지지 않았으므로 한국 기자들의 현실은 암울하다. 민주정부가 '좋은 언론'을 인큐베이팅할 시기를 놓치고 있을 무렵 한국 언론은 고도의 정치 게임을 수반하는 시장 경쟁에 본격 돌입했다.

1997년 외환위기 이후 "문 닫는 언론사가 나온다"는 흉흉한 관측이 나돌았다. 정치적 기획이 아니라 시장 경쟁에 의해 그런 꼴을 당하게 될 것이라는 분석이었다.

그러나 공중파 방송 및 종합 일간지 가운데 지난 15년 여 동안 망한 언론사는 단 하나도 없다. 이런저런 경영 위기를 각자의 방식으로 겪긴 했지만 이러구러 버티고 있다. 대신 많은 기자와 피디들이 거리로 나앉았다. 정치적 탄압에 의한 해직 기자·피디가 있고 경영압박에 떠밀려 나온 이들도 있다.

외환위기 이후 진짜 위기에 처한 것은 언론사가 아니라 언론인이다. 조직의 명운이 크게 흔들리고 있다면 그 조직에 속한 개인의 입지는 좁아질 수밖에 없다. 집단 전체가 달려드는 과업 앞에서 개인은 자의반 타의반으로 자신의 지향과 요구를 잠시 미뤄두게 된다. 그게 싫으면 그만둬야 한다.

"언론사가 망한다"는 경계경보가 발령되는 순간, 언론사를 망하게 할 수 있는 일은 금지됐다. 앞서 짚은 것처럼 언론사를 경영하는 이들이 보기에 흥하고 망하는 일은 오직 정치에 달려 있다.

이제 적대적 정치 게임에서 제 구실을 할 수 없다면 기자 개인의 역량은 의심받을 수밖에 없다. 단편적 출입처 보도로 정치적 줄다리기를 벌이는 정치부 기자의 이력은 오히려 더 중요해지고 있다. 기자 생활 오래 하려면 정치부 가는 수밖에 없다.

딱 하나, 대안이 있긴 하다. 한국 언론의 변방에 좁은 길 하나가 최근 새로 생겼다. 정치적 파워 게임의 구도에서 벗어나고 데스크에게 덜 휘둘리면서 대중과 직접 만나는 기자의 삶을 준비할 수 있을 것으로 기대되는 길이다. 아직 그 길을 걸어본 이가 많지 않은 것이 흠이다. 그 길 따라 걸으면 어디에 도착하게 될지 분명히 아는 사람도 아직은 없다.

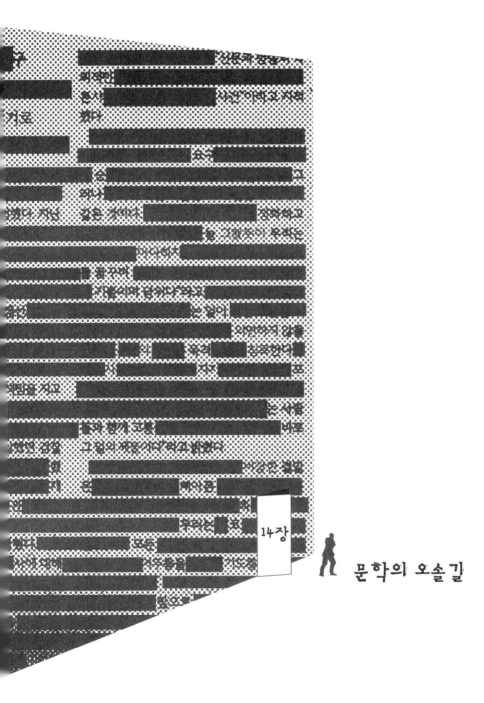

14장

문학의 오솔길

태초에 말씀이 있었다,라고 누군가 주장했다. 말씀을 옮기고 퍼뜨리며 권위를 참칭하여 사람들을 다스렸다. 정치가 탄생했다. 처음엔 종교, 나중엔 민주주의의 탈을 썼다. 정치가 탄생하던 날, 사람들은 갈색 사슴처럼 숨죽인 채 숲으로 들어갔다. 겁을 집어먹은 그들은 고개 숙이고 땅을 보았다.

말씀 아래 살아가게 된 사람들은 말씀과 상관없는 말을 나눴다. 살고 죽고 사랑하고 헤어지는 일을 이야기했다. 삶은 하늘에 있지 않고 땅에 있었다. 문학이 태어났다. 처음엔 입으로 전했고 나중엔 글로 적었다. 문학이 태어나던 날, 사람들은 버석거리는 잉걸을 모아 불꽃을 피워 올렸다. 모여 앉은 그들은 웃다가 울다가 했다.

말씀에 대해 말해보자고 누군가 말했다. 이슬이 굴러다니는 이파리 사이로 아침 햇볕이 강물처럼 흘렀다. 말씀 뒤에 의도가 있다고 용기 있게 말하는 이가 있었다. 말씀이 있어도 여전히 배고프고 춥다고 또 다른 이가 더 큰 용기를 내어 말했다. 언론이 생겨났다.

그들의 말은 잎을 흔들고 숲을 가로질러 벌판으로 달려가는 바람이 되었다. 사람들은 말의 힘을 알아차렸다. 하늘의 말씀과 땅의 삶에 대한 말을 나누며 사람들은 생솔가지를 꺾어 불을 붙였다. 말씀으로 치장한

궁전을 향해 그들은 초록 악어처럼 진격했다.

수천 년의 문명을 한 호흡에 추상하여 그 족보를 설명하자면, 언론의 뿌리는 정치와 함께 문학에 걸쳐 있다. 삶에 대해 말할 때 언론은 문학에 가깝다. 권력에 대해 말할 때 언론은 정치를 향한다. 삶을 말하려는 기자도 있고 권력을 말하려는 기자도 있다. 삶을 쓰는 기자는 가끔 문학을 썼고 권력을 쓰는 기자는 종종 권력자가 됐다.

한국 언론의 주류는 권력을 쓰는 기자다. 문학의 피를 갖고서는 견뎌낼 수가 없다. 《조선일보》, 《중앙일보》, 《동아일보》, 《한겨레》 등 4개 신문이 20년 동안 1면 기사에 등장시킨 취재원 유형을 분석한 어느 연구논문을 읽은 적이 있다. 1면 기사 취재원의 50퍼센트가 정부였다. 대통령 또는 정당을 취재원으로 삼은 기사의 비중을 더하면 그 수치는 60퍼센트에 이른다. 시민 또는 시민단체 등이 취재원으로 등장한 비율은 4퍼센트에 불과했다. 한국의 기자들에겐 그만큼 정부, 대통령, 정당이 절대적이다.●

언론이 정치를 중시하는 게 잘못은 아니다. 정치는 우리 모두의 일상과 일생을 규정한다. 민주주의 구성원 모두의 삶에 직간접적인 영향을 끼친다. 그래서 언론의 사명은 시민사회를 대표하여 정치를 감시하는 데있다.

● 이진영 · 박재영(2010). 한국 신문 보도의 다양성 연구: 한겨레 시장 진입 전후(1986~2005)를 중심으로. 『한국언론학보』. 54권 3호.

문제는 정치보도의 방법론이다. 나아가 정치보도를 중심으로 형성된 한국 언론의 방법론이다. 시장의 비유를 들자면 한국 언론의 주력 상품을 둘러싼 마케팅 기법에 문제가 있다.

　대중이 항상 현명하지는 않다. 대체로 보아 오히려 무감하고 무지하다. 그들이 세상 돌아가는 일, 즉 뉴스를 적극적으로 소비하는 순간은 언제일까. 세상의 변화가 자신의 삶에 직접 영향을 줄 때다. 그런 때가 언제이겠는가. 전쟁과 재난의 순간이다.

　실제로 미국 언론의 중요한 변곡점 가운데 하나는 전쟁이다. 전쟁은 뉴스 품질의 혁신에 여러모로 큰 영향을 미쳤다. 미국의 남북전쟁은 속보 경쟁의 시초가 됐다. 1차 대전은 직접 현장을 취재하여 보도하는 '르포루타주'의 전성기였다. 2차 대전은 군 당국의 발표에 의존하는 객관주의 보도에 대한 반성의 계기가 됐다. 베트남 전쟁은 언론이 과연 진실을 보도할 수 있는지에 대한 회의가 확산되는 분수령이 됐다. 걸프 전쟁은 방송이 신문을 앞질러 주요 뉴스 매체가 되는 변곡점이었다.

　다행스럽게도 한국은 미국만큼 전쟁을 치르지는 않았다. 다만 한국의 기자들은 (부지불식간에) 전쟁 보도하듯이 각종 이슈를 다루면서 (미국 기자들과 달리) 그런 보도에 대한 성찰을 이루지 못했다.

　전쟁과 재난 상황이 아니라면 뉴스는 개인의 일상에 별다른 영향을 주지 못한다. 뉴스가 없어도 뉴스를 몰라도 살아가는 데 별 문제가 없다. 기자들은 좀체 인정하기 싫겠지만 엄연한 사실이다. 일상의 시공간에서 대중은 뉴스를 갈망하지 않는다. 그들은 언론의 중력이 가닿지 않는 곳에서 각자의 소소한 고민에 포박당하여 지낸다.

이에 대한 한국 언론의 대응 방식은 '위기 고조' 전략이었다. 전쟁에 버금가는 위기와 갈등이 생겼으므로 이 뉴스를 반드시 주목해야 한다고 목소리를 높인다. 대중이 뉴스에 대한 욕구를 느끼도록 지속적으로 위기, 재난, 갈등의 프레임으로 자극해 긴장시키려는 것이다.

특히 한국의 언론은 전황을 간단하고 명쾌하게 실시간 타전하는 '전시 저널리즘'의 모양새를 띠고 세상의 '작은 전쟁들'을 발굴해 긴박하게 보도하는 역할에 집중한다. 뉴스를 반강제로 떠먹이는 방식이다.

이런 보도 방식은 양날의 칼이다. 실제 중요한 위기 또는 갈등이 발생했다면 무관심한 대중의 관심을 끌어들이는 데 효과적으로 작동한다. 공공의제에 대한 공공의 논의를 촉발시킨다. 그러나 반복되는 위기 프레임은 위기에 대한 대중의 감각을 무디게 한다. 그 한복판에 정치 보도가 있다.

한국 언론은 정치가 다뤄야 할 '이슈'를 보도하기보다 이슈에 대한 정치적 '싸움'을 보도한다. 다시 말해 사회의 저변에 천착해 여러 문제를 발굴하여 정치 영역으로 끌어올리지 못한다. 정치가 삶의 영역으로 확장하는 것을 돕지 못하고 오히려 정치를 정파 간 쟁투의 영역으로 좁혀버린다. 시민사회로부터 말미암은 이슈를 발굴해 권력을 향해 제기하는 독립적 행위자가 아니라 정치적 공방에 대한 편파 해설자의 모습으로 정치를 보도한다.

그래서 주요 취재 대상은 청와대-국회-행정부 사이에 벌어지는 파위 게임이다. 어제와 같고 1년 전과 같아 보이는 비슷비슷한 정치 뉴스에 위기, 재난, 전쟁, 갈등의 프레임을 입혀 소비자를 자극한다.

여기서 정치와 일상의 연결고리는 잘 드러나지 않는다. 정치의 링 위에 오른 이들끼리 벌이는 치열하고도 치졸한 싸움만 강조된다. 가끔 진정한 의미의 권력고발이 이뤄져도 이미 '전쟁 프레임'에 익숙해져버린 대중은 그조차 언론의 상술이려니 여기고 무감하게 지나친다. 헌정 이래 초유의 국정원 정치개입 사건 역시 '양치기의 거짓말'로 취급한다.

그 보도의 내용이 무엇이건 정치 공방의 방식으로 다뤄지는 정책 이슈는 대중의 관심을 끌지 못한다. 전쟁이 난 것처럼 기자가 떠들어대도 실제로는 자신의 삶에 아무 변화가 없음을 뉴스 소비자들은 거듭 경험해왔다. 왜 뉴스를 읽고 볼 것인가.

일상에 중대한 영향을 주지 못한다면 정치는 스포츠와 다름없다. 구경의 대상이 되는 싸움에 불과하다. 때로 응원하고 때로 분노하겠지만 나하고는 상관없는 일이다. 정치보도가 대중의 일상 및 일생과 연결되는 정치의 고리에 주목하지 못하면 그것은 스포츠 중계와 다름없다. 어쩌다 들여다보면 흥미롭겠지만 먹고 사는 일이 바쁜 사람들은 그런 정치보도를 읽거나 보지 않는다.

게이 터크만이라는 미국의 언론학자는 "무엇인가를 뉴스에서 배제하는 것은 상징적 말살"이라고 말했다. 한국 언론은 대통령, 정부, 정당을 과잉 주목하고 시민과 시민사회를 과소 주목한다. 정치 이슈가 자신의 삶에 무엇을 의미하는지 이해하지 못하는 서민과 빈민을 한국 언론은 상징적으로 말살하고 있다.

이는 하나의 악순환을 이룬다. 한국 언론은 정치적으로 태어나 정치적 구실을 하며 정치적 뉴스를 생산한다. 이를 소비하는 사람들은 주로 정치적 인간이다. 파워 게임의 당사자이거나 적어도 이에 긴박된 사람들이다.

이들 정치적 소비자는 특정 시기에는 대단히 열광적이다. 다만 어떤 매체의 정치적 관점이 자신과 일치하지 않는다고 판단되면 곧바로 뉴스 소비를 중단한다. 그리고 자신의 관점에 부합하는 다른 매체 또는 뉴스를 찾아 나선다.

그런 일이 일어나지 않게 하려면, 즉 신문을 끊거나 채널을 돌리지 않게 하려면 언론은 더 갈등적이면서도 자극적인 정치 뉴스를 생산하는 수밖에 없다.

반복되는 순환 속에서 갈등과 자극에 지친 이들은 뉴스 소비를 중단한다. '열광적 정치 소비자'만 남아 신문과 방송을 읽고 본다. 그들이 시민사회를 대표한다고 기자는 착각한다. 뉴스 소비자의 전체 규모가 줄어들고 있는 것을 좀체 알아차리지 못한다.

일련의 사태가 맞물린 결과, 현재 한국 사회의 뉴스 소비층은 협소해졌다. 신문 구독자가 줄었다. 방송 시청자 가운데도 뉴스를 소비하는 사람은 희귀하다. 다시 말해 한국 사회 전체적으로 '뉴스 시장'이 망해가고 있다.

학술논문은 (그 학술적 가치가 높다 해도) 학자들만 읽는다. 판결문은

(그 법률적 가치가 높다 해도) 법조인만 읽어본다. 기사 역시 그 소비자가 쪼그라들고 있다.

뉴스 소비자의 대표 유형이 있다. 기자의 직속 데스크(다른 부서 데스크는 읽지 않는다), 같은 출입처의 경쟁 매체 기자(다른 출입처 기자들은 읽지 않는다), 그 출입처의 공보 담당 관료(다른 공무원들은 읽지 않는다), 그리고 고향에 계신 부모님(부모는 내 기사를 반드시 읽는다) 등이다. 도대체 기사는 누구를 위해 씌어지는가.

한국 언론이 생산하는 기사는 엘리트의 장르가 되고 있다. 뉴스 품질이 탁월해졌다는 것이 아니다. 파워 게임에 관심 있는 엘리트들만 소비한다는 뜻이다.

그런데 바로 이러한 위기의 상황에 혁신의 기회가 숨어 있다. 인구학적 관점에서 보자면 협소해진 뉴스 시장 외곽에 더 많은 사람들이 존재한다. 경영학적 관점에서 보자면 그들이 '블루오션'이다. 정치적 관점에서 보자면 그들은 탈정치의 진공상태에서 민주주의로부터 멀어지고 있다. 언론의 관점에서 보자면 그들이야말로 공공의 담론장에 올라타게 만들어야 할 진정한 독자(또는 시청자)다.

이 지점에서 문학의 가치와 권능이 필요하다. 문학도 정치를 다룬다. 다만 정치인이 아니라 그 정치로부터 영향 받는 필부를 다룬다. 혁명 그 자체가 아니라 혁명에 휩쓸리는 사람들을 다룬다.

문학은 필부의 삶이 역사 및 사회와 연결되는 고리를 찾아내어 공중에게 전한다. 사람들은 『러시아 혁명사』는 읽지 않아도 『닥터 지바고』를 기꺼이 읽는다. 그에 기초하여 혁명을 판단한다. 엘리트들끼리 신문을 돌려 읽던 시절에도 대중은 문학을 통해 세계의 급변을 이해했다.

문학은 필부의 삶에서 시대를 읽는다. 언론이 문학에서 배운다는 것은 필부의 삶에서 보도할 가치가 있는 뉴스를 찾는다는 뜻이다. 권력자가 아니라 필부의 눈으로 기사를 발굴하자는 뜻이다.

사람들은 결국 사람들에게 관심이 있다. 저 높은 곳에서 중요한 일을 결정하는 이들보다는 살고 죽고 사랑하고 헤어지는 주변의 이웃에 더 관심이 있다. 필부는 다른 사람의 삶을 들여다보면서 자신을 돌아본다. 그런 인식 과정은 전쟁이 없어도 재난이 발생하지 않아도 일상적으로 지속적으로 이뤄진다. 우리가 수다를 나누고 드라마에 중독되고 SNS에 매달리는 이유도 여기에 있다.

최근 각종 '정치 토크 쇼'가 주목받는 것도 이와 관련이 깊다. 정치를 우스개로 만들어버린다는 비판이 있지만, 사람의 냄새를 풍기는 정치인이 노골적으로 인격을 드러내는 것은 대중과 만나는 효과적인 방법이다. 그 전략을 진보와 보수 모두 활용해왔다. 채널A의 〈쾌도난마〉는 《나꼼수》의 보수적 버전이다.

결국 우리는 어떤 사람에 공감하기 전까지는 절대로 구조와 서사를 납득하지 않는다. 이것이 문학이 대중을 장악하는 방식이며 마침내 역사에 기여하는 경로다. 이야기는 숫자보다 강하고 주장보다 강하여 마침내 정치보다 강력하다.

한국 언론의 주류적 방법론에 따르면 보도할 만한 가치가 있는 것은 오직 새로운 사건이다. 그래서 모든 보도에서 전에 없었던 사건임을 강조하거나 그렇게 포장한다.

반면 문학이 관심을 두는 것은 사건이 아니라 인물이다. 세계는 사건이 아니라 인물의 총체이며 인물을 통해 세상을 더 잘 설명할 수 있다고 문학은 믿는다.

문학의 영토에선 새로운 사건 따위 그다지 중요하지 않다. 삶에 있어 완전히 새로운 사건이란 없다. 역사 이래 모든 문학은 사랑과 이별, 그리고 삶과 죽음에 대한 이야기였다. 그런데도 끊임없이 새로운 문학이 탄생하는 이유가 있다. 문학은 새로운 사건을 찾아 헤매지 않는다. 누구에게나 익숙한 일을 '새롭게 드러내는' 경로를 고심할 뿐이다.

한국 언론의 주류적 방법론에 따르면 중대한 사건이라야 대대적으로 보도할 수 있다. 앞서 짚었듯이 모든 사건을 전쟁, 재난 등 중대 사건에 버금가는 것으로 격상시켜 보도하려 안간힘을 쓴다.

반면 문학은 일상적이고 소소한 일에도 관심을 쏟는다. 전쟁과 재난이 일어나야 사람이 죽고 사는 게 아니다. 그것은 곳곳에서 언제나 일어나는 일이다. 문학은 작은 일에서 삶과 세계의 모순과 갈등을 헤집어 파낸다.

한국 언론의 주류적 방법론에 따르면 사건은 느닷없이 일상의 질서와 조화를 깨트리면서 발생한다. 갑자기 발생하는 사건을 즉각 잡아채려고 기자들은 속보에 주력한다.

반면 문학은 그런 인식을 거부한다. 사건은 어느 날 갑자기 일어나지 않는다. 과거로부터 조금씩 자라고 발전한다. 그것은 오늘 아침에 시작됐을 수도 있고, 일주일, 한 달, 1년, 심지어 수십 년 전으로 거슬러 올라갈 수도 있다. 갈등의 탄생, 전개, 절정, 해소(또는 파국)에 이르는 과정을 모두 드러내어야 사람들이 하나의 사건을 제대로 이해할 수 있다고 문학은 생각한다.

한국 언론의 주류적 방법론에 따르면 기사의 원천은 권력자 또는 명망가다. 그들의 생각과 행동이 세상을 변화시킨다. 언론은 권력자 또는 명망가를 감시하거나 때로 그들과 합심하여 세계에 개입하려 든다.

반면 문학은 이름 없는 이들이 어떻게 살아가는지 찬찬히 들여다본다. 그들이야말로 세상의 주인이므로 기록하고 공유해야 할 생각과 행동은 그들로부터 말미암는다고 생각한다.

한국 언론의 주류적 방법론에 따라 작성된 기사를 다 읽어도 사람들은 사건의 실체를 이해하지 못한다. 그래서 뭐 어쨌다는 것인지 알아차리지 못한다. 계몽의 격발은 사람을 움직이지 않는다.

문학은 사람의 마음을 흔든다. 명쾌한 답변을 제시하진 않지만 공감과 이해의 폭을 넓혀준다. 삶과 세계의 섭리 가운데 한 대목을 홀연 깨달은 것 같은 느낌에 젖어 사람들은 만족스러워한다.

지금 절실한 것은 언론이 정치의 자기장에서 최대한 벗어나 문학의 에너지와 연대하는 일이다. 사실을 지어내어 미사여구로 치장해야 한다는 뜻이 결코 아니다. 뉴스를 새롭게 정의내리고 취재와 보도의 방식에 일대 혁신을 가할 수 있는 원천을 문학에서 찾자는 이야기다.

원래 언론의 뿌리가 정치와 문학에 걸쳐 있으므로 그것이 아주 어려운 일은 아니다. 파워 엘리트와 대중의 접점을 발견하고, 시민사회의 이슈를 발굴해 정치 이슈로 승화시키며, 권력의 쟁점을 일상의 고민으로 연결시키면 그것이 곧 문학으로부터 배우는 언론의 혁신이 될 것이다.

그런 노하우가 절실한 시기가 이미 왔고 그 노하우를 갖춘 기자를 이 시대가 원하고 있다. 권력자가 아닌 대중을 염두에 두는 '문학적 기자'들이야말로 조만간 새로운 전성시대를 열 가능성이 높다.

다만 그것은 여전히 정치에 긴박되어 있는 뉴스룸과 긴장하거나 갈등하는 과정이 될 것이다. 어쩌면 뉴스룸 밖에서 도모해야 하는 일일 수도 있겠다.

어떤 경우건 낙담할 필요는 없다. 언론사가 망한다고 기자라는 직업까지 사라지는 것은 아니다. 그 자체로 '독립 언론'인 개별 기자가 기댈 것은 파워 엘리트도 언론사도 아니다. 기사의 사실성과 심층성을 믿어줄 독자 대중이다. 다만 그 길로 나아가려는 문학적 기자가 갖춰야 할 무기가 하나 더 있다. 사회과학이다.

15장

사회과학의
눈으로

1997년 입사 무렵 휴대폰은 없고 '삐삐'라 불리는 호출기만 있었다. 기자는 삐삐를 허리춤에 차고 다녔다. 입사 직후 나눠주는 '취재 매뉴얼'에는 삐삐에 찍히게 될 숫자의 의미가 적혀 있었다.

01, 데스크에게 전화할 것. 0101, 빨리 데스크에게 전화할 것. 010101, 즉각 데스크에게 전화할 것. '즉각' 전화를 받고 싶다면 호출 번호의 자릿수를 줄이는 게 낫지 않을까 싶었지만, 취재 매뉴얼을 나눠주는 선배에게 그 질문은 감히 못 했다.

용례에 해당하는 전설도 들었다. 지금 사회부장이 말이야, 기자 시절에, 택시를 타고 삐삐를 받았어. 010101. 일단 택시 세우고 내렸지. 공중전화박스를 찾는데 도로 건너편에 하나 있단 말이야. 횡단보도로 둘러갈 시간은 당연히 없지. 왕복 8차선 도로를 그냥 건넜지. 그런데 차에 치였어. 운전자가 놀라서 내렸겠지? 부장은 말이야, 얼른 일어나서, 어서 가라고, 아무 탈 없으니 그냥 가시라고, 운전자를 돌려 세웠지. 더 중요한 게 있으니까. 결국 공중전화박스에서 신문사로 전화 걸었지. 수화기 내려놓고 돌아서는데, 알게 된 거야. 다리가 부러졌다는 것을.

그게 사실인지 아닌지 당시 사회부장을 맡고 있던 선배한테 확인하지는 못했다. 아마 허풍이 섞여 있을 것이다. 그런 과장을 지어낸다는 것부터 이 바닥의 생리를 드러낸다.

한국의 기자한테 가장 중요한 것은 무엇인가. 뉴스품질에 대한 감각? 우스운 소리다. 공정성과 정확성의 신념? 하품 나오는 소리다. 가장 중요한 자질은 근성이다. 근성이 있어야 한국에서 기자 생활을 해낸다. 그래야 마감 시간에 맞춰 비록 설익고 덜 확인됐고 억측에 불과한 것일지라도 하나의 기사를 보도할 수 있다.

출입처 체제-속보 및 특종-스트레이트 쓰기-근성으로 이어지는 '패키지 프로그램'를 익히고 나면 기자 교육은 그것으로 고만 끝이다. 더 가르치는 사람도 배우려는 사람도 없다. 이후 기자 생활 내내 사람 사귀는 일이 무한 반복된다. 근성에 더해 사람(취재원)을 많이 알고 있으면 기자 생활에 별 지장이 없다는 게 이 바닥의 대체적 정서다.

주간지 생활을 시작하니 그런 취재원들과 멀어졌다. 사람을 만나야 기사거리가 생기는데 사람 만날 일이 줄었다. 정해둔 출입처가 있다면 매일 누군가를 만나 밥 먹고 술 마시겠지만 그런 일은 없었다. 예전 사귀었던 출입처 관련자가 있다 해도 일부러 연락해 자리를 만들기는 쉽지 않았다. 그 무렵 새로운 영토에 눈을 떴다. 기사거리, 이른바 '아이템'이 널린 땅을 발견했다. 논문이었다.

마침 대학원을 다니며 사회학 석사 공부를 하고 있었다. 학부 시절엔 그저 고루한 것으로만 여겼던 학자들의 세계를 다시 들여다봤다. 놀랍게도 사회과학자의 일과 기자의 일이 다르지 않았다.

학자의 성취는 어떻게 이뤄지는가. 논문이나 저서를 읽다가, 뉴스를 접하다가, 일상을 겪다가 불현듯 문제의식이 싹튼다. 이를 '연구 문제'로 만든다. 이에 대한 과거 '선행 연구'를 뒤진다. 연구 문제를 풀어나갈 '핵심 개념 및 범주'를 구상한다. 이를 현실에 적용하여 '검증'한다. 서베이, 참여관찰 등의 방법론이 주로 이용된다. 이윽고 최초의 문제의식에 대한 '결론'을 도출한다.

이 과정은 기자가 과거 뉴스 및 경쟁 매체의 뉴스에 자극 받아 자신의 문제의식을 담은 기사 아이템을 선정하고 현장 취재를 거쳐 하나의 기사를 내놓는 과정과 본질적으로 다르지 않다.

차이가 있긴 하다. 학자는 직어도 몇 달, 길게는 몇 년에 걸쳐 연구한다. 기자는 길어야 몇 주, 대부분 며칠, 보통은 한나절 만에 취재를 마친다. 따라서 학자의 논문은 몇 달에 걸쳐 진행된 심층보도에 비유할 수 있다.

한국사회학회가 펴내는 《한국사회》라는 정기간행 논문집이 있다. 1년에 3~5회 발행된다. 한번에 10여 편의 논문이 실린다. 지난 40여 년 동안 그렇게 축적된 논문이 수백 편이다. 이런 정간물이 사회학계에만 십수 개가 있다. 이를 정치학, 경제학, 언론학 등으로 넓히고, 학위논문과 각종 보고서까지 더하면 한글로 쓰인 사회과학 논문은 밤하늘의 별처럼 무수하다. 이미 거대한 바다를 이루고도 계속 부피를 키워가고 있다.

기자의 눈으로 보자면 당연한 이야기를 어렵고 추상적으로 서술한 듯 보이지만, 그 언어에 조금만 익숙해지면 연구자의 열정이 담긴 심층 추적의 프레임을 발견할 수 있다. 각종 사회현상에 대한 각 연구자의 독특한 관점도 알아차릴 수 있다. 결국 사회과학자들도 세상 살아가는 일의 진실에 대해 말하고 싶은 것이다.

한국의 기자에게 교수 또는 학자란 '멘트'(인용문) 따는 대상이다. 어떤 일에 대해 어찌 생각하는지 물어 10여 분 동안 그 해석과 분석의 말을 듣고, 이로부터 한 문장 또는 5초 발언을 따내어 신문 또는 방송에 내보내어도 괜찮은 사람이라 여긴다.

학자와 기자는 개와 고양이다. 짧게 핵심만 말해주면 좋겠는데 길고 어렵게 말한다. 제대로 충분히 인용하면 좋겠는데 앞뒤 자르고 지엽적 발언만 소개한다. 만나긴 해야겠지만 다시 만나긴 싫다. 학자와 기자는 서로의 문법이 달라 대화하기 힘들다. 겉으로 대접하지만 속으로 싫어한다. 반갑다고 꼬리를 흔들면 오히려 공격하려 드는 개와 고양이를 닮았다.

기자가 학자를 제대로 '활용'하는 방법은 따로 있다. 학자의 말을 인용하지 말고 그 학자가 생산해낸 연구·학위 논문을 기사에 적용하면 된다. 그 (통계적) 방법론과 추상적 개념어는 조금 덜어내고 복잡한 현상을 꿰어내는 문제의식과 핵심 범주를 차용하면 된다. 그것이 곧 기사 아이템이다.

가능하다면 '지적 저작권'을 존중하는 차원에서라도 해당 기사에 결정적 영감을 던져준 학자의 부연설명을 기사에 녹이되, 학자의 문제의식을 기자의 문제의식으로 번안하여 쓰면 된다.

기자가 술 마시고 밥 먹으며 사람 만나는 일의 원래 목적은 그 사람으로부터 세상 돌아가는 이야기를 듣기 위함이다. 학자는 그런 이야기를 축적 집약하여 추상한 뒤 분석하는 사람이다. 학자의 논문에는, 범주와 통계의 모양새를 띠고 있긴 하지만, 수백 수천 명의 이야기가 녹아 있다. 논문은 기사의 보고다.

《한겨레21》 사회팀, 《한겨레》 탐사보도팀, 그리고 사건팀 시절 추진한 심층 기획의 대부분은 사회과학에 빚을 지고 있다. 문제의식이 떠오르면 그와 관련한 단행본, 연구논문, 학위논문을 검색했다. 모두 섭렵하지는 못해도 괜찮겠다 싶은 문헌을 사거나 빌리거나 인터넷으로 내려 받아 읽었다. 몰랐던 사실, 새로운 관점, 흥미로운 방법론을 논문에서 배우고 빌렸다.

사회과학의 자질을 갖춘다는 것은 정치학, 경제학, 사회학 등을 섭렵한다는 뜻이 아니다. 그럴 능력을 갖춘 이는 석학 가운데도 없다. 인문학이 본질에 대한 물음이라면 사회과학은 범주에 대한 물음이다. 범주는 이것과 저것이 어떻게 다르고 같은지 구분해내려는 시도다. 범주를 이해하여 기사에 적용하는 것이 사회과학적 자질이다.

범주를 통해 세상과 사람을 들여다보는 사회과학의 프리즘은 문학과는 또 다른 의미에서 언론의 영역을 확장시킨다. 뉴스가 아니었던 것을 뉴스로 길어 올리게 만든다.

누군가 스스로 목숨을 끊었다. 늘 있는 일이다. 많은 기자들은 그냥 지나칠 것이다. 사회과학적 기자는 이제 남다른 질문을 던진다. 최근의 자살과 과거의 자살은 어떻게 다른가. 사회과학적 접근 방식을 빌리자면 우선 자살의 범주부터 구분해야 한다. 계층, 학력, 젠더, 지역 등 인구학적 범주에 따라 나눠볼 수 있다. 자살 방법, 장소 등에 착안해 구분할 수도 있다.

범주를 활용하기 시작하면 접근방식이 무궁무진해진다. 기업 총수의 자살과 노동자의 자살은 어떻게 다르고 같은가. 한국의 자살과 미국의 자살은 어떤 차이가 있나. 누군가의 어떤 자살은 고귀하고 명예로운 것으로 기억하고 또 다른 이의 어떤 자살은 무심하게 외면하는 이유는 무엇인가. 그렇다면 자살자 말고 자살자에 대한 일반인의 의식을 조사하면 어떨까. 이런 '범주적 질문'을 던지며 취재하고 기사를 쓰면 심층보도가 된다. 간단하지 않은가. 쉽지 않은가.

새벽까지 고관대작과 마주하여 못 이기는 술을 억지로 마시지 않아도 무궁무진한 기사거리가 사회과학에 있다. 심지어 논문에는 그 문제의식을 진전시키면 어떤 결론이 도출되는지도 나와 있다. 해답이 나와 있고 심지어 풀이 과정까지 공개하고 있다. 그런 논문이 말 그대로 무진장 있다. 술 먹으며 취재원 사귀는 기자보다 책 읽으며 범주적으로 세계를 보는 기자가 더 탁월해지는 이치가 여기에 있다.

하늘 아래 새로운 것은 없다. 모든 사건은 과거 사건의 변주다. 비슷한 유형의 사건이 과거에도 수없이 발생했다. 기자들은 새로운 사건, 기발한 사건, 충격적 사건을 찾아 나서지만 그런 사건은 좀체 발견되지 않는다.

그런데 새롭지 않은 사건을 새롭게 드러내는 길은 수만 가지다. 사건을 보도하는 이유는 그것이 사회적 의미를 지니기 때문이다. 의미 구조에 눈을 뜨고 나면 같은 의미를 함축하는 사건이 주변에 널려 있다는 사실에서 오히려 기사를 착안한다. 필요한 것은 오직 하나. 수없이 발생하는 그런 사건을 새롭게 드러내어 보이는 힘이다. 그 힘은 사회과학에서 비롯한다.

사회과학은 현상을 해석하는 힘을 기르는 결정적 자양분이다. 이를 풍부하게 드러내어 대중에게 보이는 것은 문학의 힘을 빌리면 된다. (곳곳에서 착안한) 문제의식-(사회과학) 문헌조사-(심층밀착) 현장취재-(범주적) 프레임 구성-(문학의) 언어전략 구성으로 이어지는 '작업 공정'이 하나의 매트릭스를 이루는 것이다.

예컨대 2010년 봄 「노동OTL」 후속작으로 준비한 「영구빈곤 보고서」가 있다. 이제 뭘 또 써보지? 그 질문이 출발이었다. 빈곤노동 현장을 심층 보도했으므로 이번에는 빈곤주거 현장을 들여다보고 싶었다. 여기까지는 순전한 문제의식이었다. 보도자료가 없어도, 시끌시끌한 사건이 없어도, 기자 개인의 문제의식이 있다면 충분히 기사로 옮길 수 있다는 자신이 생긴 덕분에 가능한 발상이었다.

이제 문헌조사의 시간이다. 역대 기사를 검색하는 것도 필요하지만 실제 도움이 되는 것은 학자들의 작업을 검토하는 일이다. 서점, 국회도서관 등의 인터넷 검색을 통해 부동산, 빈곤주거 등에 대한 여러 책과 연구논문, 학위논문 등을 뒤졌다. 전문가들도 만났다.

다른 일 않고 여기에만 몰입했다면 좋았겠지만 기자는 결국 학자와 다르므로 일상적 기사를 해결하는 틈틈이 문헌을 뒤졌다. 3주 동안 교수, 사회복지사, 시민운동가 등 여러 전문가들을 인터뷰하고 관련 서적과 논문을 검토하면서 사전취재를 했다.

문헌을 조사하면 빈곤주거 문제를 헤집어낼 '프레임'을 알게 된다. 그 역사적·구조적 형상을 그려내는 동시에 어느 대목을 더 규명해야 할지 알 수 있다. 이제 우리의 기사는 독자는 물론 전문가까지 고개를 끄덕이게 될 수준을 향해 나아갈 것이다.

1980년대 후반 88올림픽을 앞두고 서울 시내 곳곳의 빈민을 모아 집단 이주시킨 '영구임대아파트 단지'가 있다는 것을 문헌조사를 통해 알게 됐다. 수십 동의 건물에 영세민들을 이주시킨 전무후무한 아파트 단지가 서울 시내 곳곳에 (숨겨져) 있다. 당연히 많은 사람들이 잘 모르는 '사실'이었다.

이제 남은 것은 현장에 달려가는 것이다. 지금부터 기사의 품질은 시간에 비례한다. 오래 들여다보고 머물수록 좋은 기사가 나올 것이다. 다만 현실적 제약이 있으므로 그 시간을 두 달 정도로 잡는다.

시간이 충분하지 않다면 취재 인력을 늘리면 된다. 임지선 기자와 함께 취재하기로 했다. 그래도 부족하다. 동덕여대 남기철 교수의 도움을 받아 현장조사를 위한 대학생 리서처 수십 명을 활용하기로 했다. 남 교수의 자문도 틈틈이 구했다.

그다음부턴 헌신이다. 권력자들은 마이크 앞에서 기꺼이 발언한다. 장삼이사는 그렇지 않다. 그들은 마음을 열어 사실을 진술할 준비가 되어 있지 않다. 오직 헌신만이 그 장벽을 넘어설 수 있는 힘이다.

5주 동안 영구임대아파트 2개동 360가구를 일일이 방문했다. 오전, 오후, 저녁으로 시간을 나눠 찾았다. 평일은 물론 주말까지 할애했다. 가난한 사람들은 집에 없거나, 있어도 문을 열어주지 않거나, 문을 열어놓고서는 기자를 돌려보냈다.

어렵게 만나도 말문을 열지 않았다. 노동에 지쳐 일찍 잠든 가족도 있었고, 장애인이나 병자가 있다며 방문 취재를 사양한 가족도 있었다. 그러나 두드리고 또 두드려 121가구를 설득해 1시간 이상씩 면접 조사했다. 이 가운데 20가구는 다시 추가 방문하여 심층 인터뷰를 진행했다.

심층취재를 위한 인터뷰에는 몇 가지 원칙이 있다. 우선 그들의 세계에서 취재한다. 그들이 먹고 사는 공간 자체에 주목하여 기록한다. 가능하다면 함께 먹고 잔다. 그러나 거리를 유지한다. 스포츠 중계 카메라처럼 줌인 줌아웃을 유연하게 넘나든다. 동시에 주변과 경계를 살핀다. 가난한 이의 거실, 그 거실 한 켠 냉장고, 냉장고 안의 김치통, 김치통 옆의 곰팡이 등으로 미분하여 관찰한다.

가난하여 이름 없는 이들도 기자만큼 섬세하고 복잡하다. 기자는 최대한 침묵하는 게 좋다. 공연히 그들의 일상을 들쑤시지 말고 그 일상에 녹아들어야 한다. 인터뷰는 대화의 예술이다. 신뢰를 형성하고 짧게 묻고 세부적으로 기록한다. 가능하면 과거 우리의 기사를 보여주거나 설명하여 우리에 대한 그들의 믿음을 굳건히 다진다.

우리는 그들의 일상과 일생을 최대한 재현할 것이므로 그 디테일을 꼼꼼하게 관찰하고 기록한다. 시간이 흐를수록 우리는 취재하는 대상의 실체에 다가가고 있음을 몸과 마음으로 알게 된다. 최초의 프레임은 현장 취재를 거듭하면서 계속 첨삭된다.

이제 문학의 정신이 필요하다. 그 사람의 말이 아니라 그 사람을 기록한다. 이 순간이 아니라 이 순간을 불러온 그 일생을 기록한다. 모든 인물과 사건은 맥락 위에 놓일 때 생명을 얻는다. 시공간을 아우르면 그곳에 문학이 있다. 문학의 눈은 근육과 같다. 자꾸 써보면 더 발달하게 돼 있다.

피곤이 극에 이를 무렵 우리는 취재자료를 바탕으로 '언어 전략'을 고민한다. 이것은 논문이 아니다. 소설이 아니다. 이것은 기사이므로 보다 많은 사람이 보다 쉽게 그러나 풍부하게 실체적 진실을 알아차릴 수 있도록 더 몰입하여 공감할 수 있도록 만들어야 한다. 그것은 마치 누군가에게 처음 말을 건네는 순간과 같다. 준비하고 의도하고 다듬어야 한다.

전체 연재 기획의 흐름, 개별 기사의 구성, 등장인물과 사건, 통계자료, 전문가 분석, 그래픽, 사진, 그리고 이 모두를 웅변해줄 촌철살인의 제목에 이르기까지 모든 것을 의도해야 한다.

문학과 사회과학을 겸비하면 뉴스를 찾는 게 아니라 뉴스를 정의할 수 있다. 뉴스는 더 이상 전쟁, 재난, 혁명, 위기 또는 그에 버금간다고 믿어지는 정치적 쟁투에 대한 것에 머물지 않는다. 뉴스는 일상을 새롭게 드러내는 것이다. 일상에 침잠한 구조의 속살을 뾰족하게 드러내어 보여주는 것이다.

그 길을 따라 2년 6개월을 《한겨레21》에서 보냈다. 전종휘, 임인택, 임지선, 그리고 나중에 사회팀에 합류한 하어영 기자까지 고생을 많이 했다. 기자 노릇의 새로운 길을 찾았다는 신념으로 가득한 팀장은 그들의 쉴 자리를 좀체 허용하지 않았다. 우리는 소년부터 노인에 이르는 삶의 주기를 섭렵하며 빈곤과 소외를 집요하게 파고들었다.

고충 없는 취재가 있다면 누구건 기자 노릇을 자처했을 것이다. '시민기자' 시대가 왔다는 이야기가 많지만 취재 과정의 고충을 매순간 감내하는 '직업기자'의 자리는 여전히 굳건하다. 시민은 분노와 각성의 기운을 빌이 한순간 기자가 되어볼 수 있지만, 프로페셔널 기자는 일상과 인생을 통틀어 간난신고를 감수한다.

다만 그런 고통을 감내해야 할 이유가 무엇인지 납득되지 않으면 기자 노릇을 해낼 수 없다. 숨이 턱까지 차오를 때마다 스스로에게 그리고 후배들에게 강변했다. 언론은 '주장하는 조직'이 아니라 '보여주는 자유인의 모임'이라고. 보이지 않는 것, 보지 않으려는 것을 보여주려면 인내심이 필요하다고.

아마 그 무렵이었을 것이다. 악독하고 욕심 많은 팀장과 함께 일하면 피곤하고 힘들다는 수군거림이 나돌기 시작한 것은.

16장

탐사와 심층

나무마다 덩굴이 우거져 그늘이 깊었다. 봄날의 태양은 그믐달처럼 희미했다. 이끼와 고사리가 촉촉했다. 걸음을 옮길 때마다 조심스러웠다. 가끔 바스락 소리를 내며 마른 나뭇잎이 발 아래서 부서졌다.

꿩인지 산비둘기인지 덤불 위로 날아올랐다. 작은 새들이 어디 숨었는지는 알 길이 없었다. 그것들이 지저귀는 소리만 영롱했다. 그때 숲 그늘 오른편에서 누군가 나를 보았다. 그의 시선은 내 몸을 뚫고 저 너머로 향했다. 노루였다.

사람만 없고 모든 것이 다 (숨어) 있는 그늘진 숲속, 두려움 속에 황홀했다. 더 살펴보니 또 다른 노루가 왼편에 있었다. 그 아름다운 것은 작은 머리를 살짝 흔들었다. 의아하다는 눈으로 난데없는 훼방꾼을 지긋이 보았다. 두 마리 노루는 곶자왈의 숲을 식탁 삼아 봄날 오후의 풀잎을 뜯고 있었다. 나는 숨죽인 채 가만히 서 있었다.

암만 그래도 한숨 쉬고 가야지 싶었다. 2011년 3월 난생 처음으로 제주 올레길을 걸었다. 혼자였다. 바닷길을 걸으면 바람이 따라왔다. 숲에 들어서면 바람은 잠시 숨을 고르고 저 너머 숲 입구로 건너가 나를 기다렸다. 바다로 향하는 길, 다시 바람을 만나 이고지고 걸었다. 마지막 만난 것이 언제였는지 기억에도 없는 평화가 모처럼 찾아와 길벗이 되어

주었다. 이후 제주 올레 앓이를 수시로 겪었다. 틈만 나면 비행기 타고 건너가 혼자 걸었다.

2년 6개월에 걸친 주간지 생활이 끝나가고 있었다. 다시 일간지로 옮겨갈 터였다. 부서 이동은 병가지상사다. 늘 있는 일이다. 한국의 기자들은 왜 그리 부서와 담당을 자주 바꾸느냐는 질문을 가끔 받는다. 현행 뉴스룸 체제에선 한 부서에 오래 있으면 과로사한다.

정치부에서 2년 여 일하면 힘들어 죽을 것 같다. 그때 인사권자는 고사 직전의 기자를 문화부로 옮겨준다. 아직 죽어서는 안 되는 것이다. 책 읽으며 우아하게 살다 보면 인사권자는 기자를 다시 사회부로 보낸다. 죽도록 힘든 2년이 지나면 이젠 스포츠부다. 잔디 냄새 맡으며 스포츠 이벤트를 쫓아다니다 보면 격무에 시달리는 부서로 옮겨갈 시기가 어느새 찾아오고야 만다.

나에게도 그런 때가 온 것이다. 다만 이번에는 조금 특별했다. 각오를 다지고 마음을 정리하고 싶었다. 노루 커플과 조우한 곶자왈을 벗어날 무렵 휴대폰이 울렸다. 박찬수 편집국장이었다.

정치부 시절 그를 처음 만났다. 한나라당 말진으로 일할 때 그는 한나라당 현장 반장이었다. 이에 앞서 김대중 정부 시절엔 청와대를 출입했고 나중에 워싱턴 특파원도 역임했다. 정치부에서 잔뼈가 굵은 다른 선배들과 달리 그는 '선진 언론'에 대한 관심이 깊었다. 그가 국장으로 있는 동안 《한겨레》는 탐사보도팀을 만들고 토요판을 선보이고 온오프 뉴스룸을 통합했다.

바람이 다시 강해졌으므로 휴대폰을 귀에 바싹 붙였다. 박 국장은 어느 부서에 가고 싶은지 의중을 물었다. 탐사보도팀을 새로 만든다는 이야기도 했다. 반가운 소식이었다. 기대했던 소식이기도 했다. 팀장을 맡아주면 좋겠다고 했다. 영광스러운 일이었다. 살짝 겸양했으나 솔직히 욕심이 났다. 팀원은 나를 포함해 4명 정도일 것이라 했다. 실망이었다. 그보다 더 많아야 하는데.

통화가 끝나고 미처 하지 못한 말이 뒤늦게 떠올랐다. 제일 중요한 이야기를 왜 못 했느냐고 제주도의 바람이 잉잉거렸다. "그런데 새로 만드는 그 팀 말이죠. 이름을 탐사보도팀 말고 심층보도팀으로 하면 안 될까요." 그 말은 훗날 탐사보도팀이 해체될 때까지도 하지 못했다.

탐사보도를 주력으로 삼는 미국 언론계에서도 탐사보도 전담 팀을 뉴스룸에 따로 둘 것인지에 대한 논란이 있다. 모든 기자가 당연히 탐사보도를 해야 하는데 무엇 하러 별개의 팀을 만들어 다른 기자들로 하여금 '나는 탐사보도와 상관없다'는 인식을 확산시키느냐는 문제제기가 있다.

그러나 이 분야의 책을 뒤져보면 "그래도 후발 주자라면 탐사보도팀을 따로 두라"고 권고한다. 탐사보도의 노하우를 뉴스룸 내부에 확산시키면서 다른 뉴스룸을 따라잡으려면 별도의 팀이 필요하다는 것이다.

작은 언론사만 탐사보도팀을 두는 것은 아니다. 《뉴욕타임스》,《워싱턴 포스트》,《보스턴 글로브》등 대부분의 유력지는 베테랑 기자 및 조사전문기자 등으로 구성된 탐사보도팀을 별도로 둔다. 여기에 더해 각 부서별로 일종의 '탐사보도역'을 담당하는 기자를 둔다. 뉴스룸 차원의 탐사보도팀과 함께 각 부서별 탐사보도 기자가 동시에 활약하는 것이다. 당연하게도 각 뉴스룸이 내거는 대표 상품은 탐사보도다.

한국 언론의 탐사보도 역사에서 꼭 기록할 만한 이름들이 있다. 《세계일보》의 채희창, 《중앙일보》의 이규연, 《부산일보》의 김기진, KBS의 김용진(현 《뉴스타파》 대표) 등이다. 많은 탐사보도 언론인들이 있지만 특히 이들은 '장르 혁신'의 차원에서 중요한 성취를 이뤘다.

한국의 뉴스룸에 별도의 부서 또는 팀으로서의 탐사보도팀이 처음 등장한 것은 2000년대 초반이다. 《세계일보》가 이 분야의 선구자다. 이런 표현을 쓰게 되어 대단히 조심스럽고 송구하지만 《세계일보》가 영향력과 열독률 등에서 두드러진 매체는 아니다. 그러나 한국의 탐사보도 역사에서 선구적인 자취를 남긴 점은 높게 평가해야 마땅하다.

2001년 《세계일보》 '특별기획취재팀'이 만들어졌다. 채희창 기자가 선도했다. 각 부서에서 차출한 기자 7~8명이 6개월 시한으로 취재보도했다. 6개월 뒤엔 새로운 기자들로 새 진용을 갖췄다. 약 1년 여 동안 운영된 일종의 '파일럿 팀'이었다.

한시 운용됐던 이 팀은 2004년 상설 조직으로 다시 부활했다. 이때부터 청팀, 홍팀을 구분해 각각 4~6명의 기자가 한 조를 이뤄 6개월 여 동안 1~2개의 테마에 집중했다. 《세계일보》의 특별취재팀은 특히 정보공개 청구 등을 활용한 '조사보도' 영역에서 두각을 드러냈다. 2004년 한국신문상을 받은 「기록 없는 나라」 연재 기획이 대표적이다. 뒤이어 2005년에는 인터넷에 탐사보도 전문 사이트를 개설했다.

비슷한 시기 《중앙일보》도 혁혁한 성취를 이뤘다. 2001년 이규연 기자의 주도로 「서울 최대의 달동네 난곡」 연재기획을 보도했다. 조사보도, 컴퓨터활용보도, 내러티브 작법 등 탐사보도에 쓰이는 대부분의 방법론을 활용했다. 나중에 한국기자상을 받은 이 기사는 국내에 내러티브 저널리즘을 소개하는 역할도 했다. 당시 심사위원회는 그 개념을 잘 몰랐던 듯하다. 심사평에 "새로운 문체를 시도했다"고만 적었다.

《중앙일보》 역시 처음에는 특정 테마를 위한 기획취재팀을 구성해 탐사보도를 시도했다. 그 성취에 기초한 상설팀은 2004년 12월 '탐사기획팀'이라는 이름으로 만들어졌다. 팀장을 포함해 9명이 2개조를 구성해 월 1회 꼴로 기사를 내놓았다.

이 팀이 내놓은 여러 훌륭한 기사 가운데서도 「가난에 갇힌 아이들」 연재 기획은 2005년 미국 탐사보도기자협회IRE가 주는 특별상까지 받았다. 《중앙일보》 탐사기획팀은 한국 언론의 탐사보도를 세계 수준으로 끌어올리는 역할을 했다.

《부산일보》도 2005년 3월 탐사보도팀을 만들었다. 김기진 기자의 주도로 꾸준한 보도를 내놓았다. 지역 언론이 탐사보도를 도모했다는 점 말고 더 주목할 대목이 있다. 김 기자는 2000년부터 한국전쟁 민간인 학살 사건을 '개인적으로' 추적했다. 그 취재는 2004년 무렵까지 계속됐다. 이 과정에서 미국 국립문서기록관리청NARA 등을 직접 뒤져 문서를 발굴했다. 특히 '국민보도연맹' 사건과 관련해 그는 최고의 권위자다. 하나의 테마를 여러 해에 걸쳐 추적하는 미국식 탐사보도 기자의 전범을 한국에서 구현했다.

KBS는 팀 구성 수준부터 차원을 달리했다. 《한겨레》 워싱턴 특파원을 오랫동안 역임했던 정연주 당시 KBS 사장의 전폭적 후원이 있었다. 1년 여의 준비기간을 거쳐 2005년 4월 탐사보도팀을 만들었다. 팀장을 포함해 취재기자만 10명이 넘었다. 최대 14명에 이른 적도 있다. 여기에 전문 조사요원, 전담 피디, 촬영 기자 등 모두 26명이 팀을 이뤘다.

이후 54개월 동안 26편의 심층 프로그램을 만들어 「KBS 스페셜」을 통해 보도했다. 매년 1회 시상하는 한국기자상을 3차례나 받았고 「해양투기 17년」은 미국 탐사보도기자협회IRE TV 부문 본상을 받았다.

여기서 자연스런 의문이 생겨날 것이다. 한국의 언론사들은 왜 하필 2005년에 일제히 탐사보도팀을 만들었을까. 그 배경에는 한국언론진흥재단이 있다. 재단은 2004년 '탐사보도 디플로마' 과정을 처음으로 개설했다. 이 과정을 밟은 기자들은 미국 탐사보도기자협회IRE 총회에 참석할 수 있었다. 현장을 다녀온 한국의 기자들은 한결같이 '천지개벽의 충격'을 느끼고 돌아온다. 그들이 각자 뉴스룸에 돌아가서 탐사보도팀의 바탕을 이뤘다.

그래도 선구자는 있어야 하는 법이다. 《세계일보》, 《중앙일보》, KBS의 탐사보도 조직을 이끌었던 이들은 1990년대 후반 미국 해외 연수 등을 통해 선진 언론을 접했다. 예컨대 이규연 《중앙일보》 기자는 1998년 미국 연수 시절 미국 탐사보도기자협회IRE 본부가 있는 미주리 대학에서 그 나라 탐사보도의 모든 것을 직접 뒤지며 공부했다. 그것이 다른 언론보다 한발 앞서 탐사보도를 시도한 원동력이었다.

나는 아직 IRE 총회를 가보거나 해외 연수를 경험하지 못했다. 아직까진 구글Google로 그럭저럭 버티고 있다. 저널리즘에 관한 한 미국의 수준을 따라잡는 게 급하다고 생각하면서도 정작 미국 뉴스룸을 직접 관찰한 경험이 없으니 그 문제의식의 일천함을 짐작할 것이다.

다만 꼭 해외연수를 다녀와야 뉴스룸 혁신의 길을 깨치는 것은 아니라는 생각을 예전부터 해왔다. 해방 직후부터 한국의 기자들은 정부 또는 대기업 후원으로 외국, 특히 미국에 연수를 다녀오기 시작했다. 해외여행이 자유롭지 못했던 시절이므로 그 자체가 엄청난 특혜였다.

지난 반세기 동안 이런저런 경로를 통해 해외연수를 다녀온 한국의 언론인을 꼽으면 엄청나게 많을 것이다. 그런데도 선진 취재보도 기법을 한국에 적용하려는 시도는 극히 드물었다.

너무 힘들게 일했던 탓에 미국 가서 푹 쉬기만 했던 결과가 아닐까 생각한다. 이해하지 못할 바는 아니다. 일찍 죽는 것으로 정해져 있는 기자의 일생 가운데 다시 돌아오지 못할 안식의 시간을 말 그대로 편하게 쉬는 데 소모한 것은 자연스럽다. 나 역시 그러했을 것이다.

그래도 한탄스러운 것은 어쩔 수 없다. 문명의 진화는 대부분 외부 충격에서 비롯한다. 한국의 기자들은 진화의 시기를 놓쳐버렸다. 해외연수를 떠난 기자들의 상당수는 선진 뉴스룸으로부터 별다른 충격과 영감을 얻지 못하고 그저 푹 쉬기만 하고 한국에 돌아왔다.

한국 탐사보도의 역사와 관련해 MBC 〈PD수첩〉의 역할을 언급하지 않을 수 없다. 이른바 '피디 저널리즘'에 대한 비판이 없지 않다. 객관성·공정성 등의 뉴스 규율에 철저하지 않았다는 것이다. 그래도 최승호, 한학수 등으로 대표되는 MBC 시사교양국 피디들이야말로 출입처주의를 넘어서는 권력고발을 제대로 구현한 언론인이라고 생각한다.

독자 또는 시청자는 기자와 피디를 구분하지 않는다. 그들의 눈에는 다 같은 미디어 종사자고 언론인이다. 진실을 깊게 다루면 환호할 것이고 대충 다루면 무시할 것이다. 공중파 방송사의 막강한 영향력을 등에 업었던 점을 감안하더라도 2000년대 중반 이후 그들의 활약에는 한국 뉴스의 본질을 근본적으로 캐묻는 바가 있었다.

탐사보도의 흐름과 관련해《조선일보》와《경향신문》의 사례는 독특하다.《조선일보》는 2004년 8월 4명의 기자로 구성된 탐사보도팀을 출범시켰지만, 1년여 만에 해체됐다.

이 신문의 탐사보도를 부활시킨 것은 '크로스 미디어팀'이다. 신문·인터넷·영상을 결합한 심층보도를 기치로 내걸고 2007년 2월 만들어졌다. 하나의 테마를 집중취재하여 신문에 활자 기사를 쓰고 인터넷에 동영상 다큐를 내보냈다. 2008년「천국의 국경을 넘다」는 국제적 명성이 있는 '로리펙상'을 받았다. 종편 진출 등과 연계한 장기적 투자의 결과로 보인다.

당시 그 팀에 있던 어느 기자가 "안 아무개가 쓴『스트레이트를 넘어 내러티브로』를 읽고 많은 도움을 받았다"고 말했다는 것을 전해 들었다. 기분 좋은 칭찬이었지만 사촌이 땅 산 것처럼 배가 아프기도 했다. 아직

《한겨레21》에 옮겨가기 전이었다. 책만 써놓고 정작 기사로 구현하지 못하는 상황이 안타까웠다. 나중에 「노동OTL」 취재를 이 악물고 견뎌낸 것에는 《조선일보》 '크로스미디어팀'의 자극도 일정한 역할을 했다. 그들보다 더 탁월한 심층 내러티브를 선보이고 싶었다. 그런 것이야말로 매체 간 선의의 경쟁 아니겠는가.

《경향신문》은 독특한 경로를 밟았다. 부장급 데스크의 주도로 특정 테마를 정해 각 부서 기자를 차출하여 한시적인 '어젠다팀'을 운용했다. 이 팀은 특정 의제를 확산시키는 장기 기획을 맡았다. 일종의 '주창 저널리즘'을 추구했던 셈인데 탐사보도 못지않게 좋은 평가를 받았다. 2000년대 중후반 들어 한국기자상을 4차례나 받았다.

그런데 불행인지 다행인지 정말 잘 모르겠는 일이 느닷없이 발생했다. 2000년대 중반 노무현 정부 시기에 절정으로 치달았던 한국의 탐사보도 '열풍'은 2008년 이명박 정부 출범과 함께 씻은 듯 사라졌다. 언젠가 누군가 그 과정을 찬찬히 살펴본다면 재미있는 결과가 나올 것이다. 어디까지나 추정에 불과하지만 몇 가지 가설을 세워본다.

2007년 대선에 다가갈수록 정치적·이념적 갈등의 소용돌이가 탐사보도의 여지를 좁혔다. 한국에서 대선은 '냉전적 내전' 양상을 띤다. 그런 시기에 찬찬히 살펴 보도하는 일은 뉴스룸 안에서 환영받지 못한다. 출범 이후 1~3년을 보낸 탐사보도팀은 뉴스룸에 완전히 뿌리 내리지 못한 상태였다. 탐사보도의 기풍은 정파적 대결 프레임 또는 기계적 중립 프레임이 넘쳐나는 정국을 맞아 입지를 잃었다.

이명박 정부의 언론정책은 잦아든 탐사보도에 찬물을 끼얹었다. 김대중·노무현 정부도 언론과 긴장하고 갈등했지만 언론인을 해직하는 일은 벌이지 않았다. 전두환 정권 이후 30여 년 만에 재현된 언론인 해직 사태는 '성역 없는 보도'에 대한 현장 언론인의 의지를 꺾어버렸다.

이 시기에 이르러 2000년대 초중반 탐사보도를 이끌었던 주역들이 부장급 이상의 고위 데스크로 자리를 옮긴 것도 이유가 될 것이다. 절실하고 간절한 탐사기자 없이는 탐사보도 자체가 불가능하다.

송구한 일이지만 한국 언론의 역사에 비극으로 기록될 일련의 흐름이 나에겐 다행이었다. 2000~2009년까지 탐사보도 또는 장기기획보도를 앞세운 KBS,《중앙일보》,《경향신문》등은 각종 기자상을 휩쓸었다. 한국기자상을 기준으로 하면 이들 3개 매체가 (공동수상을 포함해) 9차례 이상 수상자로 선정됐다.

그들의 탐사보도가 쇠하던 무렵 일간지도 아닌 주간지《한겨레21》이 그 자리를 파고들었다. 「노동OTL」, 「장애인킨제이보고서」, 「부산저축은행 특종」 등으로 2009년부터 3년 연속 한국 기자상을 받았다.

《한겨레》탐사보도팀의 출범은 그런 성취에 고무 받은 바가 있었다. 주간지가 보여준 심층 기사의 호흡을 일간지로 옮겨 담자는 분위기가 제법 번져 있었다.

결국 남들보다 10년쯤 뒤처져 출발하는 것이었지만 사실상 고립무원의 상태에서 칼을 뽑아드는 일이기도 했다. 불필요한 경쟁 대신 탁월한 뉴스를 위해 고군분투하면 되는 일이었다.

다만 그 중요한 일을 감당해야 할 나는 가진 재산이 없었다. 다른 매체의 탐사보도팀장은 모두 해외 연수 등을 통해 선진 뉴스룸을 직접 체험하고 다양한 방법론을 체득하고 있었다. 내가 알고 있는 것이라곤 문헌조사를 통해 사회과학의 프레임을 빌리고, 현장에 뛰어들어 관찰·체험하고, 이를 내러티브 작법으로 섬세하게 재현하는 것이 전부였다.

탐사보도의 본령에 해당하는 '권력 고발'의 노하우도 지니고 있지 않았다. 남우세스러운 일이지만 선진취재기법에 정통하거나 조사보도를 경험한 기자가 《한겨레》에 따로 있지 않았으므로 그 노하우를 빌릴 수도 없었다.

이런 역량으로는 깊게 취재하여 이면의 이야기를 끄집어내는 '심층보도' 정도가 가능할 터였다. 만일 편집국장이 미국의 선진 뉴스룸에 버금가는 기발한 방법론과 탁월한 고발뉴스를 기대하는 것이라면 완벽하게 창피당할 것이 틀림없었다.

탐사보도는 잘 모르겠고 심층보도는 어찌 할 수 있지 않을까. 지금까지의 기사보다는 더 깊고 더 자세하고 더 풍부한 기사를 쓰는 일은 어떻게든 해내야 하지 않을까. '심층보도팀'이 아니라 '탐사보도팀'을 맡게 됐다는 사실을 곱씹으며 나는 올레 길의 평화를 놓쳐버렸다. 걱정이 되어 죽을 지경이었다.

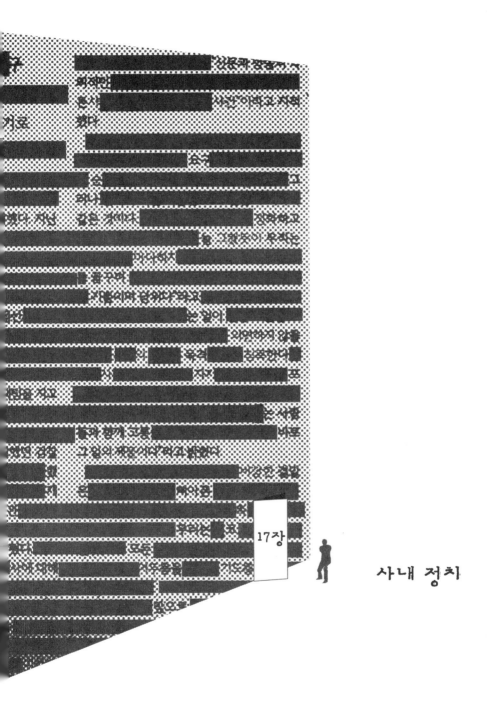

17장

사내 정치

전자우편은 견딜 만했다. 슬쩍 보고 지워버리면 그만인 것이다. 전화는 힘들었다. 대놓고 욕설을 퍼부으면 아무리 진정하려 해도 잘 안됐다. 마침내 문자까지 날아들었다. 휴대폰 번호를 어찌 알아냈는지 알 수 없었다. "너 ×××야, 죽고 싶은 거지? 기다려라."

그런 문자들을 한동안 저장했다. 나중에 협박죄를 물을 때 증거로 제출해야지 싶었다. 나중엔 그 자체가 꿈자리 사나워지는 일이 됐다. 며칠 지나 삭제해버렸다. 4회에 걸쳐 연재된 「한국의 무슬림」에 대해 격려와 감탄의 반응이 적지 않았다. 그러나 종교적 이유의 항의가 더 많았다. 이슬람에 대해 기사 쓰는 것 자체를 문제 삼았다. 왜 악마의 믿음을 소개하느냐는 비판이었다.

낙담하진 않았다. 애초 목적을 얼추 이룬 셈이었다. 탐사보도팀의 첫 기사를 최대한 '센세이셔널'하게 선보여야겠다고 생각했다. 그 정도 관심이라면 충분했다. 당시 《한겨레》 시민편집인을 맡고 있던 이봉수 세명대 저널리즘스쿨대학원장은 지면에서 이렇게 품평했다.

이슬람의 부정적 측면을 종합적으로 다뤘더라면 하는 아쉬움은 있었다. 그러나 취재와 보도 기법 양면에서 새로운 가능성을 열었다. 언론

이 건드리기 쉽지 않은 종교와 소수자 문제를 함께 다룬 심층성과 노력
이 돋보였다.●

다행이었다. 좋은 기사, 괜찮은 기사라는 격려가 절실할 때였다. 그
래야 이 탐사보도팀의 생명력이 유지될 터였다.

탐사보도팀은 나를 포함해 4명으로 구성됐다. 김인현 선임기자는 사
회부장 등을 역임한 대 선배였다. 현장 기자 시절부터 데스크에 이르기
까지 직접 여러 특종을 주조해냈고 특히 탐사보도에 관심이 깊었다.

유신재 기자는 입사 초년 시절 여성 수감자의 성추행·자살 사건을
특종보도해 한국기자상을 받은 괴물 같은 후배였다. 막내 송경화 기자
는 무엇을 취재해도 특종을 발굴해내는 가공할 취재력을 갖고 있었다.
이들 명민한 기자가 없었다면 아무 일도 못했을 것이다.

나와 비교할 수 없이 훌륭한 이력의 기자들이 모였으니 푸근한 마음
이긴 했지만 걱정이 없지 않았다. 어쨌든 첫 단추를 꿰야 하는 것이다.
그 무렵 머릿속을 맴돌던 경구가 있었다.

"탐사 기자가 갖춰야 할 능력 가운데 하나는 '뉴스룸 내부 정치력'이
다." 미국 사우스앨라배마 대학의 제임스 어코인 교수는 탐사보도의 조
건 가운데 가장 중요한 것이 주변 기자들의 후원을 받는 데 있다고 충고
했다.

● '시민편집인의 눈─종교·인종문제 성역 없는 도전을', 《한겨레》 2011년 6월 1일.

미국이나 한국이나 기자라는 족속의 습성은 비슷한 데가 있다. 그가 말한 '내부 정치'란 탐사보도의 가치, 아이디어, 기회를 공유 확산시켜 뉴스룸 내부의 적대적 여론을 줄이는 작업이었다.

"일손도 부족한데 탐사팀을 굳이 만들더니 몇 달 동안 취재해서 내놓은 게 겨우 이거야? 나한테 그 시간을 줘봐. 이것보단 더 잘 쓰겠다." 그런 평판이 굳어지면 탐사보도는 물 건너 가버리는 것이다. 이런 비난이 시기와 질투에서 비롯하는 것은 아니다. 어찌됐건 기자는 언제나 바쁘다. 충분한 시간을 두고 인생을 내건 역작을 써보고 싶은 욕심이 모든 기자에게 있다. 그 기회가 자신에게 오지 않았다면 당연히 그 마음이 편치 않다.

기대와 함께 어딘가 불편한 마음으로 지켜보고 있을 다른 기자들을 의식할 수밖에 없었다. 작전을 짰다. 팀 출범 한 달 안에 첫 기사를 내놓기로 했다. 눈높이와 기대를 낮추려는 꼼수였음을 고백하지 않을 수 없다. 뭔가 부실해도 "한 달 밖에 시간이 없었다"는 핑계로 숨어들 수 있을 것 같았다.

한 달의 취재 결과를 '탐사보도'라고 이름붙이는 게 탐사보도 역사에 흠집을 내는 일이 될 터였지만 뉴스룸의 시선도 의식해야 했다. 매일 쫓기듯 지내는 다른 기자들로부터 "쉬엄쉬엄 일하니 좋겠다"는 평가를 들을 수는 없었다.

준비된 기사가 있을 리 만무했다. 평소 품었던 아이템 하나를 꺼냈다. 나를 내러티브, 탐사보도, 심층보도 등의 세계로 이끌었던 기사, '제임스 리 스토리'를 떠올렸다. 한국 국적을 가진 무슬림들의 일상과 일생을 취재해보자고 생각했다.

자료를 뒤졌으나 참조할 만한 게 드물었다. 비슷한 문제의식의 기사는 아예 없었고 학계의 연구도 희귀했다. 일련의 사전 취재를 거쳐 '범주화' 작업을 벌였다. 귀화한 외국 출신 무슬림, 그들과 결혼해 무슬림이 된 한국인, 그들이 낳은 어린 무슬림, 그리고 스스로 개종하는 토착 한국인 등으로 나눠 취재했다.

한국에선 숨죽여 지낼 수밖에 없는 사람들이라 인터뷰는커녕 만나는 것 자체가 힘들었다. 한 사람을 만나면 다른 사람을 소개받으며 눈덩이 굴리듯 인터뷰를 진행했다. 송경화 기자와 함께 3~4주 동안 50여 명의 한국인 무슬림을 만났다.

'내부 정치'만 염두에 둘 수는 없었다. 독자의 잣대가 걱정됐다. 독자는 장르를 구분해 읽지 않는다. 내러티브니까 탐사보도니까 몰입하여 읽어줄 것이라 기대하면 큰코다친다. 그건 기자 마음속에 있는 구분법일 뿐이다.

독자는 특종인지 아닌지, 심층보도인지 아닌지를 분간하여 기사를 소비하지 않는다. 그들의 눈에는 모든 게 그저 기사다. 장르의 특별함이 기사의 탁월성을 보증하지 않는다. 내러티브 기법을 적용한 탐사보도 가운데 형편없는 기사도 적지 않다.

무심하게 지면을 넘기던 독자들이 번쩍 눈을 크게 뜨고, 다른 기사, 좋은 기사, 특별한 기사임을 한 눈에 알아차리고 몰입하여 읽어 내려가는 심층보도를 선보이고 싶었다.

우선 '지면 브랜드'를 도모했다. 〈한겨레in〉이라는 문패를 달아 다른 기사와 구분되는 기사가 있음을 알리려 했다. 적어도 1개면은 인상적인 그래픽으로 채우고 싶었다. 기사 전체의 핵심을 전하는 '인포그래픽'을 준비했다. 독자들은 긴 기사를 읽기 전에 입체적인 그래픽을 먼저 주목할 터였다.

첫 기사인 데다 무슬림을 다루는 기사인 만큼 공들여 실명과 얼굴 공개를 도모했다. 내러티브 작법에 익숙하지 않은 독자들이 지어낸 이야기라고 의심하지 않기를 바랐다.

파키스탄 출신 귀화 남성과 결혼해 무슬림이 된 한국인 여성, 유학 시절 스스로 개종한 뒤 한국에 돌아와 터키 출신 귀화 남성과 결혼한 여성, 인도네시아 출신 여성과 결혼해 독실한 무슬림이 된 한국인 남성 등을 등장시켰다. 실명과 얼굴 공개가 힘든 경우엔 기사의 전면에 등장시키지 않았다.

박찬수 편집국장은 탐사보도팀을 국장 직속으로 설치했다. 덕분에 보고 체계가 간명해졌고 다른 부서와 협업이 쉬웠다. 사진부, 디자인팀, 편집부 등과 기사 출고 몇 주 전부터 협의했다. 편집부의 김화령 기자가 전담 편집을 맡았다. 이런저런 품평이 오가는 중에도 그는 변함없이 우리의 기사를 성원하고 이를 지면에 구현해주었다.

알아차렸겠지만 처음부터 나는 노심초사했다. 그것은 복합적 감정이었다. 심층 내러티브는 주간지가 아니라 일간지에서도 가능하다는 것을 입증하고 싶었다. 그런 기사에 대한 독자의 몰입과 반응은 다른 기사와 크게 다르다는 것도 보여주고 싶었다. 그런 기사를 계속 쓰려면 탐사보도팀이 앞으로도 계속 상설돼야 한다는 것에 대한 공감을 얻고 싶었다. 궁극에는 다른 매체의 탐사팀이 밟았던 전철(팀 해체)을 피하면서 정치부·경제부·사회부 등 기존 부서 조직과 어깨를 나란히 하는 정식 부서로 확고하게 자리매김 시키고 싶었다.

그 노심초사 안에는 나 자신을 입증하고 싶은 인정욕구가 있었을 것이다. 다만 그 인정욕구에는 좀 다른 차원도 있었다. 기성 뉴스룸에 좀체 적응하지 못했던 나 같은 사람이 이렇게 해낼 수 있다는 것을 보여준다면, 더 많은 후배 기자들이 용기를 내어 심층보도, 탐사보도, 내러티브의 세계를 따라 밟지 않을까 기대했다.

돌아보면 그 대목이 아쉽다. 《한겨레21》 시절엔 오직 독자의 반응만 염두에 두면서 쓰고 싶은 기사를 찾아 다녔다. 《한겨레》 탐사보도팀 시절엔 계속 내부 평판을 의식했다. 각 기사에 독특한 의미를 부여했다. 매번 과거와 다른 특별한 기사임을 강조하려 했다. "이런 기사가 있으니 우리 이렇게 다 같이 쓰자"는 '계몽의 프로젝트'에 나도 모르게 몰입하고 있었다.

그냥 쓰고 싶은 기사를 푸근하게 썼다면 어땠을까 싶다. 탐사팀이 망하건 말건, 탐사보도의 가치를 인정해주건 아니건, 주어진 시간 동안 즐기다 가는 기분으로 지냈다면 더 창의적인 기사가 나왔을 수도 있다. 마음도 덜 졸였을 것이다.

어찌 됐건 1년의 탐사보도팀 시절 내놓은 기사는 모두 특정한 의도의 산물이었다. 4회에 걸쳐 연재한 「돌아오지 않는 강―4대강 공사 노동자의 죽음」에서는 심층 내러티브를 통한 권력고발을 보여주려 했다. 내러티브가 그저 주변인·경계인의 삶을 담는 한가로운 장르가 아니라 권력의 심장을 찌르는 창이 될 수 있음을 입증하고 싶었다.

우선 《한겨레》를 포함해 여러 언론이 4대강 사업의 문제를 지적했던 점을 감안했다. 새로운 접근이 필요했다. 공사 와중에 죽어간 사람들이 있다는 것에 착안했다.

2011년 봄까지 4대강 공사에 참여한 노동자 가운데 19명의 사망자가 발생했다. 대부분은 보도조차 되지 않았다. 4대강 공사에 대한 기존 고발 보도는 주로 환경파괴에 초점을 맞춘 것이었다. 이들 사망자에 주목한 기사는 없었다.

마침 인터넷 뉴스팀도 비슷한 문제의식으로 같은 주제를 취재하고 있다는 것을 알게 됐다. 당시 이재성 《인터넷 한겨레》 뉴스부장은 탐사보도팀을 적극 도왔다. 어차피 두세 명의 기자로는 감당이 안 되는 취재였다.

19명의 일생, 일상, 그리고 죽음의 구조를 재구성해야 하는 프로젝트였다. 유족, 경찰, 변호사, 하청건설사 책임자, 대형 건설사 책임자 등 사망자 1명당 5명 이상, 모두 100여 명의 관련자를 만나고 다녔다.

전국 곳곳에 흩어진 그들을 찾아다니느라 탐사보도팀의 유신재, 송경화 기자, 인터넷 뉴스팀의 박수진, 권오성 기자의 고생이 이루 말할 수 없었다. 그들이 취재한 바, 죽음은 크게 세 가지 범주로 구분됐다.

우선 가난한 막일꾼들이 죽었다. 건설경기가 침체되면서 일자리가 끊겼고 막일꾼들은 4대강 공사장으로 몰렸다. 딱히 기술이 없는 그들은 공사장에서 신호수를 맡았다. 오가는 중장비의 길을 안내했다. 그러다 치여 죽고 깔려 죽었다.

중장비 기사의 삶이라고 수월한 것은 아니었다. 공사 중에 물이 새들어 오면 막일꾼은 몸만 피하면 됐다. 매달 막대한 돈으로 장비 할부금을 치르고 수시로 발생하는 수리비를 보전하는 중장비 기사들은 그럴 수 없었다. 그들은 젖은 모래에 묻혀 꿈쩍도 하지 않는, 목숨과도 같은 중장비를 꺼내려다 불어난 강물에 휩쓸려 죽었다. 뭍으로 피한 동료들에게 손 흔들며 죽어간 이도 있었다.

그들을 감독하는 건설사 직원도 죽었다. 공기는 빠듯했고 잠은 부족했다. 과로하거나 주의를 태만히 하여 그들은 죽었다. 사망의 직접 원인은 과로사이거나 사고사였지만 그 피로와 사고가 누구의 욕망에서 비롯한 것인지는 독자 누구나 알아차릴 수 있을 터였다. 사망자의 학력, 직업이력, 가족상황 등 인구학적 통계까지 함께 준비한 그 취재 결과를 4회에 걸쳐 연재했다.

보도 1년 여 뒤 김용진《뉴스타파》대표를 만난 적이 있다. 그는 KBS 탐사보도팀을 지휘하며 한국 탐사보도의 수준을 한 단계 끌어올린 전설과도 같은 기자였다. 처음 만나 황공한 자리에서 김 대표가 말했다. "거, 《한겨레》탐사보도팀 기사 참 좋았어.「4대강 죽음」같은 건 우리가 했어야 하는데 말이야." 그걸 알아주어 고마웠다.

　탐사팀이 다른 부서 또는 팀과 유기적으로 협업하는 모델도 확산하고 싶었다. 사회부에서 교육을 담당하는 이재훈 기자와 함께 「교육관료의 수상한 취업」을 보도했다. 교육마피아로 불리는 교육관료들이 교육부의 감독 대상인 사립대학 교원으로 임용되는 과정을 밀착 취재했다.

　뉴스 영역의 확대도 꾀했다. 진보언론이 탈북자 문제를 외면한다는 지적이 없지 않았다. 탈북자 문제를 차원이 다른 방식으로 조명하고 싶었다. 미국으로 건너간 어느 탈북자 가족 간에 칼부림이 일어난 사건을 현지 뉴스가 짧게 보도했다. 이를 포착한 송경화 기자가 취재반경을 넓혔다.

　은밀하고 까다롭고 때로 적대적인 취재원들을 일일이 설득하고, 무엇보다 아무 기약 없는 미국 땅에 건너가 마침내 핵심 인물을 접촉하기까지 송 기자의 노고가 컸다. 그 결과를 담은 「탈북자의 아메리칸 드림」 기사는 통일언론상, 노근리 평화상 등을 두루 받았다.

　넓히는 김에 시사교양 피디들의 영토도 넘보았다. 2000년대 들어 그들은 각종 탐사보도를 도모했다. 기자의 영역을 파고들어 더 훌륭한 성과를 냈다. 그렇다면 이젠 기자가 피디의 안마당에서 한바탕 뛰어다닐 차례였다. 우습게 들리겠지만, 실제로도 좀 거창하다 싶긴 했지만, '글로벌 로드 역사다큐'를 찍는 기분으로 기사를 준비했다. 활자 매체가 영상 매체를 넘어설 수 있다는 것을 한번 보여주고 싶었다.

　8회에 걸쳐 연재한 「조선족 대이주 100년」은 원래 16회를 의도했다.

아무래도 일간지에선 좀 과한 분량이었던지 그 절반으로 줄었지만 중국 길림성, 한국 서울, 미국 뉴욕, 일본 도쿄, 중국 상해를 잇는 르포루타주에 수많은 조선족의 일상과 일생을 녹였다.

이 취재를 위해 단행본과 연구논문 등 1500여 쪽의 자료를 검토했다. 조선족은 일제 시기 수탈을 피해 만주로 건너갔다. 그들은 독립운동의 기반이었다. 1945년 해방 때 그들 대부분은 고향에 돌아오지 못했다. 돌아와도 농사지을 땅이 없었다. 1949년 국공 내전에서 조선족은 홍군에 가담했다. 당시 사망한 이들이 수두룩하여 지금도 동북 3성(길림성, 흑룡강성, 요녕성) 지역 조선족 마을에는 혁명열사기념비가 곳곳에 있다.

1950년 한국전쟁이 일어나자 그들은 북한 인민군에 편입되거나 중공군에 징집되어 전쟁에 참여했다. 동족상잔의 비극이라 할 때 그 동족에는 조선족이 포함된다. 1960년대 문화혁명 시기 중국 공산당은 조선족의 지도급 엘리트들을 대거 숙청했다. 강고한 민족문화의 전통이 빌미가 됐다.

1980년대 개혁개방이 시작되자 중국 농민들은 대도시로 몰려가 돈을 벌었다. '농민공'이 등장했다. 중국의 독특한 호구제도 때문에 조선족은 농민공이 되는 것조차 여의치 않았다. 마침 문호를 개방한 한국은 그들의 유일한 활로였다. 그러나 한국 정부는 그 뿌리가 북한에 있는 조선족의 입국은 불허했다. 조선족 다수의 고향이 북에 있었으므로 그 시절 수많은 밀입국과 사기피해는 한국 정부의 협량에서 비롯한 것이다.

한국에 들어와도 자긍심 높은 조선족은 한국인의 차별 대우에 마음이 많이 상했다. 이들은 미국과 유럽으로 눈을 돌렸다. 원래 목표와 달리 그곳에서도 한인 타운의 최하층 노동을 담당했다.

그렇게 아득바득 돈 벌려는 것은 자식 교육 때문이다. 그러나 부모가 고향을 떠나자 가족이 붕괴하고, 마을이 사라지고, 학교조차 문을 닫았다. 조선족 자녀들은 조선족이 아니라 한족에 동화되고 있다.

그런 조선족 가운데 드물게 성공한 사례가 있다. 자녀를 일본에 유학 보낸 경우다. 다른 중국인과 달리 조선족은 제2외국어로 일본어를 익힌다. 일제 만주국 시절의 유산이다. 그들 가운데 최고의 수재들이 일본 명문대로 진학해 소니, 도요타 등 일본 기업에 취업한다. 그런 자녀를 둔 조선족은 주변의 부러움을 한 몸에 받는다.

불과 100여 년 동안 이토록 극심하고 격정적인 대이주를 경험한 인종집단이 세계적으로 드물다. 팀원들과 함께 역사 공부하듯이 문헌을 조사했다. 이에 기초해 취재 동선을 구상했다. 먼 나라의 낯선 땅을 밟으며 격동하는 역사와 삶을 취재하여 기사로 옮겼다.

2012년 신년기획으로 준비한 「트위플 혁명」에선 수준이 다른 정치보도를 꿈꾸었다. 아래로부터 위로 향하는 정치보도를 궁리하다 트위터에 주목했다.

이 기사의 바탕에도 공부가 있었다. 단행본, 학위·연구논문, 각종 보고서 등 50여 종 2600여 쪽의 자료를 2주 동안 나눠 읽었다. 시간은 없고 분량은 많아 대학 시절 세미나 하듯이 각자 분담하여 요약·발제도 했다.

살펴본 자료 가운데서 트위터 여론을 분석하는 사회과학적 도구도 발견했다. 서울대 장덕진 교수가 이 분야에 정통하다는 것을 알게 됐다. 유신재 기자가 한 달 여 동안 서울대 캠퍼스를 오가며 장 교수 등 연구팀을 설득했다. 모르는 것을 묻기 위해 진행된 인터뷰는 전문가들이 우리의 열정을 신뢰하는 계기가 됐고 이후 공동 취재·조사를 추진하는 바탕이 됐다.

몇몇 전문가를 인용하는 수준을 넘어 사회과학의 성과를 저널리즘에 접목시키고 싶었다. 사회관계망 분석 등 여러 양적 방법론과 함께 심층 면접 등 질적 방법론을 함께 적용했다. 인포그래픽, 스트레이트, 해설, 내러티브 등 다양한 기사의 장르도 하나의 지면에 펼쳤다. 구조와 함께 개인을 드러내고 거시적 관점과 함께 미시적 경험을 두루 전달하고 싶었다.

마감 일정이 촉박하여 '쪽 대본'을 받듯이 '쪽 데이터'를 받아가며 기사로 옮겼다. 한 달 여 동안 학자와 기자가 한 덩어리가 되어 일했다. 나중에 장덕진 교수가 술자리에서 말했다. "유 기자만 보면 잘못한 게 하나도 없는데도 뭔가 더 내줘야 할 것 같은 죄책감이 들더라고요." 이 기사는 나중에 한국기자협회 '이달의 기자상'을 받았다.

활자 매체에서도 모든 것이 가능하다는 것을, 기자는 무엇이든 도모할 수 있다는 것을, 그리고 세상 모든 일은 뉴스가 될 수 있다는 것을 입증하고 싶었다. 그것이 이 시대 동료 기자들에게 '복음'이 되지 않을까 기대도 했다.

신념이 신앙의 수준으로 격상하면 도그마가 되어버리는 것을 잘 안다. 다만 그 시절엔 책무의식이 강하여 주변을 돌아보지 않았다. 탐사보도의 영역에서 다른 뉴스룸보다 뒤쳐져 있으니 더 빨리 더 많이 뉴스의 새로운 기준을 개척해야 한다고 생각했다.

그러나 결국 기자의 인생에는 '한 방'이 없다. 기사 하나 마치면 다른 기사를 또 준비하는 게 기자의 일생이다. 하나의 수준에 이르면 다른 수준을 요구받는다. 사람들은 탐사보도팀에 만족하지 않았다.

18장

격발과 공감

기자가 되어 좋은 일(이 거의 없지만 드물게 있다면) 가운데 하나는 해외 출장이다. 그저 놀러 가는 게 더 행복할 수도 있겠지만, 해외 출장을 가면 그 나라 사람과 사회를 취재하게 되어 말 그대로 견문이 넓어진다.

나는 선후배 동료 가운데도 해외 출장을 많이 가보지 못한 축에 속한다. 그래도 미국, 일본, 호주, 중국, 북한, 남아공 등을 다녔다. 남아공 요하네스버그의 빈민가, 중국 길림성의 농촌 마을, 북한의 평양이 특히 인상에 남는다.

1998년 무렵 입사 이후 처음으로 미국 출장 갈 일이 생겼다. 명함에 영문을 새겨 넣어야 했다. 이름 뒤에 Reporter라고 적는데 어느 선배가 충고했다. "거기다 Staff writer라고 써야 그 사람들이 잘 대접해줄 걸?"

리포터와 라이터의 차이가 무엇인지 그때는 잘 몰랐다. 훗날 《타임》 등을 보니 기사 끝에 달린 기자 이름이 독특했다. 번역하자면 이렇다. "리포터 △△△, ▽▽▽와 리서처 ◇◇◇의 도움을 받아 라이터 ○○○가 쓰다."

그러니까 ◇◇◇은 문헌 및 자료 조사를 전담했고, 아마도 입사 5년차 이하일 △△△와 ▽▽▽는 현장을 누비며 각종 인터뷰를 진행했으며, 이들의 보고를 받아 ○○○가 기사를 썼다는 것이다. 뉴스룸의 어느 분야를 책임지면서 휘하에 리포터를 거느리고 기사를 직접 책임집필하는 사람이 스태프 라이터인 셈이다. 그리고 에디터는 이들 스태프 라이터가 출고한 기사를 적절한 지면에 편집하는 책임자다.

한국에선 부장 또는 차장이 '데스킹'이라 불리는 첨삭 과정을 통해 직접 기사를 뜯어고치는데, 정작 바이라인에는 현장 기자의 이름만 들어간다. 그 관행보다 미국의 관행이 훨씬 합리적이고 투명하다. "아무개 기자가 보고한 것을 아무개 부장이 썼다"고 밝히는 게 솔직하고도 정직한 일이다. 글 못 쓰는 사람이 부장이 되는 일을 방지하는 효과도 있을 것이다.

언론 분야의 여러 개념 가운데 한국적 용법과 영미적 용법이 다른 것이 적지 않다. 대표적인 것이 '기사'다. 한영사전을 찾아보면 기사에 해당하는 영어 단어가 있다. 'Article, News, Story' 등이다.

미국에선 주로 News story 또는 Story라는 단어를 쓴다. 기자가 등장하는 할리우드 영화에서도 마찬가지다. "기사를 가져오라"고 호통 치는 편집국장이 쓰는 단어는 Story다. 얼핏 들으면 "소설 써서 가져오라"고 기자에게 명령하는 것 같다.

Article은 하나의 단편 기사를 뜻하고 Story는 하나의 테마에 대한 일련의 기사를 뜻한다. 다시 말해 영미 언론인들은 취재보도 과정에서 '단발 보도'가 아니라 '일련의 종합적 기사 체계'를 확보하는 것을 당연하게 여긴다. 그 다음에야 보도를 시작하는 것이다.

스트레이트Straight, 피처Feature라는 단어도 한국과 미국의 용례가 다르다. 영미 언론에서 스트레이트^{Straight}라는 단어는 거의 쓰이지 않는다. 사건사고를 보도하는 경우엔 '리포트'^{Report}라고만 쓴다. 발생 사건사고만 보도하는 초년 기자들이 리포터라 불리는 것도 이 때문이다.

한국 기자들 사이에서 피처는 주로 미담성, 특히 최루성 인물 기사를 일컫는다. 그래서 피처 기사는 말랑말랑한 연성 뉴스로 인식되는 경향이 강하다. 영미 언론의 피처 개념은 완전히 다르다. 숨겨진 이야기$^{Behind story}$를 심층적$^{In-depth}$으로 보도하는 것을 피처라 부른다. 일단 속보는 리포트하고 상세한 내용은 피처 보도한다. 한국 기자들이 기획 보도라고 부르는 것을 미국 기자들은 피처라고 부른다.

정리하자면 리포터(현장 기자)가 아티클(단발 기사)을 리포트(보고)하면, 라이터(중견 기자)가 이를 취합해 최대한 피처(심층보도) 방식으로 스토리(종합적 기사)를 쓰고, 에디터(데스크)는 그 경중을 판단해 게재 여부를 결정하는 에디팅(편집)을 하는 것이다. 그러니 한국에선 국장이 되려하고 영미 언론에선 기어코 라이터가 되려는 것이다.

미국이라는 나라를 별로 좋아하지 않지만 저널리즘에 관한 한 미국의 스탠다드를 흠모한다. 그 여러 한계, 특히 상업성으로 오염되고 있는 한계에도 불구하고 미국 기자들의 잣대와 관념 정도만 수입해도 좋겠다고 늘 생각했다.

그 결과 심층보도를 동경하게 됐다. 심층보도$^{In-depth \ Report}$는 더 깊이 더 오랫동안 더 끈질기게 취재하여 더 정확하게 더 풍부하게 더 상세하게 보도하는 태도다. 그것은 기사의 모든 분야에 적용될 수 있다.

심층보도의 관념으로 세상을 보면 사건보다 공간이 먼저 눈에 들어온다. 가장 치열한 공간에 접근하면 가장 탁월한 기사를 쓸 수 있다. 그 공간을 독점하면 특종을 쓸 수 있다. 예컨대 전쟁과 혁명의 현장은 가장 좋은 심층보도의 대상이다.

혁명과 전쟁이 없어도 심층보도는 가능하다. 잡다한 사건사고가 일어나는 일상의 공간도 충분히 깊이 파고들면 남다른 심층보도가 가능하다. 특히 정치와 경제의 모순을 한 몸에 체현하고 있는 필부들의 일상에서 다양한 뉴스를 발굴할 수 있다.

그렇게 움직이려 애썼다. 정치정세로부터 기인하는 뜨거운 이슈를 (다소 의도적으로) 무시하고 우리 스스로 착안해낸 공공의 문제를 파고들었다. 특별한 취재 현장이 달리 있는 게 아니라 있는 그대로의 진실을 기자가 직접 추적하고 확인하는 시공간 모두가 취재 현장이라 생각했다. 어느 곳이건 직접 가서 충분히 오랫동안 깊게 취재하면 전혀 새로운 뉴스가 생겨날 것이라 믿었다.

눈 맑은 이들은 알아차렸겠지만 탐사보도팀의 에너지를 권력고발에 집중시키지 않았다. 도모하지 않은 것은 아니었다. 팀원 전체가 시중에 떠도는 각종 첩보를 모아 권력형 비리 고발을 위해 상당기간 동분서주한 적도 있었다. 다만 성과는 없었다.

무게중심을 그 분야에 두지 않았으므로 의지가 부족했다고 볼 수도 있겠다. 달리 변명할 길이 없다. 팀장의 지혜가 부족했고, 노하우도 없었다.

대신 1년의 탐사보도팀 시절 내내 심층보도와 장르혁신을 집중적으로 시도했다. 격려도 적지 않았다. 그러나 문제를 제기하는 기자들도 있었다. 이명박 정부의 후반기로 접어들었는데 권력고발 기사가 부족하다, 이럴 때 탐사보도팀은 무엇을 하고 있느냐는 것이었다.

그런 이야기는 원래 직접 들리지 않는다. 건너고 에둘러 그저 전해진다. 그러니 그 비평의 규모와 깊이가 어느 정도인지 가늠하기 어렵고 그래서 더 불안해진다.

권력 감시를 위해 고도로 정교화된 것이 출입처 시스템이다. 권력고발이 급박하다면 우선 국가기관의 맥을 짚고 있는 여러 출입처 기지들의 몫이 아닌가, 억울한 마음도 들었다. 그러나 그들이 일상적 기사를 처리하느라 몰입취재에 어려움이 있는 것도 사실이었다.

이런저런 뒷이야기에 묻어나는 정서도 이해 못할 바는 아니었다. 세상을 들썩일 강력한 스트레이트를 기대했는데 뭔가 딱 부러지지 않고 그저 심심한 (한국적 의미의) 피처 기사만 쓰고 있는 것처럼 보였을 테니 답답했을 것이다. 어쨌건 탐사보도팀의 기사는 이슈와 방법의 차원에서 두루 낯선 것이었다.

스트레이트를 싫어하는 것은 아니다. 본래적 의미에서 스트레이트는 '격발의 언어'다. 사설·칼럼 등 지식인을 위한 에디토리얼의 시대를 밀어낸 '페니신문'에 이르러 명쾌한 기사쓰기, 즉 스트레이트가 등장했다. 장르 혁신은 그저 형식이 아니라 내용, 나아가 인식의 혁신을 수반한다. 스트레이트는 선동의 언어다. 펜이 칼보다 강하다고 할 때의 바로 그 칼이 스트레이트다.

스트레이트는 이렇게 독자들에게 말을 건다. "많이 바쁘시지요? 정치에 별 관심이 없으시지요? 상관없어요. 저한테 3분만 시간을 내어 주시면 200자 원고지 8매 분량으로 현 정부가 어떤 비리부정을 저지르고 있는지 명쾌하게 알려드릴게요. 어때요. 놀랍지요? 분하시지요? 그런데 가만히 앉아만 있을 건가요?"

그것은 대중의 판단과 행동을 촉구하는 혁명의 언어다. 스트레이트는, 그리고 스트레이트에 담긴 '격발'의 전략은 모든 언론의 기치다. 대중과 함께 하려는 현대 언론의 핵심 무기다. 나는 그것을 부정하지 않는다.

다만 그것은 매일 매순간 동원할 수 있는 무기가 아니다. 그것은 양치기의 외침과 같다. 매우 중요하다. 마을의 안전과 평화를 위해 주민들이 들고 일어나 맞서 싸울 순간을 알려준다.

다만 늑대는 매일 쳐들어오지 않는다. 그 낌새가 있다 해서 매일 외치면 양치기는 신뢰를 잃는다. 심지어 늑대가 오지 않았는데 거짓으로 외치면 양치기라는 직업 자체를 빼앗길 것이다. 그리고 동화 속 이야기처럼 정말 늑대가 쳐들어왔을 때 아무도 삼지창을 꺼내들지 않게 될 것이다.

이에 비해 내러티브는 '공감의 언어'다. (특종을 포함한) 사건보도와 스트레이트가 하나의 쌍을 이룬다면 내러티브는 심층보도의 짝이다. 깊고 세심하게 들여다보면서 공감하게 만든다.

심층보도 또는 내러티브의 관심은 늑대에 쏠리지 않는다. 늑대가 쳐들어오지 않아도 주민들에겐 이런저런 걱정이 많다. 삶의 고단함은 늘 대로만 구성된 것이 아니다. 저 사래 긴긴 밭을 언제 누가 맬 것이며, 등 짐지고 곡식을 날라 시장에 내다파는 일은 또 어찌 처리할 것인가.

돈 버는 일만 근심인 것도 아니다. 갑돌이가 다른 마을 처녀와 눈이 맞았는데 고만 갑순이가 상사병으로 누워 있으면 그것이 딱하고 불쌍하여 동네 사람들의 삶까지 고달파지는 것이다.

그것이 중요하지 않은 일이라고, 한낱 사소하고 지엽적인 일이라고 누가 단정할 것인가. 밭일하는 농부를 찬찬히 살펴 보도하면, 양을 그만 기르고 농사민 지어도 먹고살 수 있는 일이 생길 것이다. 그럼 늑대 걱정도 할 필요가 없는 것이다. 갑돌이가 다른 마을 처녀와 사랑에 빠진 일을 유심히 들여다보면, 마을의 낙후된 복지 상황이 눈에 들어올 것이고, 이를 해결하려는 일까지 의논이 번질 것이다.

격발의 목적을 지닌 스트레이트는 어쩔 수 없이 '강력한 프레임'을 동반한다. 악마를 지목하여 고발하지 않으면 그 장르적 효능을 잃는다. 공감의 목적을 지닌 내러티브는 일부러라도 다양한 국면을 함께 드러낸다. 내러티브에 이르러 언론의 메시지는 일면적이지 않고 다면적이다. 누가 악마인지 굳이 지목하지 않고 독자에게 그 최종 판단을 맡긴다.

내러티브는 공연히 기계적 중립 지역을 찾아 헤매지 않는다. 이 관점과 저 관점을 넘나든다. 객관성을 넘어서는 '간 주관성'에 바탕을 두고 사실을 입증한다. 때로는 주관성을 드러내는 일도 마다하지 않는다. 다만 그 주관을 표현하는 이유와 과정을 분명히 드러낸다.

스트레이트는 중요한 사실을 전달한다. 내러티브는 여러 사실을 맥락에 담아 분별하여 분석한다. 그리하여 스트레이트가 사람들을 격분시킬 때 심층내러티브는 사람들을 잇는다.

언론의 뿌리는 시민사회의 대중이다. 심층내러티브는 언론과 대중을 잇는 물관과 체관이다. 심층내러티브를 통해 언론은 시민의 일상에 양분을 제공한다. 동시에 대중은 언론의 토대에 수분을 공급한다. 늑대가 쳐들어오는 날만 빼면 심층내러티브는 일 년 내내 시민을 언론의 곁에 묶어둘 것이다.

다만 문제가 있다. 하필이면 저 뒷산의 늑대 무리는 유독 표독하고 집요하여 정말이지 매일 쳐들어온다. 한시라도 한눈을 팔면 다 죽게 생겼다. 그런 시대에는 양치기를 늘려야 한다. 조금만 의심이 가도 삼지창을 꺼내들고 일떠서야 한다.

지금은 어느 때인가. 무엇이 절실한 때인가. 스트레이트인가 내러티브인가. 격발의 전략인가 공감의 전략인가. 이것만큼은 도저히 자신이 없었다. 격발이 필요한 시기에 왜 공감의 기사를 쓰느냐고 묻는 이들을 강력히 반박하지 못했다.

잘할 수 있고 하고 싶은 일은 공감의 기사쓰기였다. 그런데 격발의 기사쓰기가 더 중요하다는 이야기를 듣기 시작했다. 하고 싶은 일을 계속하려면 무엇을 해야 하나. 격발을 하면서 공감을 도모해야 하나. 그런 게 가능할까. 2012년 봄이 오고 있었다.

19장

만인보

작은 회의실에 둘러앉은 그들의 얼굴이 떠오른다. 사건팀에서 일한다는 것 자체가 긴장되는 일이다. 게다가 팀장이 바뀌었다. 일 중독자에다 고집 세다는 평판이 이미 번져 있다. 팀장이 된 그도 역시 초긴장 상태임을, 그 긴장을 숨기려 일부러 근엄한 표정을 짓는다는 것을 그들은 아직 모른다. 그들 앞에서 팀장은 프리젠테이션을 했다.

이 책을 쓰다가 당시 회의 자리에 있었던 후배 기자에게 물었다. "그때, 기억나? 내가 무슨 말 했는지?" "아뇨. 뭐라고 한참 떠드시긴 했는데." "아무 기억도 안나?" "후후, 무슨 민방위 훈련 받는 거 같았거든요."

1년 동안 왜 그토록 힘들었는지 그제야 알아차렸다. 팀의 비전을 팀원들과 공유했다고 팀장은 저 혼자 생각했다. 그러니 제 풀에 앞서 달리고, 안 따라온다고 화냈던 것이다. 계몽의 프로젝트는 결국 잘 안 굴러가기 마련이라는 것을 당시에는 깊이 생각하지 못했다. 민방위 훈련과도 같았다는 그날의 이야기는 함께 고생해야 할 이유에 대한 것이었다.

지난 10년간 신문 독자는 30퍼센트 줄었다. 열독률을 기준으로 할 때 진보 신문의 독자 규모는 보수 신문 독자의 25퍼센트 수준이다. 보수 신문 독자가 줄었지만 그들이 진보 신문으로 옮겨온 것은 아니다.

신문 시장의 축소를 반전시키지 못했고, 새로운 독자층을 발굴하지 못했으며, 보수 독과점 상태를 타개하지도 못했다. 여기에 더해 신문이 아닌 새로운 플랫폼을 개척하지도 못했다. 대안 언론이 계속 등장하고 있는데 불행인지 다행인지 명멸을 거듭하고 있다.

여러 수치를 종합할 때 (중립보도가 아니라) 진실을 공정하고 심층적으로 보도하는 매체에 대한 갈증은 분명히 있다. 사회부 사건팀 기자가 시장 상황을 바꿀 수는 없다. 그러나 좋은 기사, 탁월한 기사를 쓸 수는 있다. 좋은 기사는 좋은 언론사의 토대다.

지난 10년간 좋은 기사를 누가 생산해왔는가. 한국기자협회가 매년 시상하는 '한국기자상'이 있다. 상 받겠다고 기자하는 건 아니지만 좋은 기사를 쓰면 좋은 평가를 받기 마련이다.

2000년대 초반엔 각 언론사 사회부의 사건팀 또는 법조팀이 상을 받았다. 2004년을 기점으로 각 언론사의 탐사보도팀, 뉴스추적팀, 기획취재팀 등이 상을 휩쓸었다. 최근에는 《한겨레21》이 연속 수상했다. 추세의 변화가 분명하다. 긴 호흡으로 취재해야 좋은 기사가 나온다.

우리는 현안 추적과 심층 보도를 병행한다. 한번 물면 놓지 않는다. 다만 출입처에 얽매이지 않을 것이다. 이슈마다 적어도 1주일씩 집중할 것이다. 몰입 취재하고 떼거리로 취재한다.

동시에 새로운 심층보도를 시도할 것이다. 특히 르포의 전범을 보여줄 것이다. 내러티브가 무엇인지 고민하지 마라. 현장에 가서 보고 듣고 쓰면 된다. 대신 민생과 인권의 생생한 공간을 적극 개척하자. 사건이 없어도 공간에 주목하면 심층기사로 이어진다.

궁극적으로는 진정한 탐사보도를 한번 도모할 것이다. 검찰이나 정당에 기대지 말고 우리 스스로 취재원을 발굴해 추적취재하고 권력을 고발해서 법정에 세우자. 진짜 탐사보도가 무엇인지 선보이자. 권력을 조지겠다고 생각하지 마라. 그보다는 권력고발 보도의 최고봉이 되려는 욕심을 품어라.

1년 뒤 우리 모습을 상상해보자. 출입처 중심의 스트레이트 보도에 일상을 맞추지 않을 것이다. 적어도 1주일 단위로 예측하여 움직일 것이다. 맥락을 파악하여 창의적으로 취재 보도하는 노하우를 익히게 될 것이다. 전에 없던 독창적 기사를 만들어내는 방법도 알게 될 것이다. 출입처 경력이 아니라 이슈, 화제, 논쟁, 의제를 던지는 기사를 쓴 경력을 내세우게 될 것이다. 《한겨레》를 둥지 삼되 자신의 두 발로 서서 독자의 신뢰를 받는 기자가 될 것이다. 그러니 우리, 눈 딱 감고 1년만 고생하자. 응? 어때?

민방위훈련과도 같았다는 그날의 프리젠테이션이 끝났을 때 입사 1~5년차 기자들이 눈을 껌뻑껌뻑하던 모습이 기억난다. 탐사보도팀 생활 1년 만에 사회부 사건팀장으로 자리를 옮겼다. 현안에 대응하면서, 특히 대선을 앞두고 이슈 보도를 강화하면서 여기에 심층보도의 성격을 가미하자는 의논이 일었다. 《한겨레21》 편집장이었던 박용현 사회부장, 《인터넷 한겨레》 뉴스부장이었던 이재성 사회부 차장 등이 확대 개편된 사회부의 지휘부를 이뤘다.

돌아보면 애초 결심과 욕심 덕분에 이룬 것이 있고 그 탓에 잃은 것이 있다.「국정원 대선 개입 사건」,「노동현장 용역폭력 사건」등 굵직한 특종을 보도했다.「대선 만인보」,「무죄의 재구성」등 새로운 형식의 심층기획도 연재했다. 그러나 심층기사의 풍토를 후배 기자들에게 확산시키려는 뜻은 다 이루지 못했다. 성취에 정신이 팔려 사람을 돌아보지 못했다. 꼬리가 개를 흔들었다.

갓 입사한 수습기자들이 배치되는 곳이 사건팀이다. 요즘은 그 위상이 많이 달라졌지만 1990년대까지만 해도 언론의 주력은 사건사고 보도였다. '캡'으로 불리는 언론사 사회부 사건팀장이 1면, 종합면, 사회면을 책임진다는 우스개가 있었다. 다른 팀과 달리 특유의 군사적 상명하복 문화가 통용되는 곳이기도 했다. 통행금지가 있던 시절엔 캡을 위한 전용차량이 따로 배정됐을 정도다.

나의 욕심은 따로 있었다. 사건팀에는 1~5년차 정도의 젊은 기자들이 주로 배치된다. 사건팀의 상명하복 문화에 편승해 그들에게 심층보도의 기풍과 방법을 전수하면 어떨까 생각했다.

탐사보도팀의 위상에 대한 회의도 있었다. 하나의 전범을 보이면 자연스레 심층보도의 기풍이 확산될 것이라 기대했는데 일이 돌아가는 사정이 꼭 그렇지는 않았다.

제 멋에 취해 사는 사람들의 특징 그대로 나는 순전한 상상 속에서 동화 같은 일을 기대했다. 출입처에 얽매였던 기자들이 어느 날 갑자기 탐사보도 하겠다며 너도나도 들떠 일어서는 상황을 꿈꾸었던 것이다.

모든 기자에겐 각자의 방식대로 개척해온 취재 스타일과 노하우가 있다. 그것은 어지간해선 '표준화'되기 힘들다는 것을 미처 생각하지 못했다. 하나의 시도가 표준이 되기까지는 더 거대한 에너지가 뒷받침되어야 하는데 나의 에너지는 충분하지 않았다.

출입처-스트레이트의 쌍을 이루는 취재보도 방식은 계몽적 교육의 결과라기보다 수십 년 동안 전해져온 거대한 관성이었다. 그 관성을 넘어서는 것은 그런 관성 자체를 접해보지 않은 젊은 기자들에게나 가능한 일이 아닐까 짐작했다. 사건팀은 뉴스룸에서도 가장 젊은 기자들이 결집해 있는 곳이었다.

젊은 기자들에게 심층보도를 확산시킬 진지를 사건팀에서 마련하겠다는 구상은 어디까지나 개인적 기대였다. 사건팀을 향한 다른 기자들의 다른 기대가 있었다. 사건팀이 권력고발의 특종에 앞장서길 기대하는 시선이 많았다. 그런 기대도 충족시켜야 했다. 심층보도는 그렇다 치고 특종은 어떻게 구현할 것인가.

그 무렵《한겨레》의 가치를 대내외적으로 알린 중요한 특종보도의 공통점이 있었다. 정치부, 사회부, 경제부는 특종의 주역이 아니었다. 주요 출입처와 별 관련이 없는 부서 또는 팀이 특종을 내놓았다.

2011년 전국의 민심을 들썩이게 만든 「부산저축은행 사전인출 사건」은《한겨레21》의 특종이었다. 주말 매거진을 표방하며 새로 만들어진《한겨레》토요판팀은 「정수장학회 사건」을 특종 보도했다.

주요 출입처의 고급 취재원은 더 이상 특종의 원천이 아니었다. 누적적으로 드러나는 여러 사례를 종합해보건대, 특종을 하고 싶다면 긴 호

홉으로 취재해야 했다. 시간을 두고 끈질기게 물고 늘어지는 일은 고정 출입처가 없어야 가능했다.

결국 뉴스 생산 공정을 바꾸면 새로운 기사, 좋은 기사가 나오는 것이다. 사건팀이라고 해서 무엇이 다르겠는가. 사건팀 초년 기자라 해서 왜 1∼4주의 취재 시간을 보장해주면 안되겠는가. 출입처 비우는 현장 기자를 팀장이 충분히 인내하기만 한다면 특종은 얼마든지 가능할 것이라고 생각했다. 결과부터 말하자면 그렇기도 했고 아니기도 했다.

취재 시간을 충분히 보장했다고 팀장은 생각했지만 현장기자들은 여전히 바쁘고 또 바빴다. 숨 막혀 했다. 처음에는 탁월한 기사를 만들어 내려고 일했는데 나중에는 인간관계를 관리하느라 시간을 다 보냈다. 막판에는 그조차도 포기하고 내 감정을 다독이는 데 집중하게 됐다. 사건팀은 정말이지 수습기자로도 그 팀장으로도 있을 곳이 못 된다는 생각만 거듭했다.

중간 책임자의 어려움은 그 '중간성'에 있다. 중간성의 고충은 후배들의 고충을(까짓 무슨 고생했느냐 싶어도) 위로해주고, 내 고충은(아무리 외롭고 슬퍼도) 억누르며, 부장의 고충을(하고 싶은 대로 다 하는 인생, 쌓일 스트레스가 없음이 분명해 보여도) 혜량하는 데 있다.

후배들은 내 마음 같지 않고 선배들은 내 마음을 몰라준다. 위아래를 두루 미워하게 된다. 미움은 미워할 이유를 만들어낸다. 사람이 미워지니 공연히 죄를 지어낸다. 저것들이 오뉴월 엿가락처럼 위 아래로 붙어 무고한 나를 바싹 말려 죽이자고 달려드는 게 아닌가, 자다가도 벌떡 일어나게 된다.

그래도 몇몇 성취가 없지는 않았으니 간략히만 적는다. 2012년 7월 용역경비업체 컨택터스의 노동조합 폭력 사건이 발생했다. 이정국, 박현철, 허재현, 엄지원 기자를 비롯해 갓 입사한 수습기자들까지 취재에 매달렸다. 한여름 뙤약볕을 피하지도 못하고 용역깡패들의 뒤를 꾸역꾸역 쫓느라 젊은 기자들은 생목이 넘어왔을 것이다.

후배 기자들의 기억에 따르면 "그 업체 사장 구속될 때까지 기사 쓴다"고 당시 팀장이 호언해서 멋있게 보였단다. 이를 각별히 적는 이유가 있다. 그때 이후론 한 번도 팀장이 좋아보였던 적이 없고 오직 밉게만 보였단다.

발생 사건에 주목해 추적 취재를 시작하고, 그 본질을 파헤쳐 사회 의제로 만들고, 지속적 보도로 구조적 모순을 짚고, 마침내 당국의 수사를 이끌어내 책임자 처벌을 가능케 했으며, 국회 차원의 입법까지 진행된 두 달 동안의 연속 특종 보도가 당연히 기자상을 받을 것이라 예상했는데 기자협회 심사에서 떨어졌다. 얼마나 억울했던지 한국기자상 심사위원회에 항의편지를 보내기도 했다.

2013년 1월부터는 국정원 대선 개입 사건 연쇄보도를 시작했다. 일련의 보도는 이 책을 집필하는 순간까지 이어지고 있다. 그 초기 보도를 지켜본 팀장으로서 말하자면 이 특종이 나오기까지 세 가지 요소가 함께 작용했다. 우선 (적어도 2013년 상반기까지는) 이상하리만치 어느 언론도 이 사건에 진득하니 매달리지 않았다. 그것은 이명박 정권 시절 탐사보도의 기풍이 한국 언론계 전반적으로 침잠한 결과였을 것이다. 덕분에 이 취재를 진전시키는 과정에서 특별한 경쟁자가 없었다. 우리로선 다행한 일이었다.

또 한 가지, 이 사건의 초기 취재를 각 언론사 사건팀이 담당했던 것도 우리에겐 유리하게 작용했다. 국정원이 대선에 개입한 의혹이 일었으니 당연히 정치부가 담당해야 마땅한 이슈로 보이지만, 한국 언론의 독특한 출입처 체제 때문에 그 임무는 사회부로 할당됐다.

수서 경찰서가 사건 조사를 맡았고 각 언론사는 수서 경찰서를 담당하는 사회부 사건팀 초년 기자들을 취재에 투입했다. 젊은 기자들은 열정적이지만 총체를 헤집어보는 힘은 부족하다. 만일 각 언론사가 국정원의 생리를 잘 알고 있는 정치부 등의 베테랑 기자를 투입했다면 이후 상황은 많이 달라졌을 것이다. 그러나 각 언론사는 경찰 출입 기자에게만 이 취재를 떠맡겼다.

출입처 제공 정보에만 매달리지 않겠다는 '민방위 훈련'을 거친 우리는 경찰의 발표를 기다리지 않았다. 국정원에 대한 경찰 수사가 제대로 이뤄지지 못할 것이라고 비판했다. 대신 외곽을 돌았고 다른 취재원을 발굴했고 오랫동안 품을 들여 이 거대하고 복잡한 사건의 첫 실마리를 풀었다.

마지막으로 (아마 다른 언론사 사건팀과 달리) 우리는 사건 초기부터 그 '역사적 의미'를 공유하고 있었다. 사사 집필 과정에서 이 신문사의 창간과 고난, 그리고 발전에 이르는 전 과정에 걸쳐 국정원과의 악연이 있었음을 알게 된 팀장은 국정원과 한판 제대로 붙어보고 싶었다. 명민하고 유능한 기자들도 '진정한 의미의 권력고발 보도의 전범'을 보여주고 싶어 했다.

수서 경찰서를 담당하는 정환봉 기자가 주무를 맡았다. 정 기자는 다른 모든 취재로부터 벗어났다. 국정원 사건 취재에만 매달렸다. 유신재 기자가 취재 전반을 지휘했다. 박현철 기자가 취재 방향의 큰 그림을 잡았다. 엄지원, 최유빈 기자가 외곽 취재를 도왔다.

지금이야 다른 언론이 달려들고 국회와 검찰까지 나서고 있지만 2013년 초만 해도 막막하기 이를 데 없었다. 캄캄한 먹방에서 배식구를 찾는 기분이었다.

그 가운데서도 권력의 심장을 향하는 특종 보도가 연이어 터져 나온 것은 순전히 젊은 기자들의 헌신 덕분이었다. 작은 사실 하나하나를 모아 담으며 양파껍질 벗기듯 의혹의 실체를 향해 조금씩 나아갔다.

"다른 기사 신경 쓰지 말고 국정원만 챙겨라." "다른 사람 만나지 말고 국정원 사건 관련자들만 만나라." "취재하겠다고 달려들지 말고 그냥 만나라." "어제 (함께) 밥 먹었으면 오늘은 (함께) 술 마셔라." "캐내려 들지 말고 그저 살아가는 이야기 주고받아라." 정환봉 기자를 수시로 닦달했던 기억이 난다. 정 기자는 그 말을 그대로 따랐다. 점심과 저녁으로, 평일과 주말을 헐어, 사람을 만나고 술 마시고 이야기 나눴다. 그렇지 않아도 까무잡잡한 얼굴이 더 까매졌다.

"두려워 말고 흥분하지 말고, 젊은 기자들이 평상심을 유지하도록 잘

도덕이자." "기자 인생 통틀어 가장 가치 있는 보도가 될 것이니 함께 잘 풀어보자." 팀 내에서 선배급에 해당하는 유신재, 박현철 기자에게 따로 잔소리했던 일도 기억이 난다.

일련의 과정에서 내가 한 일이라곤 계속 잔소리하는 것뿐이었다. 그런 잔소리에 싫은 내색을 하지 않고 묵묵히 그러나 끈질기게 따라붙은 기자들이 없었다면 국정원 대선 개입 사건의 실체는 세상에 드러나지 않았을 것이다.

우리의 노력이 전국적 의제로 떠오르기까지 적어도 4개월이 걸렸다. 《한겨레》의 관련 보도는 지금까지 계속 되고 있다. 2013년 내내 이 취재에 매달린 정환봉 기자는 민주언론상 등 여러 기자상을 거머쥐었다.

이에 앞서 2012년 하반기에는 「대선 만인보」라는 심층기획을 연재했다. 한국의 대선 보도에는 일정한 패턴이 있다. 후보 동정 보도, 후보 간 비방전 보도, 그리고 후보 공약 보도다. 무대에 대선 후보가 올라 있고 유권자는 이를 품평하는 방식이다. 간혹 '민심 기행'이라는 간판을 달고 유권자를 살피는 보도가 등장하지만 '누굴 찍을 것이냐'로 귀결되는 여론조사 보도의 아류에 머무는 경우가 많다.

우리는 기사의 주역을 바꿔보기로 했다. 대선 후보가 아니라 유권자를 무대에 올렸다. 그것도 대도시가 아니라 전국의 중소도시 및 농어촌 지역의 유권자들의 이야기를 담았다. 연평도의 어민, 횡성 한우농가, 구로 디지털단지 노동자, 목포의 이주민, 전주의 청소부 노동자, 춘천의 취업준비생 등이 등장했다. 그들의 팍팍한 삶과 대통령 선거의 연결고리를 찾아 드러내고 싶었다. 진명선, 이경미, 허재현, 엄지원, 정환봉 기자 등이 여러 수습기자들과 함께 한 지역에 내려가 2~4주씩 취재하여 8회에 걸쳐 연재했다.

여러 지면을 펼쳐야 심층보도인 것은 아니다. 검찰과 경찰이 노숙자 및 가출청소년들을 살인자로 몰아붙인 사건을 취재하여 「무죄의 재구성」이라는 연재기사로 선보였다. 무려 6년 전에 발생한 사건을 재구성했다. 엄지원 기자는 이 기사로 엠네스티 언론상을 받았다.

최근의 일이고 아직 진행 중인 이슈도 있어 그 1년의 시간을 상세히 적진 못하겠다. 부신했던 초년 기자의 경험이 있는 나는 새로운 유형의 사건팀장이 되고 싶었다. 초년 기자들의 창발성을 자극하고 이를 숙성시켜 좋은 기사로 인도해주는 팀장이 되려 했다.

그러나 가혹한 리더십이라는 원성을 들었다. 기사 탁월성에 대한 강박이 그들에게 많은 스트레스를 주었다. 어느 후배는 나중에 나에게 "차가운 토네이도 같다"고 항변했다. 기사를 챙기기 전에 기자를 보듬었어야 했는데 그러지 못했다. 누구의 무엇을 탓할 이유가 없다.

탁월한 기사를 생산할 유능한 기자를 많이 만들자는 목표를 세웠다면 당연히 기자 하나하나에 주목하는 게 옳았다. 업적에 눈이 멀어 기사만 보았다. 이제 색다른 심층보도만으로는 부족하다 여겼다. 이슈 추적과 함께 심층보도를 내놓고 동시에 권력고발에 앞장서야 긴 호흡으로 취재한 기사의 가치를 인정해줄 것이라 생각했다. 쫓기듯이 달렸다. 탐사팀 시절부터 시작된 '입증의 강박'이 최고조에 이르렀던 것이다.

사건팀에서 일하는 동안 탐사보도팀은 사라졌다. 20년차 이상의 선임기자들이 탐사보도팀에 새로 배치됐다. 성취가 높지 않다는 사내 여론이 일었다. 팀 설립 1년 6개월 만에 다른 언론사와 마찬가지의 궤도를 밟았다. 팀은 해체됐다.

　　편집국에서 탐사팀 문패를 떼어내는 것을 보며 류이근 기자가 나에게 말했다. "탐사팀에 계속 있지 그랬어요." 뭐라 할 말이 없었다. 둥지를 키울 나뭇가지 모아 오겠다며 떠났는데 돌아갈 둥지가 사라져 버렸다. (1년 여 뒤《한겨레》의 젊은 기자들의 요구로 탐사보도팀이 부활했다. 류 기자는 다시 태어난 탐사보도팀장을 맡아 각 부서 기자들과 협업하는 새로운 모델을 선보이며 빛나는 기사들을 써냈다.)

　　나는 가라앉는 배에 종종 올라탔고 언제나 두 박자 늦게 후회했다. 마음에 들지 않는 세상을 향해 할 수 있는 일의 가짓수가 줄어든 것을 나중에야 알아차리곤 했다.

　　《한겨레21》 사회팀 시절 이후 5년 여 동안을 돌아보면, 새로운 뉴스를 도모하긴 했지만 그 확산에 한계가 있었다. 심층보도의 기풍을 일으키긴 어렵고 묻히기는 쉬웠다. 원래 꿈꾸었던 것은 '하나의 좋은 기사'를 쓰는 일이 아니었다. 모두 함께 더 많은 좋은 기사를 상시적으로 생산하는 일에 대한 각성을 의도했다. 그러나 욕심은 지나치고 능력은 부족하여 더 멀리 나아가지 못했다.

　　사건팀 시절이 끝난 지금 잠시 그 욕심을 내려놓고 있다. 인생은 해답을 구하는 과정이 아니라 새로운 질문을 던지는 과정이다. 답의 수준이 아니라 질문의 수준이 삶을 결정할 것이다. 조직과 사회도 그와 같아서 봉착한 문제에 대한 답을 구하긴 쉽지 않지만, 스스로에게 던지는 질문이 달라지면 새 길이 보일 것이다. 나는 지금 새로운 질문을 찾고 있다.

그 와중에도 혼자서 위안 삼는 일이 있다. 각자의 방식으로 뉴스를 새롭게 정의내리며 착실히 새 길을 걸어가는 후배들이 있다. 나는 그들의 원류가 아니지만 그들은 나를 끌고 갈 조류가 될 것이다. 그들 덕분에 그들의 등에 업혀 새로운 질문을 얻게 될 것이다.

《한겨레21》사회팀에서 함께 일했던 전종휘 기자는 노동 담당 기자를 거쳐《한겨레》사회정책팀장을 맡고 있다. 그는 노동 분야의 최고 전문가가 될 것이다.

임인택 기자는 나름의 일가를 이미 이뤘다. 2010년 그는 「장애인 킨제이 보고서」라는 심층 내러티브 기사로 「노동OTL」에 이어 2년 연속 한국기자상을 받았다. 지금은《한겨레》사회정책팀에서 노동 담당 기자로 일하고 있다.

내가 알기로 한국 기자상을 2년 연속 받은 기자가 한국에 딱 2명 있는데 또 한 명의 주인공이 하어영 기자다. 그는《한겨레21》시절 「장애인 킨제이 보고서」와 「부산저축은행 사건」특종으로 한국기자상을 받았다. 그 밖에도 관훈언론상, 민주언론상 등을 휩쓸었는데《한겨레》정치부에서 일하고 있는 요즘엔 군의 대선 개입 사건을 특종보도하느라 정신없이 바쁘다.

임지선 기자는 「노동OTL」이후에도 빈곤 취재에 열성을 냈다. 나중에는 관련 기사를 모아 『현시창』(알마, 2012)이라는 단행본도 펴냈다. 지금은 《한겨레》 문화부 지성팀에서 아카데미와 언론의 결합을 궁구하고 있다. 문화부 기자가 감정 노동자를 심층보도하는 놀라운 역사를 직접 선보이고 있다.

탐사보도팀 시절의 동료이자 사건팀에서도 함께 일한 유신재 기자는 경제부로 옮겨가 경제 분야의 새로운 심층보도를 선보이겠다고 호언 중이다. 초년 시절에 한국 기자상을 거머쥔 그의 다재다능으로 보아 조만간 그 선언을 현실로 만들 것이다.

같은 부서에서 일하는 송경화 기자는 무슨 일이건 추적하여 끝장을 내는 특종 기자의 면모를 여전히 발휘하고 있다. 누구를 만나건 속내를 털어놓게 만드는 그의 노하우가 나는 여전히 궁금하다. 그 노하우로 그는 나라를 한번 뒤흔들 것이다.

사건팀에서 함께 일한 이정국 기자는 사회부 사회정책팀에서 각종 기획 기사를 쏟아내고 있다. 그는 일찍부터 빈곤·소외 분야에서 남다른 성취를 보였다. 그의 길을 따라 심층보도의 새 국면이 열릴 것으로 기대한다. 사건팀에서 함께 일한 박현철 기자는 국정원 대선 개입 사건을 밝혀내는 데 많은 기여를 했다. 그는 항상 새로운 언론을 꿈꾸는데 지금은 스포츠부에서 일하고 있다.

허재현 기자는 토요판팀에서 온갖 현장을 다 누비고 있다. 그의 정열과 성실은 항상 감탄스럽다. SNS 스타 기자인 그의 근성 가득한 고발정신이 심층보도의 새 지평을 열 것이다.

진명선 기자는 인권과 교육 분야에서 일찌감치 두각을 나타내며 이 영역을 관장하는 전문기자급 활약을 펼치고 있다. 그는 아직도 모르는 게 많다는 말을 입에 달고 지내는데 지나친 겸양이다.

윤형중 기자도 토요판팀에 있다. 사건팀 시절 그는 국회 청문회에 나선 장관 후보 여럿을 추적 보도 끝에 낙마시켰다. 기사 욕심도 많고 사람 욕심도 많아서 그가 없으면 토요판에 읽을 기사가 없다.

이경미 기자는 사회부 법조팀으로 옮겨가 국정원 대선 개입 사건을 계속 추적하고 있다. 김지훈 기자는 사회부 정책팀에서 특종과 기획을 번갈아 내놓고 있다. 엄지원 기사는 《한겨레21》에 옮겨가자마자 표지 기사를 써대고 있다. 그의 예사롭지 않은 글쓰기가 머지않아 나를 넘어설 것이 확실하다. 정환봉 기자는 여전히 국정원 대선개입 사건을 끈질기게 추적하고 있다.

팀장의 여러 시행착오에도 불구하고 그들은 새로운 뉴스에 대한 감성을 함께 나눴다. 이제 각자의 길을 가고 있다. 그들은 앞으로 시인의 눈으로 사실을 발굴하고, 학자의 눈으로 검증하고, 소설가의 눈으로 글을 적어, 마침내 문학과 과학의 봉우리를 내려보는 정상에 언론을 올려다 놓을 것이다.

결국 진실에 관한 한 최고의 장르는 언론이다. 지난 시절을 돌이켜 세상에 남긴 한 가닥 자취가 있다면 그들과 함께 벌이게 된 새로운 뉴스의 경쟁이다. 진실을 향한 경쟁은 이제 막 시작됐다. 이 경쟁에서 나는 그들에게 뒤처지지 않을 것이다. 안간힘을 쓸 것이다.

20장

뉴스 혁신

2012년 12월 19일, 《한겨레》 집배신(集配信, 기자들만 접근할 수 있는 내부 전산망) 사회부 방에 특이한 메모가 올라왔다. 대선 결과 예측표였다. 월드컵이나 총선, 대선 등 주요 이벤트가 있으면 기자들은 심심풀이 내기를 한다. 지난 대선에서도 사회부 기자들은 1만 원씩 걸고 당선자와 표차를 예측하는 내기판을 빌였다. 실제와 가장 근접한 표치로 당선자를 맞추는 기자가 판돈을 쓸어 담을 터였다.

자정 넘어 당첨자가 결정됐다. 당첨자는 박근혜 후보의 당선은 물론 10만 표 단위까지 표차를 적중시켰다. "미아리에 돗자리 깔지 그러냐"는 핀잔을 들은 당첨자는 판돈을 가져가지 못했다. 돈 달라는 이야기를 꺼낼 분위기가 아니었다. 그날 밤 당첨자는 제 돈을 내고 억수로 술을 마셨다.

"어찌 그리 정확하게 맞췄느냐"는 질문을 간간이 들었다. 나로선 딱히 해줄 이야기는 없었다. 그냥 어림짐작인 것이지, 정말 신이 내렸을 리가 없지 않은가. 다만 나름의 근거가 아주 없지는 않았다. 대선 직전까지 연재했던 사회부 사건팀의 기획 「대선 만인보」는 이미 선거 결과를 강하게 암시한 바 있었다. 초년 기자들이 전국에서 길어온 소외계층의 목소리는 두 가지로 집약됐다. "힘들어 못살겠다." "박정희가 그립다."

문재인 후보는 물론 박근혜 후보를 바로 언급하는 이는 드물었다. 노소장을 가리지 않고 그들은 '박통' 이야기부터 꺼냈다. 입에 담지 않는 인물에게 표를 던질 리 없다고 나는 생각했다. 공식 선거운동 돌입직전 여론조사 결과에 예측 투표율을 대입하는 2차 방정식 계산으로 표차를 추산했다. 그 숫자가 맞아 떨어졌으니 여러 변수에도 불구하고 민심은 흔들리지 않았던 셈이다. 그들에게 정치는 민주주의가 아니라 먹고사는 문제였다. '박정희 신화'는 여전히 굳건했고 그 아우라는 그의 딸에게 이전되고 있었다.

반대로 예측한 기자들이 적지 않았다. 기자들의 인식구조를 둘러치고 있는 장벽이 있다고 당시 나는 생각했다. 출입처에서 만나는 사람들은 중산층 이상의 고학력자들이다. 그러나 한국 사회의 다수를 점하는 것은 중하층 이하 서민들이다. 좋건 싫건 그들이 나라의 운명을 결정한다. 기자들은 서민들의 정서와 논리를 제대로 이해하지 못하고 있었다. 물론 박근혜 후보에 맞서려 했던 다른 후보들도 마찬가지였다.

어떤 면에서 한국은 여전히 '전근대'의 과제와 씨름하고 있다. 먹고 사는 문제가 여전히 해결되지 않았다. 현대 민주주의 관점에서 보아 박정희는 독재자다. 그러나 전 근대의 관점에서 보아 그는 경제의 문제를 해결한(것으로 평가받는) 군주다. 무능한 민주주의 대통령보다 유능한 군주가 더 낫다는 '환상'을 한국 사회의 다수가 공유하고 있다. 이를 깨트릴 캠페인도 정치인도 등장하지 못했으니 그 선거 결과는 명약관화하지 않겠는가.

한국의 정치 수준을 뒤집으면 거기 한국 언론의 수준이 있다. 북한의 김일성주의와 한국의 박정희주의가 적대적 공존을 통해 반세기 동안 재생산되고 있는 것처럼, 서로 으르렁대는 것으로 보이지만 실제로는 옛 방식 그대로 사회 상층 구조를 함께 재생산하는 한국의 정치와 언론도 적대적으로 공존하고 있다.

지금 한국의 민주주의는 위기에 처했는가. 아마 그럴 것이다. 그런데 그 질문에 그쳐서는 답이 없다. 민주주의가 왜 위기에 처했는가. 언론 때문이다. 민주주의가 위기라는 보도를 반복하거나, 공산(종북)주의가 문제라는 보도를 반복하는 '이란성 쌍생이'가 언론을 지배하고 있다. 그 방식으로는 위기에 처한 민주주의를 구하는 '대중의 각성'을 영영 이루기 힘들 것이다.

그 보도에 기여한 바가 아주 없지는 않으니, 나름의 발언권을 가졌다 치고 '국정원 대선 개입 사건'을 예로 들면 이렇다. 관련 사실을 누적적으로 보도하면 진실이 드러나는가. 아마 그럴 것이다. 그런데 그 양질전환을 이루기 위해 얼마나 더 많은 사실 추적과 특종 보도가 이어져야 할지 알 수가 없다.

우선 급한 것은 드러난 사실, 그리고 과거의 수많은 관련 사실을 종횡으로 엮어 정보기관의 정치 개입 실태와 역사를 체계적이고 명쾌하게 짚어내는 탁월한 '분석·해설 기사'다. 아예 입 다물고 있는 언론사들은 차치하고서라도 이 사안을 중대하게 다루고 있는 언론사의 대부분이 여전히 특종 경쟁만 벌이고 있다. 하나하나 중대한 사실이지만 총체적 이해를 지속적으로 높이려는 기사는 드물다.

사태의 총체를 맥락 위에서 이해하지 못하는 독자(시청자)가 여기저기서 튀어나오는 단편적 특종을 보고 과연 분노하겠는가. 현재 한국 언론에는 종합적·분석적 기사의 중요성을 뼛속 깊이 느끼고 있는 기자가 드물다. 지금 필요한 것은 또 하나의 특종이 아니라 지속적인 분석·해설 기사, 특히 대중의 눈높이로 권력 내부의 음험함을 친절하게 설명해주는 기사다.

취재 태도에도 문제가 있다. 현재 이 사건에는 경찰, 검찰, 국정원, 정당, 청와대 등이 복잡하게 얽혀 있다. 전 정부와 현 정부의 인사들이 두루 관련돼 있다. 한국 언론의 출입처 체제를 기준으로 하자면 정치부와 사회부를 넘나든다. 이것이 진정 헌정 사상 초유의 사건이라면 그에 걸맞게 이 사안을 집중 취재하는 대규모 태스크포스를 구성한 언론사가 있는가. 내가 알기론 없다. 여전히 기성 출입처 체제에 맞춰 파편적으로 보도한다.

법정에서 드러나고 있는 새로운 사실, 검찰이 밝혀내는 새로운 혐의, 경찰이 들려주는 초기 수사의 뒷이야기, 정당이 확보한 새로운 첩보, 청와대와 국회를 오가는 물밑 대화, 이를 보도하는 한국 언론의 메커니즘 등이 각각의 방식으로 보도되고 있다. 지면과 방송에서 이 사건은 어지럽고 복잡하다. 퍼즐 조각을 마당에 뿌려놓고 독자(시청자)들이 알아서 짜 맞추길 기대하는 모양새다.

이 정도까지 왔으면, 그리고 매일 관련 뉴스가 쏟아지고 있는 형국이라면 뉴스룸 차원에서 사건의 모든 측면을 아울러 심층보도할, 출입처를 넘어서는 대규모의 특별취재팀을 운용할 만도 한데 그런 언론사가 없다. '집단지성'의 방식으로 언론이 전력을 기울이지 않는데 대중이 왜 굳이 어렵게 지혜를 짜내어 이 사태의 본질을 고심하겠는가.

관련 보도에서 그들 필부의 이야기가 없는 것도 비슷한 맥락이다. 국정원이 인터넷과 트위터에 야당 후보 비방 글을 올린 것이 우리의 삶에 어떤 의미인 것인지, 필부들은 쉽게 이해하지 못한다. 자신과 상관없다 여기면 필부는 움직이지 않는다. 계속하여 '격발'하면 언젠가 움직일 것이라 믿는 우직함일 수도 있겠지만, 국정원 대선 개입 사건에 별다른 반응을 보이지 않는 여론 자체가 또 다른 취재의 대상이 될 수 있다는 착안이 한국 언론에선 별로 두드러지지 않는다.

국정원 대선 개입 사건에 분노하는 사람, 그리고 이른바 '종북 세력'에 분노하는 사람의 군집이 분명히 존재한다. 언론은 이들을 제각각 등에 업은 정파의 주장을 앞세워 보도한다. 그러지 말고 그들의 감정·논리 구조가 어떤 것인지 일상과 일생의 수준에서 들여다보면 어떨까. 그제야 사람들은 비로소 이 중대한 사안을 '그들의 사건'이 아니라 '우리의 이야기'로 이해하지 않을까.

정보기관의 정치개입을 적발하여 보도했으니 한국 언론이 아주 죽은 것은 아니다. 권력고발의 임무를 어느 정도 해내고 있다. 딱 거기까지다. 특종 했다는 칭찬 들으려고 기자 생활 하는 게 아니다. 대중을 장악하지 못한 언론의 특종은 오직 권력층 안에서만 파장을 일으킨다. 사실의 의미와 맥락을 대중에게 전달하는 것까지가 기자의 임무다. 거기서부터 한국 언론은 무능하다.

드러난 사실들을 체계적으로 묶어 설명하지 못하고, 과거 유사 사례를 끄집어내어 종단적으로 분석하지 못하고, 해외 정보기관의 유사 사건을 묶는 세계적 지평을 갖고 있지 못하며, 이 사건의 대중적 의미를 짚어 필부의 눈높이에서 실타래를 풀어보려는 친절함도 갖추고 있지 못하다. 하여 독자(시청자)는 자꾸만 언론으로부터 멀어져간다. 그러니 다시 묻자면 지금 한국의 민주주의는 위기인가. 그렇다. 한국의 언론이 대체로 무능하기 때문이다.

미우나 고우나 대중을 갈아엎을 수는 없다. 권력을 갈아엎을 수는 있다. 다만 그 전에 언론부터 엎어야 한다. 다시 '리셋'한다면 무엇이 필요할까. 혼자 공상하는 날이 적지 않다.

우선 '사실과 의견의 분리'라는 저 19세기 중반 영미 언론의 객관주의 규범의 기초부터 다지고 새로 시작하자. 그것을 유일한 규준으로 삼자는 게 아니다. '사실만 적시하는' 기사의 자리와 '분석·의견·해설'의 영역을 지면과 전파에서 명확히 구분해둘 필요가 있다. 그래야 사실에 대한 대중의 신뢰가 살아난다.

이렇게 되면 사실보도의 비중이 급격하게 줄어드는 것을 우리 모두 목격하게 될 것이다. 공공이 알아야 할 사안에 대해 오직 사실만 담담히 '보고'하는 기사는 하루를 통틀어 얼마 되지 않는다. 그래도 괜찮다. 대신 대다수 기자들은 '새로운 사실'이 아니라 '드러난 사실에 대한 분석'

에 집중하면 된다.

사실과 의견을 분리하는 것은 의견을 짓누르자는 뜻이 아니다. 오히려 의견을 더 공개적으로 활성화하자는 이야기다. 단 하나의 문장이라도 의견과 분석이 가미되는 기사는 자유로운 글쓰기를 허용하는 게 옳다. 필요하다면 기자의 얼굴을 드러내고 분석에 이르는 동안 참고한 자료·문헌도 소상히 밝히면 좋을 것이다. 주관을 드러내는 일을 두려워 말되, 그 주관을 드러내는 과정을 투명하게 공개하면 된다. 이런 기사가 지면과 전파의 상당 부분을 차지해야 비로소 대중은 언론에 다시 주목할 것이다.

여기에 이르러 뉴스는 새롭게 정의된다. 뉴스는 더 이상 '새롭고 충격적인 사실'이 아니다. 모두 알고 있지만 제대로 모르고 있는 사실이 뉴스다. 이를 드러내는 능력이 곧 기자의 자질이다. 어떤 기자는 내러티브, 다른 기자는 분석해설, 또 다른 기자는 조사통계 등 그 무기는 각자 다를 수 있지만 추구하는 바는 같다. 정치권력을 비롯한 여론주도층이 아니라 더 많은 대중에게 다가가는 각자의 방법론을 갖추고 있어야 기자 노릇을 제대로 할 수 있을 것이다.

따라서 기자의 자격 요건도 변화한다. 공부하고 성찰하고 사색하는 기자가 유능한 기자다. 기자 역할의 중심은 여러 사실을 쉼 없이 전달하는 속보 전달자가 아니라 수많은 사실의 맥락을 분별하고 분석하는 해석자에 있다. 기자는 사실의 전달자를 넘어 감각, 경험, 지성, 지혜의 전달자가 되어야 한다. 넘쳐나는 사실들을 체계적으로 엮기 위해 기자는

'르네상스적 인간형'의 마지막 보루가 되는 게 옳다.

뉴스룸의 편제는 이런 자유로운 기자들의 느슨한 네트워크로 진화할 것이다. 주요 권력기관을 고정적으로 감시하는 젊은 '리포터'들이 뉴스룸의 바탕을 이루되, 일정한 역량을 검증받은 10년차 이상의 기자들은 각자의 창의에 바탕을 두고 수시로 모였다 흩어지는 '집단지성'과 '자유지성'을 실현할 것이다.

이런 기자들을 묶는 뉴스룸 네트워크는 일종의 '팀 연합 체제'가 될 것이다. 검증된 상급 기자를 팀장으로 하여 이슈별, 영역별, 시기별로 기자들은 여러 팀을 옮겨 다니며 일할 것이다. 자연스레 무능한 팀장과 기자가 걸러질 것이고, 무능하다고 폄훼당한 기자들은 다른 팀에서 제2, 제3의 기회를 얻게 될 것이다.

판사, 검사, 의사, 교수 등 전문 직업집단에 대해 언론이 요구하는 바와 똑같이 한국의 뉴스룸에도 '직업적 탁월성'을 갖춘 이를 선순환의 방식으로 길러내고 걸러내는 프로페셔널리즘이 반드시 필요하다. 지금은 중요 출입처에서 경력을 쌓으면 누구나 데스크로 진급한다. 연공서열의 방식으로 직업적 신뢰를 얻는 전문직 집단은 더 이상 없다. '인간의 얼굴을 한' 능력주의가 뉴스룸에 도입되어야 기자들도 권위와 신뢰를 회복할 수 있다.

이런 풍토가 활성화되면 매체가 기자를 부리지 않고 기자가 매체를 선택할 수 있는 여지가 높아진다. 출입처 중심에서 팀 중심으로From beat to team 바뀐 편제에서 팀은 일련의 취재-보도 과정을 비교적 자유롭게 관장한다. 에디터가 그들의 기사를 제대로 취급하지 않는다면 기자들은 팀을 이뤄 더 우호적인 뉴스룸을 찾아 옮겨갈 생각을 품을 것이다. 그런 일이 가능해져야 사주 중심, 광고주 중심, 정파 중심의 보도가 사라진다.

이 대목에 이르러 진정한 의미의 '뉴스룸의 민주적 개방'이 가능해진다. 특정 매체가 독자(시청자) 참여의 문호를 개방하는 것은 그렇지 않은 것보다 낫다. 뉴스룸의 개방은 다양한 관점의 소통을 위해서 꼭 필요하다. 그러나 시민은 어디까지나 시민이다. 직업적 기자의 역량에 미칠 수 없다. 뉴스룸의 문호 개방은 독자(시청자) 이전에 서로 다른 뉴스룸 사이에서 이뤄져야 한다.

신문과 방송, 중앙매체와 지역매체, 국내 언론과 해외 언론, 정규 매체와 대안 매체 사이에 기사 교류 및 기자 교류가 이뤄져야 독자(시청자)에게 이로운 뉴스룸 개방이 구현된다. 특히 자본력이 부족한 신생 매체 또는 진보 언론의 경우 각자 도생의 방식으로 경쟁하기보다는 적극적이고 개방적인 뉴스룸 교류가 절실하다.

뉴스룸 교류는 한국 언론의 기능을 근본적으로 바꾸는 계기가 될 수 있다. 현재 한국의 언론은 세상을 보는 창문이 아니라 정파적 자아를 들여다보고 강화하는 거울의 역할을 하고 있다. 하나의 매체가 공론의 형성에 직접 기여하지 못한다. 비판적 독자(시청자)라 해도 여러 언론을 동시에 들여다봐야 중심을 잡을 수 있다. 뉴스룸 교류는 기사 생산 과정에서 서로 다른 관점을 교배하는 역할을 할 것이다. 결국 언론이 보증할 수 있는 것은 객관이 아니라 여러 주관의 혼용, 즉 간주관이다.

그런 상황에 이르면 언론개혁은 더 이상 특정 매체의 개혁이 아니다. 좋은 기사를 써낼 능력을 갖춘 기자 및 기자 집단을 북돋고 후원하는 게 진정한 언론개혁이다. 시민이 자발적으로 참여하는 '참언론재단'이 구성될 수도 있겠고, 이들 재단이 정부와 기업의 기금을 받아 더 많은 자유기자들을 후원할 수도 있을 것이다. 당연히 광범위한 '프리랜서 기자'들이 뉴스룸 안팎에서 유기적으로 활동하게 될 것이다.

그렇게만 된다면 특정 정치세력이 활자, 인터넷, 모바일, 전파 등을 넘나들며 특정 매체를 장악해야 할 이유도 그럴 가능성도 사라진다. 특정 언론사의 논조를 바꾸는 일이 가능하다 해도 기자 집단 전체의 유기적인 취재보도 행위를 통째로 바꾸는 일은 불가능할 것이기 때문이다.

이제 대중은 특정 매체가 아니라 기자라는 직업집단 자체를 신뢰한다. 좋은 언론이란 그런 유능한 기자를 많이 거느린 매체다. 그 매체의 진정성이 무너진다면 유능한 기자들은 또 다른 매체에서 새로운 진지를 구축하거나 아예 그들의 새 매체를 만들 것이다.

이 모든 공상을 가로지르는 단 하나의 원칙이 있다. 기자에게 더 많은 취재·집필 시간을 허하라. 시간을 더 준다고 모든 기자가 좋은 기사를 써내는 것은 아니지만, 시간을 더 허락하지 않고 좋은 기사가 나오는 법은 없다.

심층보도의 핵심은 시간이다. 빨리 보도하려는 압박이 강해지면 기자는 불충분한 근거를 바탕으로 직관적으로 판단해야 한다. 그래서 기성관념에 입각해 더 주관적이고 불공정하며 편파적으로 보도한다. 이를 해결하는 길은 한 가지다. 취재와 집필의 시간을 늘리는 것이다. 대부분의 경우 속보는 언론의 적이다.

이 모든 공상을 가로막는 하나의 장벽이 있다. 기자에게 더 많은 시간을 허락하려면 사람이 필요하다. 더 많은 기자가 있어야 지속적으로 뉴스를 생산할 수 있다. 사람을 늘리려면 돈이 필요하다. 돈이 있어야 시간을 확보할 수 있다. 그렇다면 시간을 들인 심층보도에 대해 독자(시청자)는 기꺼이 돈을 지불할 것인가. 아직은 모르겠다. 그 경로가 틀어 막힌다면 심층보도의 선순환 구조는 성립하지 않는다.

수익 구조를 확보하여 지본을 형성하려고 한국 언론은 저마다 매체 혁신과 경영 혁신을 거듭하고 있다. 한국 언론의 혁신이 더뎠던 것은 대중을 상대하지 않고 정치권력을 상대했기 때문이다. 매체 혁신 등은 대중을 잣대 삼아 변화하려는 노력이다. 당연히 꼭 필요한 일이다. 다만 플랫폼을 바꾸는 것으로는 대중의 신뢰를 다시 얻는 데 한계가 있다.

영미 언론에서 배워야 할 것은 그들이 블로그, 인터넷, 모바일 등에서 성취하고 있는 미디어 플랫폼의 혁신에 있지 않다. 그런 혁신의 방향과 속도를 결정하는 철학을 수입해야 한다. 그것은 더 많은 대중으로부터 공감을 얻는 기사를 확산시켜야 한다는 직업적 소명의식과 이에 따른 자기혁신의 노력이다. 그 대목을 배운다는 것은 바뀐 플랫폼을 통해 '무엇을' 전할 것인지에 대한 혁신, 즉 뉴스의 혁신과 기자의 혁신을 우선해야 한다는 뜻이다.

여기에 이르러 언론의 혁신은 관점의 이동을 요구한다. 최근 10여 년에 걸친 정치적 대격변 속에 발견되어지는 흥미로운 사실이 있다. 노사모의 주역, 안사모의 주역, 일베의 주역 모두 20대 이상의 생활인이다. 그들은 분노하여 행동에 나섰다. 행동 그 자체를 통해 카타르시스를 얻는 것으로 보인다. 무엇이 그들을 분노하게 하는가.

그 바탕에는 결핍이 있다. 결핍의 근원은 일상에 있다. 더 정확하게는 빈곤과 소외의 일상이 그들을 분노하게 만들었다. 그 분노의 해소를 특정 정치인에 대한 환호 또는 적대로 풀고 있다. 그렇다면 그들의 삶이 무엇이고, 문제가 어디에 있으며, 이를 어떻게 해결해야 할 것인지 파고 드는 것이 언론의 목표가 되어야 마땅하다.

이 지점에 더듬이를 깊이 뻗은 심층보도는 좋은 기사다. 권력층 취재원에 기댄 출입처 체제, 데스크 위주의 기사 생산, 기계적 객관주의 등을 넘어서는 시도이므로 심층보도는 어떤 경우건 단발보도보다 좋은 기사다.

심층보도를 위해서는 그동안 한국의 언론이 전혀 신경 쓰지 않았던, 조직적으로건 관습적으로건 전혀 계승되지 않았던 새로운 무기를 장착해야 한다. 우선 필부의 눈높이에서 공론을 시작할 수 있는 내러티브 작법을 익혀야 한다. 일상에서 구조적 범주를 길어 올리는 사회과학의 방법론도 익혀야 한다.

아무리 사소한 일에도 복잡성과 심층성이 깃들어 있다. 이를 헤집어 보는 눈과 이를 찬찬히 풀어 보여주는 손이 기자에게 필요하다. 사실의 힘은 강하다. 그러나 맥락의 힘은 더 강하다. 이야기에 맥락을 담아 전하는 사실은 너무나 강력하여 시공간을 넘어 확산된다. 여기에 이르러 공공의 문제는 필부의 눈높이에서 시작하여 필부의 마음에 뿌리 내릴 수 있다.

그것을 기본 규준으로 삼는 뉴스룸의 기자 교육은 맥락을 파악하는 분석력과 복잡성을 이야기에 녹여내는 문장력을 중심으로 이뤄질 것이다. 여기서 분석력은 학력 또는 학위의 문제가 아니다. 여기서 문장력은 문학적 미사여구의 문제가 아니다. 그것은 복잡성과 중층성을 입체적이면서도 효율적으로 드러내는 능력이다.

이를 통해 저널리즘은 디지털과 영상의 위협 가운데서 새로운 생명력을 얻을 수 있다. 짧은 기사, 선정적 이슈, 정파적 보도 등을 넘어 인간의 오감에 깊은 울림을 주는 '문자의 힘'을 다시 회복할 수 있다.

그것은 영상에 대한 문자의 헤게모니를 되찾는 과정이기도 하다. 짧고 표피적인 방송 뉴스로는 공공의 문제를 제대로 다룰 수 없다. 그것은 방송의 잘못이라기보다는 그냥 한계다. 방송이 저널리즘을 주도하면 공론의 수준도 낮아질 수밖에 없다.

문자의 헤게모니를 회복하는 일은 아마도 종이신문의 퇴화와 맞물리게 될 것이다. 현존하는 모든 미디어 플랫폼 가운데 신문은 가장 불친절한 형태를 띠고 있다. 너무 크고 쉽게 손상되고 보관하기 어렵다. 그것은 넓은 서재를 가진, 여유작작한 지식인 정도는 되어야 두 팔을 활짝 펼쳐 찬찬히 들여다볼 수 있는 외양을 하고 있다. 이런 모양새의 매체가 만들어졌다는 것 자체가 신기할 정도다.

그것의 거의 유일한 장점은 하나의 지면에 여러 정보를 한꺼번에 담을 수 있다는 데 있다. 그런데 뉴스가 심층성·복잡성을 풀어내는 해설과 이야기로 변모한다면, 유일한 장점마저도 그 효용을 다하게 된다. 신문은 심층보도를 담는 플랫폼으로 적절하지 않다.

문자를 담는 표준은 책이다. 수천 년 전의 무구정광대다라니경부터 오늘의 베스트셀러 소설에 이르기까지 인류는 한 손에 잡히는 책의 크기에 문자를 적었다. 이에 근접하는 종이매체는 매거진이다. 매거진은 심층보도의 플랫폼이다. 긴 이야기를 몰입하여 읽을 수 있도록 편집하고 디자인할 수 있다.

다만 미래의 매거진은 종이에 국한하지 않는다. 매거진의 편집 철학은 (신문과 달리) 그대로 인터넷과 모바일로 옮겨 갈 수 있다. 나아가 그 서사 구조를 영상 등으로 변환하여 바로 구현할 수도 있다. 종이매체로서의 매거진은 (그 판매부수가 제한적이라 할지라도) 다양한 미디어 플랫폼의 표준 역할을 하면서 생명력을 이어갈 수 있다.

그리고 다시 한 번, 인류가 만들어낸 책 크기의 종이에 적힌 글의 주류적 문법은 수천 년 동안 변함없이 내러티브, 즉 이야기였다. 내러티브 심층보도에는 언론이 인간을 이끄는 게 아니라 인간이 필요로 하는 언론을 만드는 힘이 내장돼 있다.

공상의 끝에서 마주하는 마지막 불안이 있다. 직업 집단의 혁신은 쉽지 않다. 관행이 무서운 것은 그것이 조직을 통해 전파되기 때문이다. 조직은 일단 형성된 규준을 효율성과 일관성의 차원에서 마지막 순간까지 유지하려 한다. 조직은 대체로 생산 공정의 혁신을 일탈로 보고 수용하지 않는다. 또한 이미 그 공정에 익숙한 주류는 지위 변화의 위기의식 때문에 이를 배척한다.

예컨대 《조선일보》의 혁신은 가능할까. 《한겨레》의 혁신은 가능할까. 답이 쉽지 않다. 그래서 수많은 혁신은 기성 조직을 바꾸기 보다는 새로운 조직의 등장을 통해 이뤄진다. 나의 자리는 어디일까. 혁신을 꿈꾸는 기자의 자리는 어디일까.

수습기자 시절이나 지금이나 막막하고 어렵긴 마찬가지다. 기자는 참 어렵다. 들여다보면 볼수록 구도의 과정을 닮았다. 알아가야 할 일이 너무 많다. 깨쳤다 싶으면 다시 느닷없는 화두 앞에 서 있게 된다. 이제 다시 새 화두를 잡았다. 이 화두를 같이 부여잡고 용맹정진할 친구가 필요하다.

젤라틴 언론의 꿈

버지니아 울프만큼 매혹적으로 신문을 정의내린 이가 있을까. "신문이란 하룻밤 사이에 세계의 두뇌와 가슴에 인쇄되는 얇은 젤라틴 종이다."(소설 『야곱의 방』 가운데) 인쇄판의 재료로 사용되기도 하는 젤라틴의 가장 큰 특징은 흡착력에 있다. 얇지만 접촉하는 즉시 달라붙어 그 대상과 하나가 된다.

고백하자면, 나는 자아의 문양대로 기자 생활을 해왔다. 싫으면 외면하고 내키면 매달렸다. 하고 싶었던 여러 일 가운데 하나는 젤라틴처럼 사람들의 두뇌와 가슴에 녹아 붙는 기사를 쓰는 것이었다. 그것을 무엇이라 이름 붙이건, 특종이건 심층보도건 내러티브건 상관없었다. 그런 일이 어떤 곳에서 가능하건, 사건팀이건 탐사팀이건 상관없었다.

이리저리 날뛴 시절의 정체가 무엇이었는지 해답을 얻지 못한 채 지난여름부터 대학원을 다니고 있다. 언론학 박사과정을 막 시작했다. 신문사에는 잠시 휴직을 신청했다.

휴직을 했음에도 정좌하여 생각하고 집필하는 일은 불가능했다. 새로운 일이 몰려들었다. 그 틈을 쪼개어보려 했으나 다른 일이 급하여 글을 뒤로 미루는 경우가 많았다. 결국 시간에 쫓기어 토해냈다. 도자기를 꿈꾸었는데 옹기는커녕 돌 쪼가리 몇 개 내놓는 기분이다. 동네 꼬마들의 비석치기에라도 써먹을 수 있을까 싶다.

그 와중에 언론에 대한 학문적 글을 간간이 접하면서 돌 쪼가리 같은 이 글에 더욱 자신이 없어졌다. 개념과 역사를 충분히 이해한 뒤, 적어도 학위 논문 쯤 마치고 난 뒤 책을 쓰면 좋겠지 싶었다. 살다 보면 더 품고 싶어도 그럴 수 없는 것들이 있는데 이번 책이 딱 그러하다. 하는 수 없이 미련을 놓아버린다.

공부를 시작한다는 이야기를 듣고 몇몇 선배들이 두 눈을 동그랗게 뜨며 물었다. "왜? 신문사 그만두려고?" 겪어보고 또한 살펴보니 조직을 떠나거나 말거나 하는 것은 운명의 영역이다. 어찌 될지 알 수가 없고 그때가 되면 거역할 수도 없다.(거역해볼 수는 있는데 추해진다)

다만 운명과 별개의 궤적을 그리는 의지라는 게 사람마다 있다. 나한테도 있다. 내 의지를 소개하자면 언제까지고 기자로 살고 싶다. 세상을 살피고 글로 옮기고 사람들에게 전하고 싶다.

하여 이 공부라는 것은 기자를 더 오래, 아주 벽에 똥칠하도록 지겹게 계속하려는 몸부림이다. 운명이 나를 밀어내어도(밀어내지 않기를 빈다) 이 길 계속 걷기 위함이다. 공부가 새로운 뉴스를 향한 지팡이가 되어줄 것으로 기대하고 있다.

사람의 인연이란 기묘하다. 나를 심층내러티브의 세계로 안내했던 박재영 교수가 박사 과정의 지도교수다. 이 책을 마무리하던 무렵 박 교수와 술을 한잔 했다. 은사가 해줬다는 말을 박 교수는 나에게 들려줬다.

"공부를 할 때는 그 나중의 쓰임새를 고민하지 않아도 되네." 공부도 그렇고 취재·보도의 기자 노동도 그렇다고 생각하며 나는 고개를 주억거렸다. 일단 파묻혀야 하는 것이다. 돌아 나올 일은 생각 말고 심연으로 계속 자맥질해야 하는 것이다.